सेतु-भंजन

सेतु-भंजन

नरेन्द्र कोहली

ISBN : 9789389373554

पहला संस्करण : 2021 © नरेन्द्र कोहली
SETU-BHANJAN (Novel) by Narendra Kohli

राजपाल एण्ड सन्ज़

1590, मदरसा रोड, कश्मीरी गेट, दिल्ली–110006
फोन : 011–23869812, 23865483, 23867791
e-mail : sales@rajpalpublishing.com
www.rajpalpublishing.com
www.facebook.com/rajpalandsons

1

एक लम्बे अंतराल के पश्चात् विक्रम, अपनी माँ वरुणपुत्री के साथ, अपने नाना के ग्रह, ऋषिवन से, पृथ्वी पर लौटा था। वह नहीं जानता था कि अकस्मात् ही उसकी माँ और नाना ने उनके पृथ्वी पर लौट आने का कार्यक्रम क्यों बनाया था। उसने पूछा नहीं; किन्तु इतना तो वह समझता ही था कि कोई-न-कोई कारण तो अवश्य ही रहा होगा। वह कारण नाना के ग्रह पर भी हो सकता था और पृथ्वी पर भी। उसने अपने नाना के मुँह से सुना था कि ब्रह्मांड का कोई एक बड़ा ग्रह अपने आस-पास के छोटे ग्रहों को इस प्रकार निगल रहा था, जैसे बड़ी मछली छोटी मछलियों को निगल जाती है या छिपकली छोटे कीट-पतंगों को निगल जाती है। और वह सोचता रहा था कि क्या यह भी किसी प्रकार का कोई प्रलय था। उपनिषद् कहते हैं कि सारा ब्रह्मांड ब्रह्म से प्रकट होता है और अंतत: उसी में लय हो जाता है। उसकी पद्धति के विषय में उसे कहीं कोई सूचना नहीं मिली थी। संभव है, वह लय भी इसी प्रकार होता हो।...माँ कह रही थीं कि उनके ग्रह के वैज्ञानिकों ने पृथ्वी के निकट लगभग उसी के आकार का एक और नया ग्रह खोज निकाला है। उसके आस-पास सात चंद्रमा हैं, जो निरंतर वलयाकार घूम रहे हैं। वह ग्रह किस सूर्य से प्रकाशित होता है, इसका पता अभी ऋषिवन के वैज्ञानिक लगा नहीं पाए थे। खोज रहे थे। जिस दिन यह पता लग जाएगा, तब इस बात की खोज भी होगी कि क्या उस ग्रह पर जीवन संभव है? यदि वहाँ जीवन हुआ तो फिर उस पर अधिकार जमाने और उस पर बसने की होड़ मचेगी।...विक्रम को यह ज्ञात नहीं था कि पृथ्वी के खगोलशास्त्रियों को इस नए ग्रह के विषय में कुछ ज्ञात था या नहीं। उसने 'ब्लैक होल' के विषय में पढ़ा था कि अनेक छोटे ग्रह उसमें समा गए थे; किन्तु वह उस बड़े ग्रह से भिन्न था, जो अपने आस-पास के छोटे ग्रहों को निगल रहा था।

माँ और नाना का ग्रह पृथ्वी से बहुत दूर था; यहाँ से बहुत भिन्न भी। वे लोग अपने ग्रह के विषय में तनिक-सा भी प्रचार नहीं करते थे। विक्रम को कभी-कभी तो लगता था कि वे चाहते ही नहीं थे कि उनके विषय में अन्य ग्रहों को कुछ ज्ञात हो। वे अपने ग्रह को छिपा कर रखना चाहते थे। इस गोपनीयता का कारण विक्रम कभी समझ नहीं पाया था। उनके ग्रह के चारों ओर चार चंद्रमा अपनी धुरी पर घूमते रहते थे। उनके आकाश पर कभी-कभी दो या तीन चंद्रमा एक साथ भी दिखाई देते थे। कभी-कभी उनके कारण दिन और रात संबंधी कुछ भ्रम भी हो जाता था; किन्तु पृथ्वी के वैज्ञानिकों का अभी तक किसी ऐसे ग्रह से परिचय नहीं हुआ था, जिसके चार चंद्रमा हों। भविष्य में जब हमारे खगोलशास्त्री, अपने विज्ञान का और विकास कर लेंगे, और अधिक ज्ञान प्राप्त कर लेंगे, तो शायद उसका पता भी उन्हें लग जाएगा। जाने वे उसका नाम क्या रखेंगे। 'ऋषिवन' तो नहीं ही रखेंगे। अपनी प्रवृत्ति के अनुसार वे उसका 'एक्स।' या वैसा ही कोई विचित्र नाम रखेंगे, जिससे वह कोई ग्रह न लगकर गणित का कोई सूत्र लगे।...विक्रम, खगोलशास्त्र के साथ-साथ ज्योतिष-शास्त्र की बात भी सोचता था। कभी-कभी सोचता था कि ज्योतिषशास्त्री अपने परिचित जिन ग्रहों के आधार पर भविष्य की गणना करते हैं, उनकी संख्या तो बहुत सीमित है। ऐसे में वे ठीक निष्कर्ष पर कैसे पहुँच सकते हैं। उनकी गणना ठीक कैसे हो सकती है। राहू और केतु भी छायाग्रह ही हैं, जिन्हें अत्यंत महत्त्वपूर्ण माना जाता है। संभव है कि भविष्य में, जब कुछ अधिक ग्रहों का पता लग जाएगा, ज्योतिषशास्त्रियों की गणना सत्य के और निकट हो सकेगी।...प्रत्येक दूसरे-चौथे दिन पृथ्वी के वैज्ञानिक किसी-न-किसी नए ग्रह की खोज की सूचना देते ही रहते हैं। जाने इस सृष्टि में कितने ग्रह-उपग्रह हैं, कितने सौर मंडल हैं, कितनी आकाश गंगाएँ हैं। उनकी गणना मनुष्य के लिए संभव है भी या नहीं। मानव बुद्धि के लिए तो वे अनगिनत और अनन्त, ही लगते हैं। अभी तो हमारे विज्ञान को अपने अज्ञान का भी ठीक-ठीक ज्ञान नहीं है।

माँ के ग्रह में मनुष्य, पशु, पर्वत, समुद्र और नदी-नाले तो पृथ्वी जैसे ही हैं। वनस्पति में भी कोई विशेष भेद नहीं है; किन्तु वनस्पति के अनेक नए प्रकार भी उसने देखे थे। उन्हें वह ठीक-ठीक वनस्पति भी नहीं कह सकता था। वह मनुष्य और वनस्पति के मध्य का कोई जीव था। मानव वनस्पति

या वानस्पतिक मानव। पृथ्वी पर रहते हुए उसने एक समाचार पढ़ा था कि बांग्लादेश में एक व्यक्ति की त्वचा वृक्ष की छाल जैसी होती जा रही थी। पहले तो विक्रम ने कल्पना की थी कि उसकी अंगुलियाँ शायद बांस की टहनियों के समान चिकनी होंगी। पर क्या उनके आगे पत्ते भी निकलेंगे? पत्ते कितने बड़े होंगे? हाथों के स्थान पर उगने वाले पत्तों से वह कोई काम कर पाएगा? किन्तु अधिक जानकारी प्राप्त की तो ज्ञात हुआ कि उसकी हाथों और पैरों की त्वचा पर वृक्ष की छाल की गाँठें-सी फूट रही थीं। उनमें किसी प्रकार की नोक नहीं थी। पाँच अंगुलियाँ आगे चल कर अलग-अलग नहीं रह जाती थीं। जुड़ कर पत्तों का गुच्छा-सा बन जाती थीं।...चिकित्सकों ने उसे एक विचित्र रोग बताया था, जो करोड़ों लोगों में से किसी एक को होता था। उस व्यक्ति के दसियों ऑपरेशन हुए। लंबी शल्य-चिकित्सा के पश्चात् छील-छील कर उसे सामान्य मनुष्य बनाया गया और मान लिया गया कि वह स्वस्थ हो गया है। रोग से उसका पीछा छूट गया है। वह व्यक्ति स्वयं ही आगे का उपचार अनावश्यक मान अस्पताल छोड़ कर अपने घर चला गया था। किन्तु कुछ ही वर्षों के पश्चात् फिर से उसके शरीर में छाल और शाखाएँ उगने लगी थीं। डॉक्टरों ने बताया था कि वृक्ष या पौधे की जड़ों के समान, उसके शरीर में भी वैसे ही तंतु थे। जड़ें जैसे भूमि में फैलती थीं, वैसे ही वे उसके शरीर में भी फैलती जा रही थीं। अंतत: वे उसके शरीर के बाहर निकल आती थीं और उसकी त्वचा पर वृक्ष की छाल के समान फैल जाती थीं। गाँठें बन जाती थीं।...उसके पश्चात् जाने उस व्यक्ति का क्या हुआ...विक्रम सोचता था कि हमारे चिकित्सक उसकी शल्य चिकित्सा कर ऊपर उग आई वृक्ष की छाल की-सी गाँठें तो छील सकते थे। वे उन गाँठों में से अनावश्यक छाल को छील कर पुन: उसकी अंगुलियाँ प्रकट कर देते थे अथवा प्लास्टिक सर्जरी से अंगुलियाँ बना देते थे; किन्तु यह रोग तो उसके शरीर के भीतर होगा। ऊपर से चिपका हुआ नहीं था। शरीर का विकास अथवा उसके अंगों का आवश्यक-अनावश्यक विकास तो उसके भीतर के तत्वों से होता है। उसके शरीर में ऐसा कौन-सा तत्व उत्पन्न हो गया था, जो मनुष्य के अंगों के समान विकसित न होकर, हाथों और पैरों की अंगुलियों पर वृक्ष की छाल की गाँठें उगा रहा था। क्या चिकित्सक उसके शरीर के भीतर के उस रोग-उत्पादक तत्व का उपचार कर पा रहे हैं? वृक्ष की शाखाओं पर तो प्रतिवर्ष फूल और फल उग आते

हैं। उन्हें काटा जा सकता है। शाखाएँ काटने से वृक्ष की कोई हानि नहीं होती। उसकी शाखाएँ पुन: उग आती हैं। उसकी शाखाएँ, फल, फूल काटने से उसे पीड़ा होती है या नहीं, हम नहीं जानते; किन्तु उस व्यक्ति के शरीर के भीतर के उन तंतुओं को, उन जड़ों को कैसे छीला जा सकता है? बाहरी तत्व उसके भीतर की जड़ों से ही तो उत्पन्न होता है।...

उस व्यक्ति के शरीर पर लकड़ी की-सी कठोर गाँठें उग आती हैं और उसको उससे भयंकर पीड़ा होती है। उसे हर समय दस किलोग्राम का बोझ अपनी अंगुलियों पर उठाए रखना पड़ता है। लगता था कि किसी दुष्ट वृक्ष ने आक्रमण कर उस पर अधिकार जमा लिया था। वह इतनी पीड़ा में है कि चिकित्सकों से प्रार्थना करता है कि उसके हाथ काट दिए जाएँ। उससे कोई लाभ होगा या नहीं, वह नहीं जानता। चिकित्सक भी नहीं जानते। पर विक्रम सोचता है कि उस व्यक्ति की पीड़ा का कारण तो उसके शरीर के भीतर है, हाथ-पैर कटवा कर उसे क्या लाभ होगा। रोग का उपचार हो सकता है; कटे हुए हाथों और पैरों वाले उस पंगु शरीर का वह क्या करेगा? उसका कोई उपचार नहीं है। भूमि के भीतर जब बीज अंकुरित होता है तो क्या धरती को पीड़ा होती है? पौधा उगता है, टहनियाँ और पत्ते निकलते हैं, फल और फूल उगते हैं, तो क्या उसे वैसी ही पीड़ा होती है, जैसी कि इस व्यक्ति को हो रही है? वृक्ष तो प्रसन्न दिखाई देता है, वायु के साथ मस्त झूमता है। जितना बड़ा होता जाता है, शक्तिशाली और फलदार होता जाता है।...मिट्टी में वृक्ष उगता है, तो उसे जो तत्व मिलते हैं, मनुष्य के शरीर में उसे वैसी मिट्टी नहीं मिलती... वैसे तो मनुष्य का शरीर भी मिट्टी का ही है। उसके भीतर भी जाने कितनी प्रकार की अंतड़ियाँ, नसें, हड्डियाँ और जाने क्या-क्या उगता और बड़ा होता है। उनके कारण उसके शरीर का बाहरी रूप बनता है, जो हमें सुंदर लगता है और वह उपयोगी भी होता है। शरीर के भीतर होने वाले विकास के कारण शरीर को कोई कष्ट नहीं होता। बांग्लादेश के इस रोगी के शरीर का मांस ही वृक्ष के लिए मिट्टी था। किन्तु यह मिट्टी उसके भीतर उगने वाले तत्वों के अनुकूल नहीं है। इसलिए उसे पीड़ा होती है और उसका शरीर वे सामान्य काम भी नहीं कर पाता, जो मानव शरीर करता है। गलत मिट्टी में गलत बीज पड़ गए हैं; जैसे शरीर के भीतर से शूल उग रहे हों। इसलिए वह विकास न होकर रोग हो गया है।...किन्तु माँ के ग्रह पर तो उस प्रकार के अनेक मानव-

वृक्ष थे। वे एक स्थान पर एक साथ रहते थे। शायद वे चलते-फिरते भी हों; किन्तु विक्रम ने उन्हें चलते हुए नहीं देखा था। उनके हाथ और पैर अलग से दिखाई नहीं देते थे। सामान्य मनुष्यों की बस्ती में वे कम ही आते थे। कह सकते हैं कि उनका अलग मुहल्ला था, जैसे पौधों का कोई खेत या उद्यान हो। उनकी मनुष्यों से कोई शत्रुता नहीं थी। उन्होंने मनुष्यों पर कभी आक्रमण नहीं किया था। कभी भिड़े भी नहीं थे। इसलिए मनुष्य भी उनसे छेड़-छाड़ नहीं करते थे। विक्रम जान नहीं पाया कि वे परस्पर वार्तालाप भी करते थे या नहीं। उनकी अपनी कोई भाषा थी भी या नहीं। वे सोचते-समझते भी थे या नहीं। उनकी अपनी कोई पाठशालाएँ और गुरुकुल भी थे या नहीं। वे अपने बच्चों को पढ़ाते-लिखाते थे या नहीं। वे अपना ज्ञान, ग्रंथों के रूप में या किसी और प्रकार से संचित करते थे या नहीं। उनका संचित किया हुआ ज्ञान उनकी अगली पीढ़ी तक पहुँचता था या नहीं।

वरुणपुत्री ने उसे बताया था कि उनके ग्रह पर प्राकृतिक उत्पात बहुत ही कम होते थे। उन्हें स्मरण नहीं था कि वहाँ कभी भूकंप आया हो, कभी कोई ज्वालामुखी फूटा हो, कभी वह ग्रह बाढ़ में डूबा हो। कभी अनावृष्टि अथवा अतिवृष्टि हुई हो।

''क्यों माँ?''

''मनुष्य की प्रकृति से मैत्री के कारण।'' वरुणपुत्री ने बताया था, ''दो कारण हैं; एक तो यह कि हम प्रकृति से छेड़-छाड़ नहीं करते और दूसरा यह कि हम जानते हैं कि मनुष्य के पास भी उतनी ही शक्ति है, जितनी प्रकृति के पास। इसलिए या तो प्रकृति मनुष्य की इच्छा का पालन करती है या मनुष्य प्रकृति की बात मान जाता है।''

''माँ।'' विक्रम को कुछ स्मरण हो आया, ''मैंने पढ़ा था कि एक समय था कि धरती पर विंध्याचल आकाश की ओर उठ रहा था, तो ऋषि अगस्त्य ने उसे आदेश दिया था कि वह ऊपर उठना बंद करे। वह दीवार के समान अपनी ऊँचाई से भारत को दो भागों में न बाँटे। वे उसे पार कर दक्षिणी भारत की ओर जा रहे थे। जब तक वे लौट कर न आएँ, वह उतनी ही ऊँचाई पर थमा रहे।...और उनकी बात मान कर उसने अपना ऊपर उठना स्थगित कर दिया।...क्या ऐसा हो सकता है माँ? कोई अपना विकास भी बंद कर सकता है क्या?''

वरुणपुत्री हँस पड़ीं। ''तुम स्वयं ही तो बता रहे हो कि ऐसा हुआ है।''

''यही तो पूछ रहा हूँ कि क्या ऐसा हो सकता है? क्या कभी ऐसा हुआ है या यह केवल एक काल्पनिक कहानी ही है।'' विक्रम ने माँ की ओर देखा, ''क्या पर्वत भी आकार में मनुष्यों और वृक्षों के समान बढ़ते हैं। क्या वे अपनी इच्छा से बढ़ सकते हैं, स्वेच्छा से अपना बढ़ना रोक सकते हैं। क्या उनका भी मन होता है और उसमें इच्छाएँ होती हैं। क्या उनको किसी मनुष्य के द्वारा आदेश दिया जा सकता है?''

''हे भगवान। इतने सारे प्रश्न। एक साथ,'' वरुणपुत्री हँसीं।

''ये सारे प्रश्न इस एक कहानी या घटना में से ही तो उपजे हैं,'' विक्रम ने कहा।

''यदि मैं कहूँ कि पहले ऐसा होता था; किन्तु अब नहीं होता, तो?''

''तो मैं नहीं मानूँगा। आपने ही तो कहा था कि प्रकृति के नियम नहीं बदलते,'' विक्रम बोला।

वरुणपुत्री देर तक हँसती रहीं, ''मनुष्य का जीवन प्रकृति के जीवन से बहुत छोटा है। जब मनुष्य जाति के इतिहास में बहुत दीर्घकाल व्यतीत हो जाता है, युग बीत जाते हैं, या कल्प बीत जाते हैं; तो उसके लिए इतिहास भी कहानी ही बन जाता है। घटनाएँ स्मरण रह जाती हैं और उनके प्रमाण लुप्त हो जाते हैं। मनुष्य अपने अतीत को जान कर भी उसकी घटनाओं पर स्वयं ही विश्वास नहीं करता।'' वे रुकीं, ''मुझे प्रसन्नता है कि तुम्हारा ज्ञान तुम्हारे मन में प्रश्न उठाता है। यदि तुमने अगस्त्य की कहानी सुनी है...''

''सुनी नहीं है, पढ़ी है।''

''यह तो और भी अच्छा है। वैसे अब मनुष्य का चिंतन ऐसा हो गया है कि वह मनुष्य के वास्तविक सामर्थ्य और शौर्य को कथा-कहानी ही मानने लगा है।'' वे बोलीं, ''अब एक दूसरी घटना की ओर ध्यान दो।''

''क्या?''

''श्रीराम ने भी सागर से प्रार्थना की थी कि वह उन्हें और उनकी सेना को पार जाने के लिए मार्ग देने की कृपा करे...''

''किन्तु सागर ने मार्ग नहीं दिया था।''

''ठीक है। मार्ग नहीं दिया था। वस्तुत: उसने श्रीराम की शक्ति को कम आँका था। राम ने भी अपनी शक्ति नहीं दिखाई। समुद्र उन्हें दुर्बल याचक मानता रहा : परिणामत: श्रीराम को अपना शौर्य प्रकट करना पड़ा। वह श्रीराम की शालीनता थी। वे अपनी शक्ति से अनभिज्ञ नहीं थे। उन्होंने जैसे ही लक्ष्मण से शस्त्र लाने को कहा, सागर हाथ जोड़े प्रकट हो गया।''

''हाँ।''

''तो उससे तुम्हें अपने प्रश्न का उत्तर मिल जाएगा।'' वे बोलीं, ''शक्ति मनुष्य के पास भी है और प्रकृति के पास भी। वस्तुत: ये दोनों एक ही सृष्टि के तो अंग हैं। बात केवल इतनी है कि किसका कैसा स्वरूप है और किसके पास कितनी शक्ति है, वह उसके प्रति कितना सजग है और उसका प्रयोग वह कैसे करता है। पृथ्वी पर मनुष्य ने अपनी शक्ति से कहीं अधिक अपनी बुद्धि का प्रयोग किया है। इसलिए हम मान बैठे हैं कि मनुष्य, प्रकृति के सम्मुख सर्वथा शक्तिहीन है। अगस्त्य ने विंध्याचल को ऊँचा उठने से मना किया था। वह ऋषि की बात नहीं मानता और ऊपर उठता ही जाता तो अगस्त्य क्या कर सकते थे?''

''आज की दृष्टि से सोचूँ तो वे कुछ भी नहीं कर सकते थे,'' विक्रम ने कहा।

''वे उसे बीच से चीर सकते थे। चीर देते तो?'' वे रुकीं।

''क्या ऐसा भी संभव है?''

''एकदम संभव है। झारखंड में दशरथ माझी था न। वह तो आज के युग का व्यक्ति है। उसने अकेले ही कुदाल से पहाड़ काट कर सड़क बनाई थी। वह पर्वत पुरुष कहलाया। अगस्त्य के पास तो अनेक प्रकार की दिव्य शक्तियाँ थीं। ये वही ऋषि थे, जिन्होंने सागर का सारा जल पी लिया था।''

''मुझे तो उस पर भी विश्वास नहीं होता। क्या उनके शरीर में इतना स्थान था कि सागर का सारा जल उसमें समा जाता? और यदि उसके पश्चात् उन्होंने वह उगला नहीं तो समुद्र में यह जल कहाँ से आया?''

''ठीक कहते हो,'' वे बोलीं। ''उसका अर्थ इतना ही है कि उन्होंने कुछ ऐसा किया कि यात्रियों के लिए, सागर के जल का होना अर्थहीन हो गया।

लोग उस पर से यात्रा कर सकते थे। इसका अर्थ है कि उन्होंने सामान्य लोगों के लिए भी जल-संतरण सहज बना दिया था।'' वे रुकीं, ''आओ, मैं तुम्हें कुछ और भी दिखाऊँ।''

~

अब वे सागर के तट पर खड़े थे। यह सागर का कौन-सा तट था, विक्रम नहीं जानता था; किन्तु उसने सागर का ऐसा भयंकर रूप पहले कभी नहीं देखा था।

वह उसे देखता रहा : उत्ताल तरंगें किसी महा भयंकर सर्प के समान दौड़ती हुई आती थीं, जैसे सारे सागर-तट को लील जाएँगी। जाने क्यों वे उसे महा भयंकर भुजंग के समान दिखाई पड़ती थीं। वह अपने अनुमान से नाप रहा था; पाँच-छह फुट ऊँचा ज्वार तो होगा ही। किन्तु ऐसा लगता था कि किनारे तक पहुँचते हुए उसके सामने कोई दीवार खड़ी हो जाती थी। वह लहरों को रोकती ही नहीं थी, उसे ज़ोर की टक्कर देती थी और भुजंग जैसी वह लहर जल के कणों में बिखर जाती थी। लहर सकुचाई-सी, खिसियाती हुई पीछे लौट जाती थी; जैसे किसी चौपाए की पिछली दोनों टाँगें दोहरी हो गई हों और वह सामने की ओर देखता हुआ भी डरा हुआ पीछे की ओर घिसटता जाता हो।...किन्तु वे अपना प्रयत्न नहीं छोड़ रही थीं। एक लहर गिरती थी तो दूसरी दाँत पीसती हुई उसी प्रकार के क्रोध में किनारे की उस दीवार पर अपना सिर पटकने आ पहुँचती थी।

''माँ, आज सागर कुछ असाधारण रूप से क्रुद्ध दिखाई दे रहा है,'' विक्रम ने कहा। ''यह तो अखाड़े में कुश्ती लड़ रहा है या कबड्डी खेल रहा है। पर यह खेल नहीं है, युद्ध है। यह कहाँ तक आगे बढ़ेगा?''

''ठीक कह रहे हो पुत्र। उसे अपना अपमान स्मरण आ रहा है,'' वरुणपुत्री ने कहा। ''वह अपने अपमान का प्रतिशोध लेना चाहता है; किन्तु ले नहीं पा रहा। ले भी नहीं पाएगा। उसे उसकी सीमा के दंड से बाँध कर रखा गया है।''

''पर समुद्र तो अत्यंत शक्तिशाली है।''

''है; किन्तु अपने इस बंधन को वह तोड़ नहीं पाएगा।''

''क्यों? वरुणदेव...''

''जिसे तुम देख रहे हो, वह अरब सागर है।'' वरुणपुत्री ने कहा, ''उधर देखो, हिन्द महासागर की लहरें एड़ियाँ उठा-उठा कर दूर-दूर तक देखने का प्रयत्न कर रही हैं। हाँ, वे देख तो सकती हैं, किन्तु वहाँ तक जा नहीं सकतीं।... जिस भूमि को अरब सागर देख रहा है...''

''वह कौन-सी भूमि है ?''

''वह केरल की भूमि है,''...वरुणपुत्री ने कहा। ''जिसे आज केरल कहा जा रहा है, अतीत काल में वहाँ भी सागर ही था। वह सागर की ही भूमि थी। वह हिन्द महासागर था।''

''तो यह परिवर्तन ?''

''उसी परिवर्तन को वह स्मरण कर रहा है।'' वरुणपुत्री ने कहा, ''उसे स्मरण है।...परशुराम ने सहस्रार्जुन के अत्याचारों से क्रुद्ध होकर भारत भूमि के क्षत्रिय राजाओं को अत्याचारी और राक्षस कहकर, एक-एक कर मार डाला था। उनके राज्य, उनकी भूमि, युद्ध के नियमों के अनुसार अब परशुराम की थी; किन्तु उन्हें शासन नहीं करना था। वे तो केवल इतना ही चाहते थे कि पृथ्वी पर से अधर्म का शासन समाप्त हो जाए और वहाँ धर्म का शासन हो।...क्षत्रिय राजा समाप्त हो गए थे तो अब शासन कौन करेगा ? उन्हें नए क्षत्रिय गढ़ने होंगे क्या ? और उनके गढ़े जाने तक ? और यदि उस धरती का स्वामी कोई नहीं होगा तो परशुराम उसका क्या करेंगे ? प्रजा को किसके भरोसे छोड़ेंगे ? प्रजा का रक्षक कौन होगा ? उसका अनुशासन कौन करेगा ?

''परशुराम को इस माथापच्ची में कोई रुचि नहीं थी। वे तो एक ही बात जानते थे...जिस पदार्थ का भोग न हो सके, उसका दान कर दिया जाना चाहिए; अन्यथा उसका क्षय ही होगा। तो वे इस पृथ्वी का भी दान कर दें ? किसे दे दें कि धरती का कल्याण हो और उन्हें बाद में उस दान का पश्चाताप न हो। कौन है सुपात्र ? उन्होंने प्रमुख ब्राह्मणों की सभा बुलाई और घोषणा कर दी कि वे सारी पृथ्वी ब्राह्मणों को दान कर रहे हैं; क्योंकि दान के लिए, उनसे श्रेष्ठ कोई पात्र इस पृथ्वी पर नहीं है। ब्राह्मण उसका धर्मपूर्वक पालन-पोषण करें। धरती के जीव-जंतुओं का विकास हो। पृथ्वी पर सात्त्विक तत्व का बाहुल्य हो। प्रकृति शांत रहे। मनुष्य देवताओं के हित में और देवता मनुष्य के हित में कार्य करें।''

'' 'ठीक है। हम आपका दान स्वीकार करते हैं,' ब्राह्मणों ने कहा। 'किन्तु जब आप इसे हमें दान कर चुके हैं, तो आपका इस पर कोई अधिकार नहीं रह गया है। आप इसका भोग नहीं कर सकते। आप इसका त्याग कर दें; कहीं और चले जाएँ। आपका यहाँ रहने का अर्थ होगा कि आपने इसका पूर्णत: दान नहीं किया है। आप इसका दान और भोग दोनों नहीं कर सकते।'

'''इस विषय में तो परशुराम ने कुछ सोचा ही नहीं था। उन्होंने ब्राह्मणों को भूमि दी और ब्राह्मणों ने उन्हें उस भूमि से ही निष्कासित कर दिया। उचित किया क्या? पर यह तो होना ही था। ब्राह्मण दान लेकर उसे अपने यजमान के साथ बाँट तो नहीं सकता।...तो अब वे कहाँ जाएँ। पृथ्वी तो वे सारी की सारी दान कर चुके हैं। उनको अपने पैर टिकाने के लिए कोई और स्थान चाहिए, जो इस दान कर दी गई धरती से बाहर हो।...तो क्या वे विश्वामित्र के समान एक नवीन सृष्टि करें, एक नई पृथ्वी उत्पन्न करने का उद्यम करें? अथवा किसी अन्य ग्रह पर चले जाएँ?''...

''नहीं। वे तो इस पृथ्वी पर ही दान की गई भूमि से पृथक, एक छोटा-सा खंड खोज रहे थे, जिस पर वे अपना आश्रम बना सकें। भूमि का ऐसा खंड, जो उन्होंने अभी दान नहीं किया हो।...

''सागर को ज्ञात था कि परशुराम के मन में वराह-अवतार का बिंब जन्म ले रहा था। वराह-अवतार के रूप में विष्णु ने पृथ्वी को सागर से मुक्त कराया था। परशुराम भी उसी विष्णु के अवतार थे, तो वे भी जल से भूमि माँग सकते थे, छीन सकते थे, उसका उद्धार कर सकते थे।...जिस भी शब्द का प्रयोग वे करना चाहें और कर्म को जो भी रूप वे देना चाहें...परशुराम ने समुद्र से राम के समान प्रार्थना नहीं की। अब तक वे क्षत्रिय राजाओं के विरुद्ध शक्ति का प्रयोग करते रहे थे। वे अब भी वही करना चाहते थे।''

''उन्होंने अपने हाथ में परशु उठाया और कहा—'महासागर, पीछे हट। अपने जल से धरती का एक खंड खाली कर। मुझे अपना आश्रम बनाने के लिए धरती के एक खंड की आवश्यकता है। पीछे हट'।''

'' 'आप किसी और ग्रह पर क्यों नहीं चले जाते? आपके लिए क्या कठिन है,' सागर ने कहा।

'नहीं। मैं अपनी पृथ्वी छोड़ कर कहीं नहीं जाऊँगा। मुझे स्थान दे।'

‘‘परशु लिए हुए उनका हाथ ऊपर उठा, जैसे अभी प्रहार कर देंगे।

‘‘सागर की लहरों ने ही नहीं उसके जल-कणों ने भी अपने अस्त्र-शस्त्र सँभाल लिए। किन्तु सागर ने हाथ के संकेत से उन्हें रोक दिया, ‘कोई लाभ नहीं है।’ ’’

‘‘सागर का मन खीज उठा : परशुराम उसकी सत्ता और क्षमता का तनिक भी सम्मान नहीं कर रहे थे। वरन् वे उसका अपमान कर रहे थे, उसे धमका रहे थे, आदेश दे रहे थे, जैसे वे उसके स्वामी हों।...

‘‘किन्तु फिर भी सागर का साहस नहीं हुआ कि उनका विरोध करे। अभी तो वे उससे अपने आश्रम के लिए, भूमि का एक खंड ही माँग रहे हैं। रुष्ट हो गए तो उनका परशु जाने क्या कर्म कर डाले।...सागर ने अपनी लहरों को पीछे हटने और तत्काल वह भूमि खाली करने का आदेश दिया। लहरों ने चीत्कार किया...जैसे किसी को बिना किसी चेतावनी के औचक ही उसी क्षण अपना बसा-बसाया घर छोड़ कर निकल जाने को कहा गया हो। भगदड़ मच गई। उस आपाधापी में किसी को ध्यान नहीं रहा कि उसने अपने कौन-कौन से मोती कहाँ संजो कर रखे थे, कौन-सी फ़सल उगाई थी। किसी लहर ने नहीं देखा कि उसका परिवार कहाँ बिखर गया, उसके सगे-संबंधी कहाँ गए। पड़ौसी कहाँ गए। हाहाकार मचा हुआ था। सब जैसे अपना अस्तित्व बचाने के लिए सिर पर पाँव रख कर भाग रहे थे। डरे हुए, भयभीत, अपने घरों से खदेड़े गए शरणार्थियों के समान।

‘‘लहरें तो बिना साजो-सामान, लुटे-पिटे हाल में, भाग रही थीं, जैसे कोई भयंकर और शक्तिशाली शत्रु नंगी तलवार लिए उनके पीछे आ रहा हो। पीछे हटने का भी स्थान नहीं था। न ही यह पता था कि भाग कर जाना कहाँ है।...ऊपर से जल की चादर का आश्रय हटते ही, जल के नीचे की बालुका में निश्चित भाव से रह रही, वनस्पति के ऊपर तो जैसे वज्रपात ही हो गया। वे भाग नहीं सकती थीं और उनका रक्षक और पालक जल ऊपर से हटता जा रहा था। सूर्य की किरणें सीधे ही उन पर आक्रमण कर रही थीं। चारों ओर का वायुमंडल एकदम बदल गया था। अब वे श्वास कहाँ से लें और कैसे लें ? लग रहा था कि अकस्मात् ही उन पर मृत्यु का आक्रमण हो गया है। महाप्रलय आ गया है। वे निष्प्राण-सी होकर अपना सिर टेकती जा रही थीं।

''सागर कुछ पीछे हट गया था। जल के नीचे से प्रकट हुई उस भूमि का सौन्दर्य देख कर परशुराम चकित रह गए। इतनी हरीतिमा। जल और हरियाली का संगम अद्भुत था। चारों ओर नारियल से लदे वृक्ष...केरा...केरा...। उनके मुख से उच्चरित हुआ। इस प्रदेश को क्या नाम दिया जाए? केरलम्? केरल...केरल...

''सागर का मन प्रसन्न नहीं हुआ। क्षण भर पहले तक जो हिन्द महासागर था, वह अब केरल हो गया था। जहाँ जल के भीतर उगने वाली वनस्पतियाँ थीं, वहाँ अब पृथ्वी पर उगने वाले पौधे थे। जहाँ जलचर विहार करते थे, वहाँ अब पृथ्वी के जीव जाने कहाँ-कहाँ से आकर एकत्रित हो गए थे।...और पृथ्वी के ये जीव सागर से उसकी संपत्ति छीनने का प्रयत्न कर रहे थे और करते रहेंगे।...एक बार तो सागर के मन में आया कि वह भी परशुराम के सम्मुख अपनी शक्ति का प्रदर्शन करे। अपनी मर्यादा तोड़ कर अपने जल की लहरों को आगे बढ़ने का आदेश दे। वे लहरें जो चंद्रमा को छूने के लिए आकाश तक उठना चाहती हैं, उन्हें धरती को डुबो देने का आदेश दे।...किन्तु उसकी लहरों के सामने परशुराम का परशु था। कहीं ऐसा न हो कि केरल को पुन: प्राप्त करने के प्रयत्नों में वह अपनी और भी धरती खो दे।...नहीं, वह केरल को वापस नहीं ले सकता। परशुराम से वह कुछ भी छीन नहीं सकता।...किन्तु जिन ब्राह्मणों को पृथ्वी दान की गई है, उनसे तो वह कुछ-न-कुछ छीन ही सकता है।...उसने केरल को छोड़ दिया; किन्तु उसकी लहरें खड्ग की तीक्ष्णता के समान भारत के दक्षिणी भाग पर पूर्व और पश्चिम से आक्रमण करने लगीं। वह भारत के दक्षिणी भाग को काट कर पृथक् कर देगा और फिर उसे जल में डुबो कर अपना अंग बना लेगा।...

''किन्तु यहीं तो माता पार्वती ने तपस्या की थी। वह स्थान 'कन्या कुमारी' कहलाता है। उसे जल में डुबो देना अथवा उस पर अधिकार कर लेना, उसके सामर्थ्य में नहीं था। वह महादेव शिव को रुष्ट नहीं कर सकता था। वह स्थान तो सुरक्षित ही रहेगा। वह माता के संरक्षण में था। तो उसके दक्षिण की भूमि को वह मुख्य भूमि से काट कर पृथक कर सकता था। वही उसका केरल छिनने का प्रतिशोध होगा...

''सागर निरंतर उग्र से उग्रतर होता चला गया। उसकी लहरें सदा के

समान आगे बढ़ कर लौट नहीं रही थीं। वे ऊँची से ऊँची होती जा रही थीं। पहली लहर के कंधे पर चढ़ कर दूसरी लहर और आगे बढ़ जाती थी। तीसरी लहर या तो उसके कंधे पर चढ़ कर और ऊँची और भयंकर हो जाती थी अथवा पीछे से धक्का मार कर उसे ही और अधिक बलशाली बना देती थी। धरती कटती जा रही थी। उसका वह दक्षिणी किनारा जो पर्वतीय भूमि का बना हुआ था, समुद्र में डूब तो नहीं रहा था; किन्तु उसमें तैरता अवश्य जा रहा था।

''सागर प्रसन्न था, उसने अपना प्रतिशोध ले लिया था। परशुराम ने जितनी भूमि उससे छीनी थी, सागर ने उससे बड़ा भूमि-खंड धरती से छीन लिया था। वह उसके अधिकार में था, वह जब चाहेगा, उसका जल उस भूमिखंड को अपने भीतर समेट लेगा।

''किन्तु सागर की वह इच्छा पूरी नहीं हुई। कुबेर के मन को वह द्वीप भा गया। उन्होंने उसका नामकरण किया—लंका। उसका अलंकरण किया... वनस्पतियों और पुष्पों से। सोने और चाँदी से। हीरों और मोती-माणिकों से। अब वह कुबेर की राजधानी थी।

''सागर के परिश्रम से बनाया गया वह द्वीप यक्षों के अधिकार में चला गया था। सागर ने चाहा कि वह उस भूमि, जिसका नाम अब लंका हो गया था, से अनुरोध करे कि यदि वह यक्षों से मुक्ति चाहे तो समुद्र में समा जाए और उसका अंग बन जाए। सागर की गहराई में पैठी लंका यक्षों के किस काम की ?...किन्तु क्या लंका उसका अनुरोध स्वीकार करेगी ?...और सागर में साहस नहीं था कि कुबेर के द्वीप पर अपनी लहरों की सेना भेजे। कुबेर के राज्य में शांति थी। सागर के आक्रमण से अशांति उत्पन्न होगी तो कुबेर उसे क्षमा नहीं करेंगे। वैसे सागर की सेना में केवल लहरें ही नहीं थीं। वहाँ विराट्काय जीव-जंतु भी थे। वे हिंस्र भी थे और उनमें से अनेक विषाक्त भी थे। किन्तु वे जल के भीतर ही जीवित रह सकते थे। यदि लहरें लंका के पहाड़ों पर टिक सकें तो वे जीव-जंतु भी वहाँ रह कर यक्षों से युद्ध कर सकते हैं। किन्तु वे लहरें बिना किसी आधार के लंका की उस ऊँचाई पर टिक नहीं पाएँगी। उन्हें लौट कर नीचे आना ही होगा। लंका पर सागर का शासन तभी स्थापित हो सकता था, जब वह उसकी शिलाओं को चूर्ण कर दे। तभी वह उस पर अपनी प्रजा को बसा सकता था...किन्तु उसका अर्थ था सदा के लिए

कुबेर का विरोध...शत्रुता।''

''माँ, परशुराम का परशु किस प्रकार का शस्त्र था, जिससे सागर भी डरता था?''

''मुझे लगता है कि वह आज के मिसाइल छोड़ने वाला ही कोई शस्त्र था। सागर के भीतर, पानी के नीचे मिसाइलों की बौछार करने वाला कोई शस्त्र। राम ने भी तो जब अपना धनुष ताना था तो सागर हाथ जोड़ कर उनके सामने प्रकट हो गया था। उनके पास भी जल के भीतर चलने वाली कोई मिसाइलें ही रही होंगी।''

''और हमारे आज के वैज्ञानिक उन्हें हाथ में पकड़ कर चलाए जाने वाले लौकिक अस्त्र और शस्त्र समझते हैं; मात्र परशु और धनुष-बाण।''

''उनका ज्ञान अभी बहुत सीमित है; और अहंकार असीम है। वे यह मानते हैं कि जो वे नहीं जानते, वह है ही नहीं। उनके लिए यह मानना बहुत कष्टप्रद है कि उनके ज्ञान से परे भी कुछ है,'' वे बोलीं। ''वैसे इसमें कुछ योगदान शब्दों का भी हो सकता है। शब्द वही रहते हैं; किन्तु समय के साथ उनके अर्थ बदल जाते हैं। यहाँ यह भी संभव है। संभव है कि उस समय परशु का रूप और अर्थ कुछ और रहा हो, जैसे *गीता* के शब्द 'पर्याप्त' और 'अपर्याप्त' का अर्थ अब मूल अर्थ से एकदम विपरीत हो गया है।''

''किन्तु कुबेर भी वहाँ टिक नहीं पाया।...''

''रावण कुबेर से मिलने आया तो लंका उसे भी भा गई। वह उसे सोने की नगरी लग रही थी। और चारों ओर से महासागर से घिरी हुई। युद्ध की दृष्टि से वहाँ समुद्र की खाई थी और पर्वतों की उस ऊँचाई पर चट्टानों से घिरी लंका नगरी, वह अपने-आप में ही एक दृढ़ दुर्ग थी। शत्रुओं के आक्रमण से सर्वथा सुरक्षित। बस कुबेर ने अपने महल के चारों ओर एक परकोटा नहीं बनवाया था। उसने उसे दुर्ग का रूप नहीं दिया था। रावण ने वह परकोटा भी बनवा लिया। अब सागर को पार कर कोई शत्रु वहाँ तक आ नहीं सकता था। आ जाए तो उसे पहाड़ पर चढ़ते-चढ़ते, रावण की दुर्ग जैसी नगरी के परकोटे तक आते-आते मार गिराया जा सकता था।

''रावण ने कुबेर से लंका तो लंका, पुष्पक विमान भी छीन लिया और कुबेर को लंका से बाहर निकाल दिया। कुबेर दुहाई ही देता रहा कि वे दोनों

भाई हैं, किन्तु रावण ने एक नहीं सुनी। उसे भाई से अधिक प्यारी लंका थी।

''सागर के लिए रावण से लड़ना और कठिन हो गया था। उसके पास विशाल सेना थी। वे लोग जलयान बना कर समुद्र में से यात्रा करते थे। विभिन्न द्वीपों तक जाते थे। सागर की लहरें उन्हें क्या रोकतीं, उसके विपरीत वे ही लहरों को रोक भी लेते थे और उनकी दिशाओं को मोड़ भी देते थे।...किन्तु कुछ ही दिनों में सागर ने देख लिया कि सागर का वह शांत क्षेत्र शांत नहीं रह गया था। रावण प्रतिदिन ब्रह्मांड की किसी-न-किसी दिशा में आक्रमण कर आता था। किसी-न-किसी से युद्ध आरंभ कर देता था। कहीं भी लूटपाट कर आता था। किसी भी राज्य की राजकुमारी अथवा रानी को उठा लाता था।... तो वे पीड़ित लोग शांत कैसे रहते। भारत और लंका के मध्य का सागर सृष्टि भर की जल-सेनाओं का रणक्षेत्र बन गया था।...किन्तु रावण उससे तनिक भी प्रभावित नहीं हुआ था। सागर के जल में ठहरे अपने जलपोतों से शत्रु सेना अपने बाण चला कर रावण के नगर अथवा दुर्ग को कोई विशेष क्षति नहीं पहुँचा सकती थी। रावण उनसे युद्ध करने के लिए जल में उतरता ही नहीं था।...शत्रु उसका पीछा करते हुए आते तो पाते कि वह लंका में अत्यंत सुरक्षित बैठा है।...सागर को अच्छा नहीं लगता था कि वह रावण की सुरक्षा का सबसे बड़ा उपकरण बन गया है। उसी की ओट में तो रावण निर्भीक बना बैठा था और सारी सृष्टि में कहीं भी किसी को पीड़ित कर आता था।...सागर का मन होता था कि वह लंका को अपने जल में आत्मसात कर ले। पर यह संभव नहीं था। लंका कोई साधारण ऊँची शिला या पहाड़ी नहीं थी।...और एक दिन सागर चकित रह गया...अब तक कभी ऐसा नहीं हुआ था। वर्षा तो होती ही रहती थी, जिसके जल से उसकी शक्ति बढ़ती थी; किन्तु हिमपात कभी नहीं हुआ था।...और आज आकाश से हिम-वर्षा हो रही थी। हिम-वर्षा ऐसी थी कि न तो सागर पर हिम की चादर बिछने में समय लगता था और न ही जल के ताप के कारण उसके पिघलने में समय लगता था। लगता था कि हिमपात होने, सागर के जल पर उसकी चादर बिछने और फिर पिघल जाने का एक क्रम चल रहा था।...

''सागर ने हिम से पूछा, 'यह क्या हो रहा है?'

''इन्द्र दुर्बल मन से अपनी शक्ति दिखाने का प्रयत्न कर रहे हैं।''

''सागर ने उसे आश्चर्य से देखा। रावण ने स्वर्ग पर आक्रमण किया था। इन्द्र उसे अपनी धरती पर पराजित नहीं कर पाए तो उसका पीछा करते हुए यहाँ तक आए। अब वे जल बरसाते हैं तो वह लंका की पहाड़ियों से बह कर नीचे आ जाता है। सोचा होगा, हिमपात करेंगे तो लंका के पहाड़ों पर भी हिमालय के समान बर्फ़ जम जाएगी और लंका राक्षसों के रहने योग्य नहीं रहेगी। किन्तु ऐसा कुछ हो नहीं रहा। सागर हँसा, 'यदि रावण लंका में नहीं रह पाएगा तो वह इन्द्र से स्वर्ग छीन लेगा। कैसा मूर्ख है, यह इन्द्र भी। अपने शत्रु को निमंत्रित कर रहा है : आ बैल, मुझे मार। चैन से स्वर्ग में बैठा क्यों नहीं रहता।' ''

'' 'यदि ऐसा हुआ तो इन्द्र किसी अन्य ग्रह पर चला जाएगा।' हिम ने कहा, 'मुझे मालूम है कि इन्द्र के दूत अंतरिक्ष में नई आकाश गंगा में किसी उपयुक्त ग्रह की खोज में हैं।'

'' 'क्या रावण वहाँ नहीं पहुँच जाएगा।'

'' 'कह नहीं सकता।' हिम ने कहा। 'शायद इन्द्र का विचार है कि रावण की पहुँच आकाश गंगा तक नहीं है। आज तक उसका कोई प्रमाण नहीं मिला है...और यदि ऐसा कुछ हुआ भी तो इन्द्र उस ग्रह को अपने वज्रों से तोड़ डालेगा।'

'' 'अर्थ यह है कि रावण को पराजित करना इन्द्र के वश में नहीं है,' सागर ने कहा। 'तो अग्नि या पवन ही कुछ कर लेंगे।'

'' 'संभवत: यह उनके लिए भी संभव नहीं है। यह काम कोई और ही करेगा।' अब हिम के बदले ओले पड़ने लगे थे।

'' 'यदि इन्द्र का वश चले तो वे आकाश से हिम-शिलाएँ गिराएँगे।' हिम ने कहा, 'क्यों नहीं गिरा रहे, यह तो वे ही जानें।'

''सागर के मन में हिम का वाक्य बार-बार गूँज रहा था...'यह काम कोई और ही करेगा।'

''और एक दिन आकाश में बिजलियाँ गरजने लगीं, जैसे वज्रपात होने को हो। मेघों के पर्वत परस्पर टकराने लगे। भय का वह वातावरण ऐसा था कि सागर तक को लगा कि कहीं मेघों के वे पर्वत सूर्य को खंड-खंड तो

नहीं कर देंगे। किन्तु वह संभव नहीं था। जलती अग्नि को खंड-खंड कैसे किया जा सकता था। किन्तु यह अंधकार क्यों छा रहा था। लगा, पवन का वेग असाधारण हो उठा है। इतना कि समुद्र का जल भी उससे आहत हो कर ऊँची-ऊँची लहरों में परिवर्तित होने लगा है। सागर को चिंता होने लगी, क्योंकि यह सब उसके आदेश से नहीं था। तो क्यों था यह सब? प्रकृति इतनी क्रुद्ध क्यों हो रही थी?

''रावण कोई बड़ा कुकृत्य कर आया था। वह किसी महीयसी का अपहरण कर लाया था।...तो फिर प्रकृति उसके मुंड के सौ खंड क्यों नहीं कर देती?...हिम का कथन उसे स्मरण हो आया, 'यह काम किसी और को ही करना था।' उस 'किसी और' की प्रतीक्षा सब को थी। आकाश को भी, सागर को भी, पवन को भी, पर्वतों को भी। किन्तु 'कोई और' था कौन?

''कुछ ही दिनों में हनुमान आए। उन्होंने न सागर से कुछ कहा, न कुछ माँगा। अपने सामर्थ्य और शक्ति से ही सागर पार कर गए और जब लौटे तो पता चला कि वे आधी लंका जला आए थे। राक्षस उनका कुछ भी बिगाड़ नहीं पाए थे। अपने शरीर और वस्त्रों की जलती आग को उन्होंने सागर के जल से बुझाया था। सागर के मन में तत्काल एक लोभ जागा। उसने जलते हुए हनुमान को अग्नि से बचाया है, तो वह हनुमान से सहायता माँग सकता है। हनुमान लंका को जला सकते हैं, तो वे उसे ध्वस्त भी कर सकते होंगे। पर पता नहीं संकोच आड़े आया या वह हनुमान से डर गया। वह हनुमान को अच्छी तरह जानता भी तो नहीं था। जाने वे उसकी बात को किस रूप में स्वीकार करें। लंका ध्वस्त करने के स्थान पर वे समुद्र को ही क्षति पहुँचाने लगें, तो। लंका में प्रवेश के लिए भी तो वे समुद्र को लाँघ कर ही गए थे। तब भी समुद्र, अपनी लहरों और अपने जीव-जंतुओं से न उनको रोक पाया था, न डरा ही पाया था। और उसके पश्चात् एक दिन राम अपने भाई लक्ष्मण तथा वानर मित्रों के साथ आकर सागर के तट पर खड़े हो गए।

'' 'हे महासागर, मुझे मार्ग दो। मुझे अपनी वानर सेना के साथ सागर को पार कर लंका की भूमि पर जाना है।'

''सागर कुछ चकित हुआ : कोई ऐसा भी मनुष्य हो सकता है, जो हाथ में धनुष-बाण भी धारण करता हो, तपस्वी के वेश में रहता हो और सागर

से प्रार्थना करता हो। परशुराम ने तो यह नहीं किया था।...किन्तु ये राम थे। उनके भाई और उनके मित्र कह रहे थे कि यह प्रार्थना का समय नहीं था। वे अपने बाणों की अग्नि से सागर के जल को वाष्प में बदल दें। सागर खाली कर दें, ताकि उनकी सेना उसमें से होकर उस पार जा सके।

'नहीं।' राम ने कहा, 'सागर का जल सूख गया तो अनर्थ हो जाएगा। प्रकृति के साथ ऐसा खिलवाड़ नहीं करना चाहिए।'

''वे पूरा सम्मान देते हुए, तीन दिनों तक समुद्र की स्तुति करते रहे। उससे प्रार्थना करते रहे। सागर ने अपनी ओर से कोई प्रतिक्रिया प्रकट नहीं की। कोई संकेत नहीं दिया। उनकी प्रार्थना का कोई उत्तर नहीं दिया। वस्तुत: वह तो चाहता था कि राम क्रुद्ध हो जाएँ और अपने उस क्रोध में लंका को ध्वस्त कर दें। तब सागर की लहरें आगे बढ़ पाएँगी। अपनी मनचाही दूरी तक। वह केरल की भूमि को पुन: प्राप्त कर लेगा। वह मार्ग क्यों देता...उससे तो राम लंका का ध्वंस नहीं करेंगे। संभवत: वे लंका पर शासन करेंगे। केरल को प्राप्त करने का समुद्र का स्वप्न, स्वप्न ही रह जाएगा। राम का धैर्य क्षीण होता गया और अंतत: उन्होंने क्रुद्ध होकर लक्ष्मण को बाण और शरासन लाने का आदेश दिया, 'लक्ष्मण धनुष-बाण ले आओ। आज मैं अपने बाणों के ताप से इस जड़ समुद्र का सारा जल ही सुखा डालूँगा।'

''समुद्र का मन काँप गया : यह क्या? वे लंका को ध्वस्त करने की बात नहीं कह रहे थे। यदि राम ने यह सारा जल सुखा दिया तो क्या स्थिति हो जाएगी? समुद्र के तल से, समुद्र के ही आकार की जली हुई, वंध्या भूमि निकल आएगी। वह केरल को प्राप्त करना चाहता था और यहाँ उसका सारा साम्राज्य ही उससे छिन रहा था। सागर के उस जल-मय संसार में रहने वाले सारे जीव-जंतु कहाँ जाएँगे? जल सूख गया तो लंका सागर के लिए कितनी ऊँची हो जाएगी? वह एक केरल को रो रहा था, यहाँ कितने ही केरल उसके हाथ से निकल जाएँगे।...सागर ने मनुष्य का रूप धारण किया और राम के सम्मुख प्रकट हो गया, 'प्रभु क्रुद्ध न हों। मेरा प्रणाम स्वीकार करें? मैं आपकी क्या सेवा कर सकता हूँ?'

'' 'मुझे और मेरी सेना को लंका में प्रवेश करना है। हमें मार्ग दो।'

'' 'आपके पास नौकाएँ या जलपोत नहीं हैं क्या?'

'' 'नहीं हैं। होतीं भी तो हम समुद्र में रावण की नौ-सेना से युद्ध करना नहीं चाहते।'

'' 'क्यों?'

'' 'तुम देख सकते हो, मेरी सेना वानरों की सेना है। वे थल सेना का ही काम जानते हैं। उन्होंने कभी जल-युद्ध नहीं किया है। हमारे पास उस प्रकार के उपकरण भी नहीं हैं। मैं नहीं चाहता कि मेरा एक भी सैनिक डूबे; इसलिए हमें मार्ग चाहिए। समुद्र के बीच में से होकर अथवा उसके ऊपर से उस पार जाने के लिए मार्ग चाहिए।' राम रुके, 'यदि तुमने अपनी लहरों से काट कर लंका को भारत से पृथक् नहीं किया होता, तो यह संकट ही नहीं आता। अब तुम हमें मार्ग दो।'

'' 'आपकी सेना के लिए उपयुक्त मार्ग कैसे बनेगा?'

'' 'हम सेतु का निर्माण करेंगे।'

'' 'सेतु तो ऊपर से बनेगा। आप क्या वायु में सेतु की सामग्री स्थापित करेंगे, शून्य में?'

'' 'नहीं।' राम बोले, 'पहले तो तुम हमें लंका तक पहुँचने का निकटतम मार्ग बताओ, सब से छोटा रास्ता; और फिर वह सामग्री प्रस्तुत करो, जो हम तल की चट्टानों पर डाल कर सागर के बीच में से होकर एक प्रशस्त और दृढ़ मार्ग बना सकें, ताकि हमारी सेना कम-से-कम समय में समुद्र के उस पार लंका की भूमि पर जा उतरे।'

'' 'हनुमान ने आपको बताया नहीं,' सागर ने कहा, 'कि जिस मार्ग से वे लंका में गए थे, वही लंका तक पहुँचने का सबसे छोटा मार्ग है।'

'' 'वे वायु मार्ग से भी तो गए थे।'

'' 'वे चाहते तो वायु मार्ग से भी जा सकते थे; किन्तु वे तैर कर पार गए थे। थोड़ी-थोड़ी दूरी पर शिलाएँ हैं, पहाड़ियाँ हैं। उनके मध्य का खाली स्थान पाट दीजिए, सेतु नहीं, लंका तक जाने का प्रशस्त राजमार्ग बन जाएगा। मैं आपको वचन देता हूँ कि आपकी सेना के द्वारा स्थापित किए गए पत्थरों में से किसी एक को भी मैं उनके स्थान से तिल मात्र भी नहीं सरकाऊँगा। डूबने तो नहीं ही दूँगा।'

''राम अपने स्थान से उठ खड़े हुए, 'अच्छी बात है। तुम जाओ।'

'' 'जा रहा हूँ, अपने मन की एक बात आप से कहना चाहता हूँ।'

'' 'कहो।'

'' 'केरल की भूमि मेरी भूमि है। मैं उसे पुन: प्राप्त करने के लिए कब से प्रयत्नशील हूँ। अब आप यदि अपने इस तथाकथित सेतु से भारत भूमि को पुन: लंका से जोड़ देंगे; और मेरी लहरें आपके द्वारा स्थापित पत्थरों को खिसकाएँगी भी नहीं तो मेरा मार्ग तो अवरुद्ध हो जाएगा। मैं केरल की भूमि कभी प्राप्त नहीं कर पाऊँगा।'

'' 'हाँ। ठीक कह रहे हो।'

'' 'तो?'

'' 'तुम केरल को भारत के पास ही रहने दो,' राम ने कहा। 'वहाँ भविष्य में अनेक ऐसे महापुरुष जन्म लेंगे, जिनकी मानवता को आवश्यकता है।'

सागर ठगा-सा खड़ा रह गया और राम चले गए।

वानर सागर को पाटते गए और भारत, लंका के निकट होता गया। और फिर राम की वानर सेना लंका में प्रवेश कर गई। रावण, कुंभकर्ण और मेघनाद मारे गए और राम महीयसी सीता को पुष्पक विमान में बैठा कर अयोध्या ले गए।

2

दिल्ली में सत्ताधारी दल के संसदीय बोर्ड की बैठक समाप्त हो गई थी। एक-एक कर सारे सदस्य उठते जा रहे थे। थोड़ी देर में कमरा खाली हो जाएगा। किन्तु प्रधानमंत्री अभी तक अपना सिर पकड़े हुए बैठे थे।...उनको अपना और पार्टी का अंधकारमय भविष्य स्पष्ट दिख रहा था। अंधेरा-ही-अंधेरा था। यदि ऐसा कुछ हुआ तो हाई कमान तो उनका खून ही पी जाएँगी।...जिन लोगों को वे अंगुली पकड़ कर राजनीति में लाए थे, जिन्हें चुनाव लड़ना सिखाया था, जिन्हें ऊँचे-ऊँचे पदों पर बैठाया था, जिन लोगों के बड़े-बड़े भ्रष्टाचारों की ओर से आँखें मूँद रखी थीं, वे सब ही उनका साथ छोड़ कर जा रहे थे।

आज उन्हें समझ में आ रहा था कि उनके दल के सदस्यों ने आज तक उन्हें अपना नेता नहीं माना था। नेता तो हाई कमान ही थीं। पार्टी के सांसद उन्हें तो केवल एक असमर्थ पदाधिकारी ही मानते रहे थे। वे मानते थे कि उन लोगों ने ही उन्हें प्रधानमंत्री के पद पर बैठाया था, जिस क्षण चाहेंगे, उन्हें उतार कर धरती पर पटक देंगे।

विपक्ष ने संसद में अविश्वास मत का नोटिस दे दिया था। विपक्ष जानता था कि अब उसके पास सांसदों की संख्या सत्ताधारी दल से अधिक थी। ठीक है कि वे सब एक ही दल के लोग नहीं थे। न उनके सिद्धांत समान थे, न इतिहास समान था, न देश के प्रति सोच समान थी। उन्होंने इधर-उधर बिखरे हुए महत्त्वपूर्ण और महत्त्वहीन दलों के सदस्यों को किसी-न-किसी लोभ में फँसा कर प्रधानमंत्री के विरुद्ध मतदान कर सरकार को गिराने की योजना बनाई थी। न कोई सिद्धांत था, न जनहित का भाव, न देश का प्रेम, न मानवता...और प्रधानमंत्री देख रहे थे कि उनके अपने दल के पास संख्या

बल नहीं था। राजनीति तो संख्या-बल का ही नाम था। उनकी सरकार निश्चित रूप से गिर जाएगी।

जब सरकार बनाई थी, तब तो ऐसा नहीं था। तब ये ही सारे सदस्य हाथ जोड़ कर चुनाव लड़ने के लिए पार्टी का टिकट माँग रहे थे। पार्टी के बल पर चुनाव जीत गए, तो अब उनका लोभ आसमान को छूने लगा था। किसी को लगता था कि उसे मंत्री बनाया जाना चाहिए था, जो नहीं बनाया गया। हाई कमान ने कहाँ-कहाँ से ढूँढ़ कर दो-दो कौड़ी के अपने चहेते लोगों को मंत्री पद दे दिया था।...किसी को लगता था कि निकट भविष्य में होने वाले विधान सभा के चुनाव में उसके भाई या बेटे को भी पार्टी का टिकट मिलना चाहिए।...वे मुँह फाड़ कर निर्लज्जता से अपनी माँगों की घोषणा ही नहीं कर रहे थे, धमकियाँ भी दे रहे थे। उन्हें धन चाहिए था, जनता को लूटने की स्वतंत्रता चाहिए थी। जो प्रधानमंत्री रिश्वत न लेने दे, घोटाला न करने दे, उसका साथ देने का क्या लाभ...संसद में होने वाले विश्वास मत में वे उनके और पार्टी के विरुद्ध भी जा सकते थे। और कुछ न भी करें तो अनुपस्थित तो रह ही सकते थे। प्रधानमंत्री के मन में आशंकाएँ ही आशंकाएँ थीं। इस समय तो हाई कमान सिर के नीचे हाथ रख कर चैन से सो गई थीं। जब जागेंगी तो प्रधानमंत्री से स्पष्टीकरण माँगेंगी। पार्टी को लाभ होता है तो वे बताती हैं, उनके कारण हुआ है। क्षति हो जाए तो वह प्रधानमंत्री के सिर मढ़ दी जाती है।

प्रधानमंत्री ने हताशा में अपने दोनों गालों पर अपने ही हाथों से एक-एक तमाचा लगाया। उन्होंने इतना गलत चुनाव कैसे कर लिया। वे अपने प्रति और पार्टी के प्रति निष्ठावान लोगों को कैसे पहचान नहीं सके। अरे जब वे हाई कमान को ही नहीं पहचान सके तो और किसी को क्या पहचानते?...जो सचमुच निष्ठावान थे, वे तो आज भी शांति से अपने घर में बैठे थे। पार्टी-कार्यालय में आते थे तो कोई शिकायत भी नहीं करते थे। अपने दायित्वों और कर्तव्यों के विषय में ही पूछते थे। जो भी काम उन्हें सौंप दिया जाए, उसे निष्ठा से करते थे।...पर कौन जाने वे भी तब तक ही निष्ठावान हों, जब तक उन्हें कोई महत्त्वपूर्ण पद प्राप्त न हो जाए। यह मनुष्य नाम का जीव बहुत कमीना और स्वार्थी होता है।...आज वे बहुमत जुटा लें तो ये ही लोग जो उन्हें आँखें दिखा रहे हैं, उनके तलवे चाटने को तैयार हो जाएँगे। राजनीति क्या केवल

निम्नकोटि के स्वार्थ का धंधा है...?

पर उन्हें अपने साथी चुनने की स्वतंत्रता भी कहाँ थी। हाई कमान का आदेश आ जाता था और वे सिर झुका कर उसे मान लेते थे। अब तो आदत पड़ गई थी। और वे ही कौन-सा अपने बल पर, अपनी पार्टी बना कर, चुनाव लड़ कर संसद में आए थे। हाई कमान ने उन्हें अपनी पार्टी का मुखड़ा बना कर सामने खड़ा कर दिया था। राज्यसभा के माध्यम से उन्हें संसद में पहुँचा दिया था।...उनके चारों ओर चालीस चोरों का घेरा बन गया था और वे अली बाबा बने बैठे थे। वे अपने-आप को सदाचारी मानते थे; किन्तु घिरे हुए तो वे उन चोरों से ही थे। तो उनको कोई कैसे सदाचारी मान लेता।

किन्तु वे प्रधानमंत्री थे। सरकार उनकी थी। उन्हें अपनी सरकार बचानी थी। नहीं तो न उनका सरकार में कोई महत्त्व रहेगा, और न पार्टी में। और अब वे इस महत्त्व को छोड़ नहीं सकते थे। खून मुँह लग चुका था। या तो वे महत्त्व से चिपक गए थे या महत्त्व उनसे चिपक गया था।...अब उनके पास उपाय ही क्या था। दूसरे दलों के सदस्यों को फुसलाएँ, बहकाएँ और लुभाएँ। किसी बड़े दल का कोई नेता तो उनकी बातों में आएगा नहीं। वह प्रधानमंत्री का पद माँगेगा। उप-प्रधानमंत्री का पद माँगेगा। कोई मंत्रालय माँगेगा। स्पीकर का पद माँगेगा। पर अब और कोई मार्ग नहीं था। जितनी भी छोटी पार्टियाँ हैं, उनसे संपर्क करना पड़ेगा। राष्ट्रीय दलों से भी और प्रादेशिक दलों से भी। दो-दो, चार-चार सदस्यों वाले टुच्चे दलों के सामने भी नाक रगड़नी पड़ेगी। एड़ियाँ घिसनी पड़ेंगी।...एक बार सरकार गिर गई तो जो कुछ देश के लिए किया है, वह सब ध्वस्त हो जाएगा। जिसके हाथ में सत्ता आएगी, वह अपनी मनमानी करेगा। निर्माण कम करेगा, ध्वंस अधिक करेगा। उनके शासनकाल में उनके साथियों के द्वारा किए गए सारे घोटाले खुल जाएँगे। वे और उनके साथी तो क्या, हाई कमान भी जेल में होंगी। इसी भय ने उन सब को इकट्ठा कर रखा है। नहीं तो उनमें कौन-सी समानता है। नया शासन 'भारत तेरे टुकड़े होंगे' का नारा सच करके दिखा देगा।

पिछली बार की घटना स्मरण है उन्हें। मुंबई में आतंकी आक्रमण हुआ था। सैकड़ों लोग मारे गए थे। होटल ताज को भी आतंकियों ने खंडहर बना दिया था। सारे प्रमाण मुँह खोल कर बता रहे थे कि आतंकी पाकिस्तान से

आए थे। वे पाकिस्तानी थे। उन्हें वहाँ प्रशिक्षण दिया गया था। शस्त्र दिए गए थे। पैसे दिए गए थे। बाद में पता चला था कि उनका एक दल सप्ताह भर पहले से आकर ताज के पास के एक छोटे होटल में ठहरा हुआ था। आस-पास के समाचार बटोर रहा था। मुर्गे खा रहा था और अपने साथियों और शस्त्रों की प्रतीक्षा कर रहा था।...और फिर उनके साथी कराची से चल कर जल मार्ग से एक गुजराती नौका के सहारे मुंबई में आ उतरे थे। पुलिस अपने नाकों पर अड़ी खड़ी थी और ए.टी.एस. वाले इस सब से अनजान अपनी संध्या की पार्टी कर रहे थे।

मुंबई नगर शमशान बनने-बनने को था, तब कमांडो बुलाए गए थे। जानबूझकर विलंब किया गया था। और भी बहुत कुछ हुआ था। वायुसेना वाले सीमा पार जाकर पाकिस्तान पर हवाई प्रहार करने को तैयार खड़े थे। वे सीमातोड़ आक्रमण करने को तत्पर थे...किन्तु पार्टी की हाई कमान और तत्कालीन रक्षा मंत्री ने उसकी अनुमति नहीं दी थी। वे पड़ोसी देश से संबंध बिगाड़ना नहीं चाहते थे। जाने क्यों। क्यों प्रेम था उन्हें अपने शत्रुओं से? क्या देते थे वे लोग इन्हें?...और वे प्रधानमंत्री होते हुए भी बैठे उन दोनों का मुँह देखते रहे, देश को कलंकित करते रहे; और सारा देश उनकी कायरता के गुण गाता रहा। पड़ौसी देश से संबंध और क्या बिगड़ने थे? वे लोग हर दूसरे-चौथे दिन आत्मघाती आतंकी भेज कर विस्फोट कर देते थे। और हमारे देश से उसका कोई प्रतिरोध नहीं होता था। हुआ तो शत्रुओं के साथ एक-आध चर्चा-बैठक हो जाती थी; वे पाखंडी कोई समझौता कर लेते थे। प्रधानमंत्री भी उन पर विश्वास करते रहे; क्योंकि हाई कमान यही चाहती थीं। उनका परिवार वही चाहता था।

...सेना ने कुछ विमानों और शस्त्रों की आवश्यकता बताई तो रक्षा मंत्री ने उत्तर दिया था कि सरकार के पास पैसे नहीं हैं। वे सच बोल रहे थे कि सरकार के पास पैसे नहीं थे, पर वे यह भी जानते थे कि वे पैसे किस-किस ने खाए थे और छिपा कर कहाँ रखे थे; किन्तु हाईकमान का पैर प्रधानमंत्री की गर्दन पर था। चाहते भी तो क्या करते। अपनी गर्दन तुड़वाने का साहस वे कभी नहीं कर पाए। किसी से शिकायत करते तो उत्तर मिलता, तुम भी वही करो, जो दूसरे कर रहे हैं।...जिस देश के पास अपनी सेनाओं के शस्त्रों

के लिए पैसे नहीं थे, वह युद्ध कैसे करता।...दो समाचार और मिले थे कि सरकार ने पाकिस्तान के संपर्क में रहने वाले, कश्मीर के कुछ दलों को बुला कर उनसे शांति-वार्ता की है और उन लोगों को समझौते की राशि के रूप में कुछ करोड़ रुपए दे दिए हैं। बंगले दिए हैं। विश्व भर में हवाई यात्राओं का खर्च दिया है। होटलों के बिल चुकाए हैं। उनके बच्चों को विदेशों में पढ़ने की सुविधाएँ दी हैं। सरकार में ऊँचे-ऊँचे पदों पर बैठाया है।...शत्रुओं ने उनकी ही दी हुई राशि से शस्त्रास्त्र खरीद कर अगले आक्रमण की योजना बनाई होगी... स्पष्ट था कि हाई कमान देश की स्थिति को सुधारने के पक्ष में नहीं थीं।

अब यदि फिर सरकार गिर गई तो आने वाली सरकार पिछली सरकार से भी दुर्बल और कोमल हृदय पड़ौसी से प्रेम करने वाली होगी।...यह भी पता चला था कि जब ताज होटल के स्वामी ने होटल के जीर्णोद्धार के लिए विज्ञापन निकाला था तो अनेक देशों के वास्तुकारों ने आवेदन किया था। उनमें पाकिस्तान की भी कुछ कंपनियाँ थीं। होटल के स्वामी रतन टाटा ने उनके आवेदन रद्द कर दिए थे। वे लोग दिल्ली में आकर हाईकमान और कुछ शक्तिशाली मंत्रियों से मिले और निवेदन किया कि वे टाटा को समझाएँ कि यह काम उन्हें दे दिया जाए। मंत्री महोदय को कुछ भेंट-उपहार भी दिया गया होगा। मंत्री महोदय ने तत्काल टाटा को फ़ोन मिलाया कि वे अच्छी कंपनियाँ हैं। उनकी माँग भी बाकी कंपनियों से कम है। वे अच्छा काम करेंगे। टाटा यह काम उन्हें ही दे दें।...पर टाटा नहीं माने। उन्होंने उत्तर दिया, ''यू कैन बी शेमलैस। आई कांट बी।''

प्रधानमंत्री के लिए यह केवल अपनी सत्ता का प्रश्न नहीं था, देश की रक्षा, उसकी अखंडता, उसकी संप्रभुता का प्रश्न भी था। वे हाई कमान की इच्छ और अपनी कमज़ोर स्थिति को देखते हुए भी अपने देश को टूटते हुए नहीं देख सकते थे।

3

प्रधानमंत्री अपने कार्यालय में पहुँचे तो उन्हें बताया गया कि तमिलनाडु की सबसे बड़ी पार्टी 'देशोत्थान' के अध्यक्ष दयासागर उनकी प्रतीक्षा कर रहे थे।

...वे चकित रह गए। वे कल्पना भी नहीं कर सकते थे कि ऐसे अवसर पर, जब उनकी नैया डूब रही है। वे अपने लिए साथी खोज रहे थे, 'दयासागर' स्वयं चल कर उनके पास आएँगे। यह पहला व्यक्ति था जो हाई कमान के पास न जाकर उनके पास आया था। उनके मन में अनेक सतरंगी कल्पनाएँ जाग उठी थीं।

औपचारिकताएँ और सत्कार होने के पश्चात् प्रधानमंत्री ने पूछा, ''कहिए हमारी याद कैसे आई?''

दयासागर हँसे, ''दिल्ली आया था। सोचा, आपके दर्शन कर लूँ।''

''लोग दिल्ली आकर लालकिला और कुतुब मीनार देखते हैं। प्रधानमंत्री के दर्शन करने नहीं आते।''

''चलिए औपचारिकता छोड़ते हैं। सत्य पर आते हैं।''

''यही ठीक रहेगा।''

''संसद में आपके विरुद्ध अविश्वास प्रस्ताव आ रहा है।''

''जी।''

''आपके पास बहुमत है क्या? सच बोलिएगा।''

''नहीं है।''

''आपको मालूम है हमारे पास कितने सांसद हैं।''

''मालूम है।''

''यदि हम आपका समर्थन करें तो ?''

''फिर कोई भय नहीं है।''

''तो समाधान आपके सामने है। आप हमारी एक इच्छा पूरी कर दें। हम आपके पक्ष में मतदान कर देंगे।''

''आप की इच्छा... ।''

''जी। रामसेतु तुड़वाइए और सेतुसमुद्रम् बनवाइए।''

''मैं जानता हूँ; किन्तु आप भी जानते हैं कि संसार भर के हिन्दू यह मानते हैं कि रामसेतु भगवान श्रीराम ने बनवाया है। उसे कैसे तोड़ सकते हैं ? उससे हिन्दुओं के दिल टूट जाएँगे; और वे हमारे विरुद्ध वोट करेंगे।''

''दिल टूट जाएँगे तो उन्हें कुछ दे-दिला कर बहला लीजिएगा। बच्चा रोता है तो कोई खिलौना लेकर चुप हो जाता है। वोटों का प्रबंध भी हो जाएगा,'' दयासागर बोले। ''न मैं हिन्दू हूँ और न आप हिन्दू हैं। मैं नास्तिक हूँ और आप ब्राह्मसमाजी हैं। हमें क्या लेना-देना रामसेतु से। आज कोई मिश्र के पिरामिड नष्ट कर दे, तो हमें क्या। हम उसकी पूजा तो नहीं करते न।''

''बात तो आपकी ठीक है,'' प्रधानमंत्री बोले। ''मुझे हाई कमान से बात करनी होगी कि अपनी सरकार बनाए रखनी है या रामसेतु की रक्षा करनी है।''

''हाँ। उनसे पूछिए, अपने सेतु की रक्षा करनी है या राम के सेतु की,'' दयासागर ने कहा। ''मैं अपने प्रदेश का मुख्यमंत्री हूँ। वहाँ का सारा कार्य-व्यापार मेरी इच्छा से चलता है। आप देश के प्रधानमंत्री हैं और हर काम के लिए हाई कमान के आदेशों पर निर्भर रहते हैं। कैसे प्रधानमंत्री हैं आप। प्रधानमंत्री हैं या हाई कमान के चपरासी ?''

''आपकी उक्ति बहुत कटु है; किन्तु मैं भी बँधा हुआ हूँ। अली बाबा तो मैं ही हूँ किन्तु चालीस चोरों के बीच बंधा हूँ। वे चालीस चोर हाई कमान के दास हैं और उन्हीं के नचाए, नाचते हैं।''

''तो ठीक है, आप परस्पर विचार-विमर्श कर लीजिए। यदि हमारी इच्छा पूरी करने को तैयार हों तो हम आपके साथ हैं और यदि आप सहमत न हों तो रामसेतु टूटे न टूटे आप की सरकार धड़ाम हो जाएगी।''

''पर आप सेतु को तोड़ने पर क्यों तुले हैं ?''

''हम नहीं, पूर्वी लंका के हमारे साथी ऐसा चाहते हैं।''

''क्यों? क्या लाभ होगा?''

''इस रामसेतु के कारण उनका प्रदेश, सीधे हिन्द महासागर से नहीं जुड़ सकता। वहाँ एक वैश्विक पत्तन नहीं बन सकता। वहाँ से सारे विश्व के साथ खुला व्यापार नहीं हो सकता। और व्यापार के बिना संपन्नता नहीं आ सकती,'' दयासागर ने कहा। ''हम उसे एक वैश्विक पत्तन बनाना चाहते हैं, ताकि हमारे व्यापार का विकास हो सके। उससे लाभ तो सारे देश का ही होगा। रामसेतु से किसका लाभ होगा। वह उस मार्ग पर चलने वाले बड़े जलपोतों को रोकता ही तो है। हमारे व्यापार को सीमित करता है। सब से बड़ी कठिनाई तो दु:शासन को बड़े हथियार पहुँचाने की है। रामसेतु बाधा ही बाधा है।''

''तो ठीक है, मैं बात करता हूँ; पर इस देश का एक भी हिन्दू रामसेतु को क्षति नहीं पहुँचाना चाहेगा।''

''मैंने कहा न कि आप तो हिन्दू नहीं हैं। आप ब्राह्मसमाजी हैं; और हम भी नास्तिक हैं। हमें न राम से कुछ लेना-देना है, न रामसेतु से,'' दयासागर ने अपनी बात दोहराई। ''उसके बदले में हम आपकी जो सहायता करेंगे, उसके बल पर आप अगले बीस वर्षों तक भारत जैसे विशाल देश पर शासन कर सकेंगे, प्रधानमंत्री जी।''

~

प्रधानमंत्री घर पहुँचे तो उनकी पत्नी ने सूँघ लिया कि वे स्वस्थ नहीं हैं।

''ज्वर है क्या या सिर में पीड़ा है?''

''नहीं। मस्तिष्क में विचारों के झंझावात हैं। इसमें सारा हिन्द महासागर उफान पर आया हुआ है, 'फणि' के तूफ़ान जैसा। लगता है मेरा सिर फट जाएगा।''

''क्या हो गया?''

''यदि मैं रामसेतु नहीं तोड़ता तो हमारी सरकार टूटती है।''

''क्या कहना चाह रहे हैं आप?''

‘‘लगता है रामसेतु तुड़वाना होगा। ‘सेतु समुद्रम्’ की जीत होगी।’’

‘‘शासन का मोह। अरे, राम ने कितना बड़ा राज्य त्याग दिया था, एक आदर्श के लिए। उस राम का बनवाया हुआ सेतु तुड़वा देंगे आप? एक पद के लिए, जो जाने कब आप से छीन लिया जाएगा। कैसे हिन्दू हैं आप।’’

‘‘इसीलिए तो मेरा दिमाग खराब हो रहा है।’’

‘‘हाँ। आप राम तो हैं नहीं कि पद छोड़ कर वनवास को निकल जाएँ। आप तो अपने पद को बनाए रखने के लिए कोई भी पाप करेंगे।’’

‘‘इसमें पाप क्या है। यह तो एक राजनीतिक निर्णय है।’’

‘‘भगवान राम के बनवाए हुए सेतु को तुड़वाएँगे। उनके पृथ्वी पर छोड़े हुए चिह्न को मिटाएँगे। राम को काल्पनिक बताएँगे आप। रामसेतु संसार का सब से बड़ा राम-मन्दिर है। आप विधर्मियों की बातों में आ गए हैं। हिन्दुओं में यही तो दोष है। ढंग से अपनी रक्षा भी नहीं कर सकते। कोई मुसलमान मुहल्ले की मस्जिद की एक ईंट भी तोड़ने का साहस नहीं करेगा; और आप समुद्र पर बनवाया हुआ रामसेतु तुड़वाएँगे। कैसे हिन्दू हैं। धिक्कार है आप पर।’’

प्रधानमंत्री और सुन नहीं सके। ऐसे तो उन्हें संसद में भी कभी किसी ने नहीं लताड़ा था। ऐसा दुस्साहस तो पत्नी ही कर सकती है। किन्तु...यह सब कुछ, जो आज उनकी पत्नी कह रही है, कल सारा देश कहेगा।

4

जिन्हें हाई कमान कहा जाता था, वे एक विदेशी महिला थीं। पिछले प्रधानमंत्री से उनकी युवराज की अवस्था में, विवाह कर वे भारत आ गई थीं। पति का देहांत हो गया; उसके पश्चात् भी वे अपने देश नहीं लौटीं। लौटने के लिए तो वे आई ही नहीं थीं। उन्होंने तो अपने देश की नागरिकता भी नहीं छोड़ी थी। धर्म के विषय में भी कभी स्पष्ट नहीं हुआ कि वे कितने प्रतिशत हिन्दू थीं। थीं भी या नहीं। अपने बच्चों के नाम हिन्दुओं के से रख दिए थे; किन्तु उनके धर्म के विषय में कभी कुछ स्पष्ट नहीं होने दिया था। वे आवश्यकता के अनुसार किसी भी धर्म का वेश धारण कर वही होने का दावा करते थे, जैसे नाटक में चरित्र की भूमिका के अनुसार वेशभूषा बदली जाती है, वैसे ही वे भी बदल लेते थे।

हाई कमान विदेशी होने के कारण भारत के संविधान के अनुसार यहाँ की प्रधानमंत्री नहीं बन सकती थीं; किन्तु उन्होंने प्रकट यही किया कि वे प्रधानमंत्री का पद स्वेच्छा से त्याग रही हैं, क्योंकि वे देश की सेवा करना चाहती हैं। वे त्याग की देवी बन कर, हाई कमान बन गईं। पद प्रधानमंत्री के पास था और सत्ता हाई कमान के पास। उनकी पार्टी के लोग उनके प्रति बहुत निष्ठावान थे और वे हृदय से मानते थे कि वे बहुत महान् महिला थीं। महानता का अवतार थीं। पति के देहांत के पश्चात् वे दूसरा विवाह कर सकती थीं; किन्तु उन्होंने विधवा जीवन ही अंगीकार किया। जनता मानती थी कि प्रधानमंत्री बनने का पूरा अधिकार और सामर्थ्य होते हुए भी प्रधानमंत्री न बन कर, उन्होंने असाधारण त्याग का प्रमाण दिया था। बेचारे मूल कारण जानते नहीं थे। वस्तुतः वे अपने पुत्र के प्रधानमंत्री बनने के अधिकार की रक्षा कर रही थीं। बस समय की प्रतीक्षा थी। जनता भी विचित्र होती है, कभी अत्यंत समझदार हो जाती है और कभी सर्वथा मूर्ख बनी रहती है। या उसे समझदार

बनने में कुछ समय लगता है।

प्रधानमंत्री को चाय पिला कर हाई कमान ने पूछा, ''यह अचानक ही, बिना कोई पूर्व-सूचना दिए, कैसे आना हुआ?''

प्रधानमंत्री को होश आया : आज तक वे बिना बुलाए कभी हाई कमान के पास नहीं आए थे। आज जाने कैसे साहस कर बैठे, अपनी विभ्रांति में। हाई कमान उनसे कारण नहीं पूछ रही थीं। उन्हें बता रही थीं कि उन्होंने अक्षम्य दुस्साहस किया है। आरोप यह था कि वे अपने अधिकार से बाहर जाने का अपराध कर बैठे थे। एक प्रकार से वे अपना रोष जता रही थीं।

''अगले सप्ताह संसद में विपक्ष हमारे विरुद्ध अविश्वास मत प्रस्तुत करने वाला है।''

''तो? जो कुछ होना है, संसद में होना है। आप यहाँ क्या करने आ गए हैं?'' हाई कमान का स्वर और भी हिंस्र हो गया था।

''आपसे आवश्यक चर्चा करनी है। उसके बिना हम संसद में अपना पक्ष कैसे रखेंगे,'' प्रधानमंत्री हकलाकर, कह ही बैठे।

''क्या? धन चाहिए?''

''तमिलनाडु के दल 'देशोत्थान' के अध्यक्ष दयासागर आए हैं। उनके पास तीस सांसद हैं। वे हमारी सहायता करने को प्रस्तुत हैं। यदि वे हमारे पक्ष में मत देते हैं तो हमें किसी प्रकार का कोई भय नहीं है।''

''तो फिर आपको क्या चिंता है,'' हाई कमान ने कहा। ''आज रात के भोजन के लिए उन्हें यहाँ बुला लीजिए। उन्हें हम समर्थन का मूल्य दे देंगे।''

''वह तो ठीक है; किन्तु उनकी एक शर्त है।''

''क्या शर्त है? मंत्री पद माँगते हैं? कितने?''

''नहीं। वे चाहते हैं कि हमारी सरकार रामसेतु को तोड़ दे और जिसे वे 'सेतु समुद्रम' कहते हैं, समुद्र में वह पथ प्रशस्त कर दे।''

''वह हम कर देंगे, इसमें क्या कठिनाई है।''

''इस हिन्दू देश में हम रामसेतु तोड़ेंगे तो अगले चुनाव में हमारे दल को एक भी वोट नहीं मिलेगा,'' प्रधानमंत्री ने कहा। ''मैं भी हिन्दू हूँ।''

हाई कमान ज़ोर से हँसीं, ''आप कहाँ के हिन्दू हैं। आप उतने ही हिन्दू हैं, जितनी हिन्दू मैं हूँ।''

''क्यों मैं हिन्दू ही तो हूँ।''

''नहीं। आप ब्राह्मसमाजी हैं। राजा राममोहन राय ने मूर्तिपूजा का निषेध किया था। उन्होंने ईसाइयों के कितने ही नियम स्वीकार किए थे। वे वेदों के कुछ श्लोकों से कुछ आगे नहीं बढ़े थे। *रामायण, महाभारत* और पुराणों में उनका कोई विश्वास नहीं था। ऐसे में न उनका किसी ऐतिहासिक राम के अस्तित्व में विश्वास था और न ही रामसेतु में। जब राम इस धरती पर पैदा ही नहीं हुए तो सेतु किसने बनाया।''

''किन्तु नासा अभारतीय और अहिन्दू होते हुए भी रामसेतु का अस्तित्व सिद्ध कर रहा है। उसका प्रमाण दे रहा है।''

''वह एडम ब्रिज है। एडम कौन था? कहाँ का था? किस युग में था? कोई प्रमाण है?''

''मैं तो उसका अर्थ समझता हूँ, अति प्राचीन। इतना प्राचीन कि मनुष्य उसकी कल्पना भी नहीं कर सकता। उसको मालूम ही नहीं है कि आदम कब हुआ। हुआ भी या नहीं। वह मनुष्य की सृष्टि की कल्पना मात्र है अथवा सचमुच आदम नाम का कोई जीव हुआ।''

''*बाइबल* आदम से सृष्टि का आरंभ मानता है। आदम की पसली से ईव या हौव्वा बनाई गई। यानी सृष्टि का आरंभ वहाँ से हुआ। नर-नारी के मिलने से। कोई तो होगा ही, जिससे मानव जाति का जन्म हुआ। अत: उसकी कल्पना कर ली। अर्थात् वह 'एडम ब्रिज' भी प्रकृति का ही एक अंग है। उसे न राम ने बनाया, न आदम ने, न किसी और मनुष्य ने। जिस शक्ति ने समुद्र बनाया, उसी ने चट्टानें बनाईं, उसी ने उस मार्ग को बनाया, जिसे अब सेतु कहा जा रहा है।''

''रामसेतु का मेरे लिए उतना ही महत्त्व है, जितना मैं हिन्दू हूँ,''प्रधानमंत्री बोले। ''और आप कह रही हैं कि मैं हिन्दू ही नहीं हूँ।''

''मेरे कहने को छोड़िए, आप अपने आचार्यों से पूछिए। मूर्ति पूजा को आप नहीं मानते। पुराणों को आप नहीं मानते। आपके स्वामी विवेकानन्द

जब तक ब्राह्म समाज में जाते रहे, तब तक का उनका व्यवहार देख लीजिए। अपने गुरु के पास दक्षिणेश्वर जाते थे तो गुरु की आज्ञा होने पर भी काली को प्रणाम नहीं करते थे। कैसे हिन्दू थे वे? वैसे ही हिन्दू आप हैं। आप ब्राह्म हैं, हिन्दू नहीं...। उस नाते, आप ईसाइयों के अधिक निकट हैं। मेरे निकट भी।''

हाई कमान ने उनके मस्तिष्क पर विजय पाई थी। सचमुच वे तो हिन्दू नहीं थे। उनके घर में राम, कृष्ण, शिव की पूजा नहीं होती थी। वे राजा राममोहन राय के अनुयायी थे; और राममोहन की कब्र इंग्लैंड में आज भी थी...उन्हें ईसाई पद्धति से दफ़नाया गया था। ब्राह्म आचार्य और उनके मन्दिर भी हिन्दुओं से भिन्न होते थे। वे हिन्दुओं के सारे ग्रंथ भी नहीं पढ़ते थे। ऐसे में रामसेतु के टूटने पर उनका मन क्यों दुखी होगा? पर उनकी पत्नी तो उन्हें धिक्कार रही थी...

''वैसे वह नाम मात्र का सेतु है।'' हाई कमान ने कुछ रुक कर कहा, ''वे भारत और श्रीलंका के मध्य के समुद्र में पड़ी हुई कुछ चट्टानें हैं। वे चट्टानें 'सेतु समुद्रम' के मार्ग में बाधा हैं। उन्हें वहाँ से हटा देने से न कोई प्रतीक नष्ट होता है, न कोई मन्दिर टूटता है। न इतिहास नष्ट होता है। बस समुद्र में एक छोटे मार्ग के स्थान पर बड़ा मार्ग बन जाता है, जहाँ से बड़े-बड़े समुद्री पोत जा सकेंगे।''

''किन्तु हिन्दुओं की भावनाएँ?''

''उन्हें हम समझा देंगे। जैसे आप समझ गए हैं, मैं समझ गई हूँ, वैसे ही वे भी समझ जाएँगे,'' हाई कमान ने कहा। ''बहुत होगा तो उच्चतम न्यायालय में शिकायत करेंगे, वहाँ हमारे वकील सँभाल लेंगे। वे वकील भी हिन्दू हैं।''

''हिन्दू होकर वे ऐसी बात कहेंगे।''

''उन्हें पैसा चाहिए, वह हम देंगे। पैसा सब कुछ करवा लेता है। पैसे के लिए वकील हत्यारे को निर्दोष और निर्दोष को हत्यारा सिद्ध कर देता है। अयोध्या में राम जन्मभूमि पर मन्दिर के विरोध में मस्जिद का पक्ष लेकर जो मुकदमा लड़ता है, वह भी तो हिन्दू वकील ही है। तो रामसेतु को काल्पनिक कह देना ऐसी कोई बड़ी बात नहीं है। वैसे उन्हें रामसेतु की सच्चाई का ही क्या पता है,'' हाई कमान ने कहा। ''देशोत्थान के अध्यक्ष, उस दयासागर से कहिए, संसद में हमारे पक्ष में वोट दे, हम रामसेतु तोड़ कर 'सेतु समुद्रम'

बनवा देंगे। यदि उसने हमारा साथ नहीं दिया तो 'सेतु समुद्रम्' को भूल जाए; वह कभी नहीं बनेगा। उसका विश्व-व्यापार और उसके माध्यम से अपना विस्तृत साम्राज्य स्थापित करने का स्वप्न कभी पूरा नहीं होगा। श्रीलंका के बाएँ तट पर क्या, किसी भी तट पर तमिलों का अपना राज्य कभी स्थापित नहीं होगा।...और हमारी सरकार गिर गई तो उसके सांसदों को कोई पूछेगा भी नहीं। दो कौड़ी में भी नहीं। हमारा विरोधी दल सत्ता में आ गया तो रामसेतु को हाथ भी नहीं लगाने देगा।''

5

विक्रम और वरुणपुत्री किसी और ही सागर तट पर खड़े थे। संध्या सिमट रही थी और रात्रि अपने चरण बढ़ा रही थी। विक्रम ने अपनी माँ की ओर देखा, ''मुझे लग रहा है कि इस झंझावात में एक जलपोत आ रहा है। वह तो बुरा फँस गया। किसका होगा?''

वरुणपुत्री हँसीं, ''लगता है बहुत शक्तिशाली जलपोत है, जो इस घूर्णावर्त और झंझावात में भी लहरों से लड़ने का साहस कर रहा है।''

''आप कहना चाहती हैं कि वह झंझावात में फँसा नहीं है, जानबूझ कर इस बिगड़ैल मौसम में यात्रा कर रहा है। अपनी शक्ति परख रहा है अथवा उसे अपनी शक्ति पर कुछ अधिक ही भरोसा है।''

''वह भी संभव है किन्तु अधिक संभावना यह है कि वह कोई ऐसा सामान ले जा रहा है, जो विभिन्न देशों के द्वारा बनाए गए कानूनों के अनुसार नहीं ले जाया जा सकता। कोई ऐसा पदार्थ जो निषिद्ध हो, वर्जित हो।...''

''इस समय क्यों,'' विक्रम ने पूछा। ''इस समय तो उसके डूब जाने की संभावना भी हो सकती है। इस झंझावात से सुरक्षित निकलना भी एक बड़ी कठिनाई है।...''

''इस झंझावात में छानबीन के लिए मार्ग में, नौसेना भी नहीं होगी,'' वरुणपुत्री ने कहा। ''तट-रक्षक भी नहीं होंगे, तो उनकी जाँच कौन करेगा। वैध और अवैध का निर्णय कौन करेगा? वे झंझावात की आड़ में अपना सामान निकाल कर ले जाएँगे। संभव है, जलदस्यु हों या किसी प्रकार के तस्कर।''

''आपको कोई अनुमान है कि वह किस प्रकार का सामान हो सकता है,'' विक्रम ने पूछा। ''जल-दस्यु या तस्कर...कोई भी हों किन्तु है यह दुस्साहस ही।''

‘‘ठीक कह रहे हो।...वैसे अनुमान तो मुझे है; किन्तु निश्चित कुछ नहीं है।’’ वरुणपुत्री हँसीं, ‘‘पर इतना सिर क्यों मारना, कल समाचार-पत्र में पढ़ लेना।’’

‘‘समाचार-पत्र में क्या होगा कि इस भीषण झंझावात में कुछ तस्कर अपना अवैध सामान लेकर सुरक्षित निकल गए?’’ विक्रम भी हँसा, ‘‘मुझे तो यहाँ कोई पत्रकार भी दिखाई नहीं दे रहा। टी.वी. की कोई ओ. बी. वैन भी नहीं है। रिपोर्टिंग कौन करेगा?’’

‘‘हम करेंगे न रिपोर्टिंग।’’ वरुणपुत्री हँसीं, ‘‘हमसे बड़ा पत्रकार कौन है। हम दूसरे ग्रहों के समाचार जान सकते हैं तो इतनी छोटी-सी बात का पता नहीं लगा पाएँगे।’’

‘‘समुद्र के भीतर जाना पड़ेगा क्या?’’

‘‘नहीं। उसकी आवश्यकता नहीं है।’’ वरुणपुत्री ने कहा, ‘‘सागर स्वयं ही सारा रहस्य उगल देगा।’’

विक्रम चुप हो गया। इतना अनुमान तो उसने लगा लिया था कि माँ जानती हैं कि उस जलपोत में क्या है और उसका परिणाम क्या होने वाला है। वह अपनी माँ और नाना के साथ उनके ग्रह पर जितना समय व्यतीत करके आया था, उतने समय में ही वह जान गया था कि उन लोगों के पास बहुत सारी असाधारण शक्तियाँ थीं। उनसे विक्रम ने भी बहुत कुछ पाया था।...किन्तु अपनी उन शक्तियों का प्रदर्शन कोई नहीं करता था। उनका प्रयोग भी असाधारण परिस्थितियों में ही किया जाता था।...किन्तु वह अभी तक यह जान नहीं पाया था कि वे लोग एक ग्रह से दूसरे ग्रह तक आवागमन कैसे करते थे। उसने जब कभी भी अपनी माँ से यह जानना चाहा, उसे एक ही उत्तर मिला कि सब कुछ समय आने पर मालूम हो जाएगा। जाने वह समय कब आएगा।

～

प्रातः माँ के स्वर से ही विक्रम की नींद टूटी।

वे वहाँ नहीं थीं किन्तु उनका स्वर था और बहुत साफ़ था, जैसे वे उसके सामने ही खड़ी हों।

''माँ कहाँ हैं आप ?''

''जहाँ हम कल थे। सागर-तट पर हूँ।''

''आपकी आवाज़ तो मेरे कमरे में आ रही है।''

''यह हमारे ग्रह का फ़ोन है। वह मशीन नहीं है। हमारे शरीर का अंग है।''

''मैं आपके पास आ जाऊँ।''

''आ जाओ। किसी को कुछ बताना मत और न ही किसी को साथ लाना।''

''गाड़ी लाऊँ ?''

''नहीं। वह तो ढिंढोरा पीटना हो जाएगा। गाड़ी सब को बता देगी कि तुम कहाँ हो,'' वरुणपुत्री ने कहा।

विक्रम समझ गया कि माँ नहीं चाहती थीं कि उसके पिता को पता चले कि वह कहाँ है। किन्तु यह रहस्यात्मकता क्यों थी ?

रात को जब वह आया था, पिता घर पर नहीं थे। इस समय वह उनसे मिले बिना ही चला जाएगा। वे उसकी अनुपस्थिति में उसे खोजेंगे तो ? यह लुका-छिपी उसकी समझ में नहीं आती थी। पर उसके पिता उसे खोजेंगे ही, यह आवश्यक नहीं था।

उसने घंटी बजाई। नौकर आया। उसने आज के समाचार-पत्र उसके सामने रख दिए।

''पिता जी कहाँ हैं ?''

''वे प्रातः ही हैलीकॉप्टर लेकर कहीं चले गए हैं। किसी संकट की चर्चा कर रहे थे।''

''उनके अंगरक्षक।''

''वे तो यहीं हैं। मालिक उन्हें साथ लेकर नहीं गए हैं।''

''छोटी माँ और राजीव तथा संजीव ?''

''वे लोग तो दो सप्ताह से स्विट्ज़रलैंड गए हुए हैं।''

''तुम जाओ।'' नौकर चला गया। विक्रम ने समाचार-पत्र पर दृष्टि डाली। मुख्य समाचार किसी जलपोत के सागर में डूबने का था।

'यह वही जलपोत होगा,' उसने सोचा, 'जो कल झंझावात से लड़ रहा था। अंतत: सागर ने उसके अहंकार को तोड़ ही दिया।'

‘‘घर में कोई नहीं है तो गाड़ी लेकर आ जाओ। जिनसे गोपनीयता थी, वे तो घर पर ही नहीं हैं,’’ वरुणपुत्री का स्वर सुनाई दिया।

‘‘अच्छा माँ,’’ वह बोला। ‘‘पर यह कौन-सा जलपोत डूबा है?’’

‘‘वही है। कल वाला। उसे डूबना ही था।’’

‘‘अच्छा। मैं आ रहा हूँ।’’

~

विक्रम ने गाड़ी रोकी तो वरुणपुत्री ने उसकी गाड़ी का दरवाज़ा खोला, ‘‘यहाँ बहुत भीड़ है। जनता भी है, पुलिस भी है, तटरक्षक और नौसेना वाले भी हैं। चलो, गाड़ी कहीं और खड़ी करें।’’

‘‘अब तो जलपोत डूब गया। अब नौसेना वाले क्या कर रहे हैं?’’

‘‘नौसेना के गोताखोर समुद्र के भीतर से जलपोत के अंजर-पंजर को बाहर निकाल रहे हैं। शायद कोई काम की चीज़ बच गई हो,’’ वरुणपुत्री ने कहा। ‘‘उसमें जो सामान था, उसे खोज-खोज कर बाहर ला रहे हैं।’’

‘‘और पुलिस वाले? लोगों को समुद्र से दूर रख रहे हैं?’’

‘‘वह तो आवश्यक है, नहीं तो जाने कितने लोग अपनी उत्सुकता में ही डूब मरे होते।’’ वे हँसीं, ‘‘वैसे भी जो कुछ समुद्र से निकल रहा है, उसे ही लोग ले भागते। उसकी रक्षा भी आवश्यक है।’’

‘‘टूटे जलपोत के टूटे लकड़ी के फट्टे चोरी हो जाते?’’

‘‘वे भी उपयोगी हैं और कुछ नहीं तो चूल्हा तो जल ही सकता है,’’ वे बोलीं। ‘‘और लोहे के कल-पुर्ज़े तो चोर बाज़ार में बिक ही जाते, चाहे तौल के भाव ही सही।’’

‘‘बस। इतनी-सी बात?’’

‘‘तुम भूल रहे हो विक्रम। वह जलपोत कुछ सामान ले जा रहा था।’’

''क्या था उसमें ?''

''वही तो पता लगा रही है पुलिस। तट-रक्षक और नौसेना और भी गंभीर है।''

''यदि वह जलपोत कोई ऐसा पदार्थ ले जा रहा हो, जो जल में घुल जाता हो तो फिर क्या हाथ लगेगा इनके ?''

वरुणपुत्री हँसीं, ''तुम समझते हो कि वह जलपोत नमक या शक्कर ढोने के लिए उस झंझावात में समुद्र की लहरों से लड़ने का संकट झेल रहा था ?''

''नहीं। वह कोई अवैध नशीला पदार्थ भी ला सकता है।''

''आओ, तुम्हें वह नशीला पदार्थ दिखाऊँ।'' उन्होंने विक्रम का हाथ पकड़ा और एक ऊँची चट्टान से समुद्र में छलाँग लगा दी।

पुलिस और तटरक्षक भी उस ओर भागे। उन्होंने देख लिया था कि उनकी घेराबंदी तोड़ कर कोई समुद्र के जल में कूदा है। यदि वह समुद्र से निकाले गए सामान में से कुछ ले भागा तो यह चोरी ही नहीं, डकैती होगी...और फिर उनकी इतनी पहरेदारी का क्या लाभ। वरुणपुत्री और विक्रम न केवल अपने कूदने के स्थान से बहुत दूर चले गए थे; वे गहरे से गहरे पानी में उतरते चले गए थे। नौसेना और तटरक्षकों के गोताखोर भी प्राय: समुद्र में उतनी दूर नहीं जाते थे।

''आ जाओ। यहाँ कोई नहीं आएगा।'' वरुणपुत्री ने कहा, ''और अब देखो, तुम्हारे आस-पास क्या है।''

विक्रम ने देखा : क्या था यह ? ओह ये तो अस्त्र-शस्त्र थे। कई-कई बंदूकों को एक साथ बाँध कर उनके बंडल बनाए गए थे। ए.के. 47, बंदूकें और अनेक प्रकार के बम।

''देखा। इनमें साधारण बंदूकें भी हैं और उससे कहीं अधिक शक्तिशाली शस्त्र भी। यह जलपोत चोरी से इन शस्त्रों की तस्करी कर रहा था। इसीलिए वे लोग समुद्र के शांत होने की प्रतीक्षा नहीं कर सकते थे; किन्तु समुद्र के उस झंझावात ने उनको सफल नहीं होने दिया। जो काम नौसेना नहीं कर सकती थी, वह काम झंझावात ने कर दिया था।''

विक्रम का मुँह आश्चर्य से खुल गया : इतने हथियार। ये तो किसी

बड़ी लड़ाई की तैयारी है। एक पूरी सेना सज्जित की जा सकती है। किसी भी छोटी-मोटी सरकार का तख्ता पलट हो सकता है।

''जो दुर्घटना होनी थी, वह तो हो चुकी,'' वरुणपुत्री ने कहा। ''अब सोचो। किसका जलपोत था? किसके हथियार हैं? कौन भेज रहा है? किस के लिए भेज रहा है। कौन उनका उपयोग करेगा? किसके विरुद्ध उनका प्रयोग होगा?''

वरुणपुत्री हँस रही थीं।

''आप जानती हैं?''

''कुछ अनुमान तो है,'' वे बोलीं। ''आओ, तुम्हें भी ले चलती हूँ। तुम भी देख लो।''

वे समुद्र से बाहर निकल आए किन्तु अब वे मुंबई में नहीं, चेन्नई में थे।

''तुम्हारे पिता सवेरे-सवेरे कहाँ चले गए हैं?''

''किसी को ज्ञात नहीं है।''

''क्योंकि वे यहाँ आ गए हैं। आओ।''

''यहाँ क्या है?''

''तमिलनाडु का एक छोटा-सा राजनीतिक दल है; नाम है, 'राष्ट्रीय दल।' उसका कार्यालय है यहाँ। अनेक व्यापारिक और औद्योगिक संस्थान भी हैं।''

''पिता जी को यहाँ क्या काम है?''

''अभी मालूम हो जाएगा।''

~

कमरे में दो ही व्यक्ति थे और कमरा बंद था।

विक्रम चौंका : उन दो में से एक उसके पिता थे—विनोद सीकर। तो क्या वह जलपोत उनका था? वे अवैध रूप से शस्त्र ढो रहे थे? क्या वे अपराध के क्षेत्र में प्रवेश कर चुके थे। तस्करी और वह भी शस्त्रों की। इतने धन का वे क्या करेंगे?

''तुम जानते भी हो, तुम्हारे हठ के कारण मेरा कितना नुकसान हुआ है,'' विनोद सीकर कह रहे थे। ''उसकी क्षतिपूर्ति कौन करेगा ?''

''जानता हूँ। मेरा नुकसान तुम से कम नहीं हुआ है,'' सामने वाला व्यक्ति बोला।

''वह तो पहले से ही स्पष्ट था। किन्तु तुम अड़े रहे। अब यदि मैं पुलिस को बता दूँ कि वे शस्त्र तुम्हारे थे ?''

''मैं जेल जाऊँगा,'' दूसरा व्यक्ति हँसा। ''पर तब मैं भी बताऊँगा ही कि जलपोत किसका था। पुरुलिया में विमान से शस्त्र किसने गिराए थे। किसके लिए गिराए थे। तुम कहाँ जाओगे ? जलपोत मुंबई में डूबा है। महाराष्ट्र की ए.टी.एस. को जानते हो न ? उनका सामना कर सकोगे ? तुम्हारा धन भी तुम्हें नहीं बचा पाएगा।''

विनोद चुप हो गए।...यह तो उन्होंने सोचा ही नहीं था कि यह समय अपने अतीत को रोने का नहीं अपने भविष्य को बचाने का था।...और यह सामने बैठा हुआ व्यक्ति, जिसे वे धमका रहे थे और जिससे यह आशा कर रहे थे कि वह उनकी क्षतिपूर्ति करेगा, वह अपना मुँह खोल दे तो वे कहीं के नहीं रहेंगे।...जिसे वे धमका रहे थे, उसे रुष्ट नहीं करना था। उसे प्रसन्न रखने में ही उनकी भलाई थी।...

''तो अब क्या करना है ?'' उन्होंने पूछा।

''इस मामले को दबाना होगा,'' वह बोला। ''छानबीन कोई भी करे, बात तो बाहर आ ही जाएगी। फिर न मैं बच सकूँगा, न तुम। शस्त्रों की तस्करी को कोई सरकार भी साधारण अपराध नहीं मानती। फिर यह भी प्रकट हो जाएगा कि ये शस्त्र दु:शासन के लिए थे। हम एक प्रकार से श्रीलंका सरकार के विरुद्ध दु:शासन की सहायता कर रहे थे। हम भी उनके युद्ध में एक पक्ष मान लिए जाएँगे। यह केवल व्यापार नहीं है। श्रीलंका सरकार हमें अपने शत्रुओं की सूची में सब से ऊपर रखेगी। भारत सरकार भी पसंद नहीं करेगी कि भारतीय व्यापारी श्रीलंका और दु:शासन के युद्ध में अपनी टाँग अड़ाएँ। क्योंकि श्रीलंका सरकार यह मानेगी कि भारत सरकार की अनुमति के बिना यह सब नहीं हो रहा है।''

''तो ?''

''मुझे उसी की सहायता लेनी होगी, जिसके कहने पर मैंने ये शस्त्र मँगाए थे।''

''अर्थात् 'देशोत्थान' दल के अध्यक्ष दयासागर की ?''

''हाँ। हम उसके लिए एक खेप नहीं ला सके तो इसका अर्थ यह तो नहीं है कि भविष्य में उसे शस्त्रों की आवश्यकता नहीं रहेगी।''

''मैं अपने जलपोत में अब शस्त्र नहीं ढोऊँगा,'' विनोद बोले।

''अब तो तुम फँस गए हो विनोद सीकर। जैसे ही तुम हमारी इच्छा के विरुद्ध गए, तुम्हारा नाम सरकारी फ़ाइलों में प्रकट हो जाएगा।''

''धमकी दे रहे हो ?''

''हाँ।''

''मेरे पास इतना धन है कि मैं पूरी सरकार खरीद सकता हूँ।''

''भ्रम है तुम्हारा। यह अब पैसे का नहीं, राजनीति का खेल हो गया है।''

''क्या मतलब ?''

''अभी समझ जाओगे।''

~

वे लोग दयासागर के कार्यालय में पहुँचे। उसने सारी बात सुनी।

''देखो, मेरा और तुम्हारा व्यापार आरंभ ही तब होता है, जब माल मेरे पास पहुँच जाए। तुम माल तो लाए ही नहीं।''

''देखो दयासागर, हम दोनों का ही बहुत पैसा डूबा है। विनोद का जलपोत था और मेरे शस्त्र। और तुम जानते हो कि वह सब कुछ हम तुम्हारे लिए ला रहे थे। अब तुम ऐसे पल्ला नहीं झाड़ सकते,'' तीसरे व्यक्ति ने कहा।

''पल्ला नहीं झाड़ रहा हूँ,'' दयासागर बोले। ''किन्तु वैंकट, तुम जानते ही हो कि यह मामला पुलिस के थाने का नहीं है कि मैं थानेदार के मुँह में नोट ठूँस कर उसे चुप करा दूँ। मैं नेवी को चुप नहीं करा सकता। तट-रक्षकों को नहीं रोक सकता। अधिक-से-अधिक मुंबई की पुलिस को पटा सकता

हूँ। उसके लिए भी मेरे पास पैसे नहीं हैं। पैसे विनोद को ही देने पड़ेंगे।''

''इसका क्या अर्थ हुआ,'' विनोद चकित थे।

''अर्थ यह कि नेवी को यह फ़ाइल बंद करने के लिए तो भारत का प्रधानमंत्री ही कह सकता है,'' दयासागर बोले। ''अब तुम स्वयं सोचो कि उसके लिए क्या करना होगा। कितना पैसा देना होगा।''

''और वह भी प्रधानमंत्री को नहीं, पार्टी को,'' वैंकट ने कहा।

''देखो तुम धन कितना भी दो, बात नहीं बनेगी।'' दयासागर बोले, ''अब तो उनको विधायक और सांसद ही देने पड़ेंगे। मेरी पार्टी के पास इस समय तीस सांसद हैं। मैं मुख्यमंत्री को भी अपना समर्थन दे सकता हूँ; और प्रधानमंत्री को भी।''

''और मुख्यमंत्री तुम्हारे समर्थन का क्या करेगा?''

''अब तो सारा खेल ही समर्थन का है।''

''क्या मतलब?''

''केन्द्र सरकार के सदस्यों का संख्या-बल कम हो रहा है। उन्हें बाहर से सांसदों की सहायता की आवश्यकता है। वैंकट हमें अपने सांसद देगा और हम केन्द्र को अपने सांसद देंगे। सरकार को विपक्ष का भय नहीं रहेगा और वह मनमाना निर्णय लेगी। मनमाना निर्णय अर्थात् वह निर्णय, जो मैं चाहता हूँ, जो वैंकट चाहता है, जो दु:शासन चाहता है।''

विनोद सीकर के चेहरे का रंग उड़ गया।

''चिंता मत करो,'' दयासागर ने कहा। ''तुम्हें दु:शासन अपने राज्य में बहुत सुरक्षित रखेगा। वहाँ तुम्हें कोई हाथ भी नहीं लगा सकेगा।''

''मेरी सारी संपत्ति भारत में सरकार के अधिकार में रहेगी और मैं दु:शासन के पास सुरक्षित बंदी के समान रहूँगा। क्या समाधान सुझाया है तुमने भी।''

''जब हम भारत के प्रधानमंत्री को सहायता देंगे तो वह तुम्हारे विरुद्ध कैसे जाएगा।''

''दु:शासन क्या चाहता है माँ,'' विक्रम ने माँ से पूछा।

''इनकी बातें हो लेने दो। बाहर निकल कर सब कुछ बताऊँगी,''

वरुणपुत्री ने कहा।

"तो तुम्हारे पास आने का लाभ क्या हुआ?" विनोद बोले।

"मार्ग तो बता दिया। अब मानना न मानना तुम्हारी इच्छा पर है।"

"जलपोत डूबा तो मेरा डूबा। शस्त्र किसके हैं, यह पता नहीं लगेगा। उस अपराध के लिए भी मैं ही दोषी ठहराया जाऊँगा। अब तुम्हारे सांसद खरीदने के लिए पैसे मैं दूँ। सारा घाटा तो मेरा हुआ। तुम्हारे सांसद कितने पैसे लेंगे?"

"पाँच करोड़ से कम कोई सांसद क्या लेगा।"

"श्रीलंका के पूर्व के एक बड़े हिस्से में भारत से गए हुए लोग बसते हैं। वे अपने-आप को तमिल कहते हैं। वे रूप-रंग में श्रीलंका के सिंहली लोगों से कुछ भिन्न हैं। उनकी भाषा भी और लोगों से पृथक् है। उनका यह भेद देख कर समुद्र ने एक खेल रचा है।"

"क्या?"

"वे जो शताब्दियों से एक साथ एक देश के निवासी होकर रह रहे थे, समुद्र ने उपयुक्त पात्र देख कर दुःशासन के मस्तिष्क को अपने अधिकार में कर लिया है। उसने दुःशासन के मस्तिष्क में सत्ता और अलगाव का कीड़ा डाल दिया है। दुःशासन को लगता है कि यदि इस देश को पूर्वी और पश्चिमी भागों में बाँट दिया जाए तो वह पूर्वी लंका का शासक हो सकता है।"

"उसने सारे देश का मन क्यों नहीं जीता? वह पूरे देश का शासक हो सकता था।"

"मैंने कहा न कि समुद्र ने उसके मन में अलगाव का कीड़ा डाल दिया है। अलगाव का कीड़ा जहाँ कहीं भी कुलबुलाता है, वह देश को हिंसा के बल पर बाँट कर उसके टुकड़े कर देना चाहता है। वह शस्त्रों के बल पर युद्ध जीतना चाहता है। रक्त बहा कर अपनी जाति के सिवाय वह किसी और को जीवित नहीं देखना चाहता। ऐसे में उसे सैनिक भी चाहिए और शस्त्र भी।"

"वह कहाँ से लाएगा?"

"सैनिक तो वह अपने समाज से ही बनाएगा, शस्त्रों के लिए उसने दयासागर को पकड़ा है। दयासागर स्वयं यह काम नहीं करता। उसने वैंकट को तैयार किया है।"

''यह वैंकट कौन है?''

''पहले तो यह भी एक साधारण नाविक ही था; किन्तु भाग्य ने साथ दिया। उसने कुछ बड़ी नौकाएँ खरीद लीं। अब उसकी महत्त्वाकांक्षा बढ़ती जा रही है। वह कुछ छोटे जलयान भी खरीद चुका है। उसके मस्तिष्क में सागर ने यह कीड़ा भी डाल दिया है कि संसार में सब से अच्छा व्यापार शस्त्रों का व्यापार है। उसने संसार के विभिन्न भागों में वैध और अवैध ढंग से हथियार बनाने वाले लोगों को खोज लिया है और उसका ग्राहक है दुःशासन।''

''और दुःशासन तक हथियार पहुँचाने का काम कर रहे हैं पिता जी?''

वरुणपुत्री मंद स्वर में हँसीं; किन्तु बोलीं कुछ नहीं।

''क्या करेंगे इतना पैसा कमा कर? पहले कोई कमी है? और कमाने के लोभ में वे पिछला भी गंवा न दें।''

''तुम्हें उनके धन की चिंता है?''

''चिंता तो है; किन्तु उनके लिए। मुझे अपने लिए कुछ नहीं चाहिए।''

''मेरा बच्चा,'' वरुणपुत्री के चेहरे पर ममत्व उभर आया था।

6

शताब्दियों से सागर की दृष्टि अपनी लहरों के मार्ग में आने वाली उन शिलाओं पर जमी हुई थी। इन शिलाओं ने उसका मार्ग अवरुद्ध कर रखा था, जैसे किसी शत्रु देश की सेना हो। श्रीराम जब अपनी वानर सेना को लेकर रावण से लड़ने आए थे, तो उन्होंने लंका तक पहुँचने के लिए इस सेतु का निर्माण किया था। उनकी सेना के लिए तो वह सेतु था, किन्तु सागर के लिए वह एक स्थायी अवरोध बन गया था। मन में अपनी धरती को प्राप्त करने की जो रही-सही आशा थी, वह भी प्राय: समाप्त हो गई थी। अब उस सेतु के पाषाणों से माथा फोड़ने के लिए कोई कारण नहीं रह गया था; किन्तु जब भी कोई लहर उस ओर जाती थी, अपना माथा फोड़ कर ही आती थी। शताब्दियों की इस सिर-फोड़ी से सागर ने कुछ शिलाएँ घिस कर क्षीण कर दी थीं, कुछ तोड़ कर बहा दी थीं। कुछ चूर्ण कर, बालुका में मिला दी थीं। कुछ को उस प्राचीर से पृथक् कर दिया था। वह सेतु जो सागर के ऊपर से जाता था अब उसके जल में छिप गया था। सागर का जल उसके ऊपर से बहता था। सागर की शक्तिशाली निचली लहरें प्रयत्न तो करती रहीं, किन्तु उन पाषाणों को अपने स्थान से हिला भी नहीं पाईं। लगता था, वे पाषाण ऊपर से समुद्र में नहीं डाले गए हैं, न गाड़े गए हैं, वे तो मानो सागर के तल से उगे थे। उनकी जड़ें बहुत नीचे तक दृढ़ता से जमी हुई थीं। उन्हें कंपाना तक भी सागर के लिए संभव नहीं हो पा रहा है। और फिर श्रीराम का भय भी था उसके मन में।

और तब सागर के मन में एक विचार जागा...ये शिलाएँ मनुष्यों ने ही जमाई थीं। यह दूसरी बात थी कि सागर ने श्रीराम को वचन दिया था कि वह उनके द्वारा सागर में डाले गए पत्थरों को उनके स्थान से नहीं हिलाएगा; किन्तु मनुष्य के द्वारा जमाई गई शिलाएँ, मनुष्य तो हिला भी सकता है, हटा भी

सकता है।...तो क्यों न इस काम के लिए मनुष्यों का ही प्रयोग किया जाए। सागर अपने जल की शक्ति को जानता था और मनुष्य के मस्तिष्क पर होने वाले प्रभाव को भी।...श्रीलंका का ऊपरी भाग काफ़ी संकरा था। इतना संकरा कि कभी-कभी लगता था कि वह संकरा होता-होता एक पगडंडी में बदल गया था और वही रामसेतु बन गया था। उसके आस-पास की जनसंख्या बहुत सघन नहीं थी। फिर भी काफ़ी लोग थे। उनमें से अधिकांश मछुवारे थे, जो प्रात: ही अपनी नौकाएँ और जाल लेकर समुद्र में मछलियाँ पकड़ने चले जाते थे। उन्हीं का एक दूसरा वर्ग था, जो रात को समुद्र में जाल बिछा कर अपनी नौकाओं में सो जाता था और प्रात: जाल में फँसी मछलियाँ समेट अपना जाल समेट लेता था।...ये ही लोग सागर के काम आ सकते थे।

सागर का जल श्रीलंका की सैर पर निकल गया। कुछ लोगों को उनके घरों से बहाकर अपने साथ ले आया। कुछ खेतों में थे, उन्हें भी उसकी लहरों ने वहाँ से उठा लिया और तैराता हुआ सागर में ले आया और मछुवारों की नौकाओं में डाल दिया। मछुवारे तो स्वेच्छा से ही सागर के जल के मध्य आ गए थे। सागर समझ गया था कि उसकी लहरों के विचार श्रीलंका के लोगों के मन में उगने चाहिए।...उसे उनसे बात नहीं करनी है, उनके मानस में इन शिलाओं को तोड़ने वाली विचारधाराएँ बहानी चाहिए। पर वह कैसे हो ?...

सागर ने उन लोगों को कई दिनों तक अपने नियंत्रण में रखा। नीचे जल था और ऊपर वाष्पयुक्त समुद्र की गीली हवा। पता नहीं वे लोग यह समझ भी पा रहे थे कि नहीं कि वे लोग शारीरिक रूप से ही नहीं मानसिक रूप से भी सागर के बंदी थे। सागर के विचारों की फ़सल उनके मस्तिष्क में उगती जा रही थी। उन्हें समझ में ही नहीं आ रहा था कि कैसे समय बीतता जा रहा था। सूर्योदय हो गया और फिर सूर्यास्त हो गया; किन्तु उसका बोध उन्हें नहीं हो रहा था। अपने मन में आने वाले नए विचारों के प्रति भी वे बहुत सजग नहीं थे। उनके मानसिक संसार में जाने कैसे नए से नया संसार बनता जा रहा था।...

और फिर एक दिन समुद्र ने उन्हें मुक्त कर दिया। वे नहीं जानते थे किन्तु सागर जानता था कि अब वे वही सोचेंगे, जो सागर चाहेगा। सागरीय परिवेश ने उनके मस्तिष्क को जिस रूप में गढ़ दिया था, वे वही बन गए थे। वे समझ ही नहीं पाए कि मनुष्य का व्यक्तित्व उसके शरीर से नहीं, मन

से निर्मित होता है...और उनका मन पहले जैसा रहा ही नहीं था। उन्हें अपनी चेतना प्राप्त होने लगी। उन्हें स्मरण होने लगा कि वे अपने घरों और परिवारों से दूर हैं। जाने कब से दूर हैं; किन्तु बहुत समय हो गया है। वे समुद्र के प्राणी नहीं थे। वे मछलियाँ और कछुए नहीं थे। वे मनुष्य थे, उन्हें धरती पर जाना था। अपने परिवार में रहना था।

~

सागर ने उनकी घर वापसी की इच्छा तीव्र कर दी। अपनी लहरों को भी संकेत किया कि वे उन्हें तट की ओर ले जाएँ। नौकाएँ अपने आप ही तट की ओर चलने लगीं और समुद्र के ये बंदी भी अपने घरों के निकट आने लगे। मणि अपनी नौका से उतरा। उसने धरती पर पैर ही रखा था कि उसकी दृष्टि चंद्रशेखरन पर पड़ी। चंद्रशेखरन पुलिस में काम करता था और इस समय वह सागर से मछलियाँ पकड़ कर लौट रहे मछुवारों से सरकारी कर वसूल रहा था। आज तक तो मणि को उसमें और अपने आप में कोई भेद दिखाई नहीं दिया था, पर जाने आज क्यों लग रहा था कि वे दोनों भिन्न प्रकार के प्राणी थे। जैसे उनकी जातियाँ पृथक् थीं, उनकी आकृतियाँ भिन्न थीं, उनकी भाषा और देश पृथक् थे। चंद्रशेखरन उसके साथियों से कर वसूल रहा था, जैसे वह उनका शासक हो और मणि के साथी शासितों के समान कर दे रहे थे।...तो क्या हो गया, वह सरकारी नौकरी पर था और कर वसूलना उसका काम था, उसकी नौकरी थी। जैसे मछली पकड़ना मणि का काम था; वह उसका व्यवसाय था।

किन्तु घर की ओर चलते हुए मणि के मस्तिष्क में जैसे एक गोल आँधी उठी, घूर्णावर्त उठा। मन में उसका विचार सागर की लहर के समान फैलता जा रहा था। वहाँ भयंकर मंथन था। पूरा पारावार जैसे उसके मस्तिष्क में समा गया था। वह साधारण स्थिति में नहीं था। उसमें अति क्रूर झंझावात उठ रहे थे।...उसे लग रहा था कि आज पहली बार वह अपने आप को देख रहा था, अपने आप को पहचान रहा था। अपने समाज को पहचान रहा था।... निश्चित रूप से चंद्रशेखरन और उसका समाज एक नहीं था। वह चकित था

कि आज तक उसने इस तथ्य को पहचाना क्यों नहीं।...यह देश चाहे उनका ही था, किन्तु उस पर शासन वे नहीं कर रहे थे। दक्षिण वाले उन पर शासन कर रहे थे। उनका रंग-रूप कुछ भिन्न था। उनकी भाषा में भी थोड़ा-सा ही सही, किन्तु अंतर था।

उसके मस्तिष्क की दीवारों से सागर की लहरें पागल भैंसे के समान अपने सींग मार रही थीं। उसे अपने देश को स्वतंत्र करना था। उस पर उनका अपना शासन होना चाहिए था। यह आज उसे सागर ने बताया था। वह 'टेकरा' यूथ का सदस्य था। यहाँ श्रीलंका में ऐसे कितने ही यूथ बसे हुए थे। वे समुद्र से मछली पकड़ते थे और अपनी आजीविका चलाते थे। जाने कब से ऐसा चलता आ रहा था। सागर किसी से भेदभाव नहीं करता था। किन्तु यदि 'टेकरा' यूथ को सारे यूथों पर शासन करना है, तो उसे कुछ करना पड़ेगा। क्या करना चाहिए? अपनी सेना बनानी चाहिए, ताकि शेष लोगों को दास बनाया जा सके? न मानें तो उनकी हत्याएँ की जा सकें। किन्तु उसके लिए सैनिक चाहिए, सैन्य प्रशिक्षण चाहिए, शस्त्र चाहिए। कैसे होगा? कैसे होगा? कैसे होगा?

''होने को तो यह भी हो सकता है,'' सागर ने उसके कान में कहा।

''कैसे हो सकता है,'' मणि ने कहा। ''इतने बड़े-बड़े देश हैं। उनकी सरकारें हैं उनकी सेनाएँ हैं, उनके शस्त्र हैं। अब धनुष-बाण का युग नहीं रह गया है कि वे बाँस के वृक्षों से लकड़ी काट लें और धनुष बना लें।''

''समझदार आदमी हो। युग बदल गया है। सेनाएँ बनती हैं; किन्तु सत्ता पाने के अनेक राजनीतिक मार्ग भी हैं...।'' सागर रुका, ''समय आने पर उन समस्याओं का समाधान भी सुझा दूँगा। आज से हम दोनों मित्र हुए। तुम को श्रीलंका चाहिए और मुझ को केरल,'' सागर ने कहा। ''अभी तुम सेना मत बनाओ, एक राजनीतिक दल बनाओ। ये राजनीतिक दल ही हैं, जो देशों को विदीर्ण करते हैं। उन्हें तोड़ते-जोड़ते और परिवर्तित करते हैं। तुम भी एक छोटा दल बनाओ। फिर तमिलनाडु के किसी दल को समर्थन देने का लोभ दिखाओ।...''

''उससे क्या होगा?''

‘‘बताऊँगा। पहले इतना तो करो।’’ सागर मौन हो गया। मणि को लगा कि जैसे सागर वहाँ से चला गया है। जल वहीं है। लहरें वैसे ही अपनी यात्रा पर हैं किन्तु सागर वहाँ नहीं है।...

~

संध्या समय मणि ग्राम की चौपाल में जा बैठा।

जो मछुवारे सागर से लौट आए होते हैं और गाँव में अपने परिवार के साथ होते हैं, वे संध्या समय चौपाल में आ बैठते हैं। कभी कुछ गाना-बजाना, कभी गपशप।

‘‘मैं सोचता हूँ कि...’’ राजेन्द्र बोला, ‘‘कि...’’

‘‘कि क्या ?’’

‘‘कि यदि यह सारा सागर हमारा होता तो उसमें रहने वाली सारी मछलियाँ भी हमारी होतीं। किसी और को उनमें से एक भी मछली पकड़ने का अधिकार न होता।’’

‘‘रहा मछुवारे का मछुवारा ही,’’ मणि बोला। ‘‘सपना भी देखता है तो मछली का ही। यह नहीं सोचा कि समुद्र में जितनी बहुमूल्य धातुएँ हैं, वे भी हमारी ही होतीं। समुद्र में जो मूल्यवान मोती हैं, वे भी हमारे ही होते।’’

‘‘मैंने सुना है कि समुद्र में अनेक बहुमूल्य धातुएँ हैं। उनके लिए संसार की महाशक्तियाँ आपस में लड़ती हैं। उन धातुओं से युद्ध के लिए अत्यंत विनाशकारी शस्त्र बनाए जा सकते हैं।’’

‘‘संभव है कि ऐसा भी हो।’’ मणि बोला, ‘‘किन्तु समुद्र में अनेक अनमोल रत्न भी हैं। सागर-मंथन के समय कैसे-कैसे अनमोल रत्न देवों और दानवों को मिले थे।’’

राजेन्द्र हँसा, ‘‘हम मछली पकड़ने जाते हैं तो श्रीलंका की नौसेना आ जाती है। बहुमूल्य रत्न निकालेंगे तो जाने क्या होगा।’’

‘‘तुम तमिलनाडु के राजनीतिक दल की सहायता करो। वह दिल्ली की संसद में देश पर शासन करने वाले दल को समर्थन देगा। तुम्हारा दल भी

शक्तिशाली होता जाएगा और तुम्हारी पीठ पर एक महाशक्ति होगी। श्रीलंका वाले क्या कर लेंगे।''

''तुम्हारा चिंतन भी ठीक है किन्तु यह मार्ग बहुत लंबा है। इसमें हमको भारत के तमिलनाडु पर निर्भर होना होगा; और उन्हें दिल्ली के शासकों पर। इनमें कोई भी कड़ी, हमारा साथ छोड़ गई तो हम कुछ नहीं कर पाएँगे। हमें आत्मनिर्भर बनना चाहिए।''

''अर्थात् सेना बनाओगे ?''

''हाँ।''

''तो उसके लिए भी तो सैनिकों और शस्त्रों के लिए दूसरों पर निर्भर होना होगा।''

''वह तो है,'' मणि बोला।

~

सागर भी समझ गया था कि उसकी योजना का मार्ग सरल नहीं था...केवल एक मणि को समझाने से तो बात नहीं बनेगी और उसकी योजना में कहीं भी सेतु-भंजन नहीं है।...और सागर का तो लक्ष्य ही सेतु-भंजन है। उसको तो उसका केरल तब ही मिल सकता है।

मणि मछली काटने वाला बड़ा-सा गड़ासा लेकर निकल पड़ा।

सामने से एक बड़ी-सी मछली, मनुष्य के समान दो पैरों पर खड़ी हो कर चलती हुई आ रही थी। मणि ने न कुछ देखा, न सोचा, न समझा। उसने गड़ाँसे से मछली पर प्रहार किया। मछली खड़ी न रह सकी। वह लेट गई। उसके शरीर से खून बह रहा था। मणि सहसा होश में आया : उसने एक मनुष्य की हत्या कर दी थी।...उसकी समझ में नहीं आया कि उसे एक मनुष्य मछली के रूप में क्यों दिखाई पड़ा। लगता था कि उसका मस्तिष्क किसी के दुष्प्रभाव में आ गया था।...किन्तु अब ? अब तो वह एक हत्या कर ही चुका था। कानून की दृष्टि में हत्यारा था वह। कोई उसकी बात नहीं मानेगा कि उसने मनुष्य के समान खड़ी एक मछली पर अपना गड़ाँसा चलाया था।...उस मनुष्य का शव अभी वहीं पड़ा है। थोड़ी देर में पुलिस आ जाएगी। कोई-

न-कोई उन्हें बता ही देगा कि यह मणि का काम है। फिर वह बंदी ही नहीं होगा, आजीवन कारागार में रहेगा अथवा मृत्युदंड पाएगा।

उसने किसी के जूतों की ध्वनि सुनी।

दृष्टि उठा कर देखा तो पुलिस का एक सिपाही आ रहा था। वह उसकी ओर ही आ रहा था। उसको बंदी बनाने ही आ रहा होगा। उनका और काम ही क्या है।...और वह बंदी बनना नहीं चाहता था। उसने केवल एक मछली मारी थी, जो वह जीवन भर करता आया है। यही उसका व्यवसाय था। मरने के पश्चात् यदि वह मछली मनुष्य के शरीर में बदल गई तो उसमें उसका क्या दोष है?

उसने विपरीत दिशा में भागना आरंभ कर दिया। सिपाही भी उसके पीछे भागने लगा, ''अरे भाग कहाँ रहे हो?''

सिपाही दौड़ने में उससे अधिक दक्ष था। वह कुछ ही क्षणों में उसके एकदम निकट आ गया। मणि का मस्तिष्क जड़ हो चुका था। वह पलटा और उसने वह गड़ाँसा, सिपाही को दे मारा...फिर पलट कर यह भी नहीं देखा कि उस सिपाही का क्या हुआ।

7

दु:शासन प्रात: से अनेक कारखाने और प्रदर्शन-कक्ष देख चुका था। उसका एजेंट उसके साथ था। जो उसे विभिन्न प्रकार के अस्त्र-शस्त्र दिखा रहा था। बंदूकें-पिस्तौलें तो उनके पास बहुत थीं। शरीर के साथ बम बाँध कर अपने आप को उड़ा लेने वाले लड़के भी बहुत थे; किन्तु उनको बड़े शस्त्र चाहिए थे, जो श्रीलंका की सरकारी नौसेना और वायुसेना का न केवल सामना कर सकें, वरन् उन्हें पराजित भी कर सकें। वह अपना एक बड़ा साम्राज्य स्थापित करने का स्वप्न देख रहा था, जैसे साम्राज्य मध्य काल में दक्षिण भारत के राजाओं ने स्थापित किए थे। उसका वश चलता तो वह भारत के दक्षिण में श्रीलंका ही नहीं, इंडोनेशिया और मलेशिया तक अपना साम्राज्य स्थापित करता; और उस पर उत्तरी कोरिया के तानाशाहों के समान शासन करता।...किन्तु वर्षों हो गए थे, श्रीलंका से लड़ते हुए, वे अभी तक श्रीलंका का एक चौथाई हिस्सा भी जीत नहीं पाए थे। गोरिल्ला-युद्ध में एक-एक इंच भूमि के लिए लड़ना पड़ता है। छिप कर लड़ना पड़ता है। न कोई बड़ा आक्रमण किया जा सकता है, न किसी बड़े आक्रमण का सामना किया जा सकता है। बड़े शस्त्र होते तो आमने-सामने युद्ध होता। थोड़े ही समय में इस पार या उस पार।...दु:शासन को विश्वास था कि वह श्रीलंका की सेना को पराजित कर सकता था। उसके पास सैनिक थे, पर शस्त्र भी तो हों।

वह पहले दिन से तमिलनाडु से सहायता की आशा कर रहा था। किन्तु उनके पास तो पुलिस और उनकी बंदूकें थीं। सेना तो भारत सरकार की थी।...भारत सरकार अपने एक प्रदेश को सेना क्यों देती ? यदि वह प्रदेशों को सेना देने लगती तो वे प्रदेश स्वतंत्र देश न बन जाते...बाहरी आक्रमण से अपने प्रदेशों की रक्षा केन्द्र का काम था, अत: सेना उसी के पास थी।

भारत की केन्द्रीय सरकार, दु:शासन को अपना स्वतंत्र राज्य स्थापित करने की अनुमति क्यों देती।

~

जल में डूबा सेतु देख रहा था कि आज प्रात: से ही भारी-भारी मशीनें आनी आरंभ हो गई थीं। ये मशीनें उन चट्टानों से भी भारी थीं, जो वानरों ने सेतु-निर्माण के लिए सागर के जल में डाली थीं। ये पत्थर भी नहीं थे, ये तो तपाए हुए लोहे से बनी हुई थीं। उनको पानी में डालने से हिन्द महासागर का कलेजा भी डोल गया था। किन्तु जल तनिक भी क्षुब्ध नहीं हुआ था। वरन् कुछ ऐसा लग रहा था, जैसे वह उन मशीनों को देख कर प्रसन्न है। क्या करने जा रहे हैं ये लोग? और कौन लोग हैं ये?

सहसा उसने पहचान लिया : कुछ दिन पहले भी तो ये मशीनें यहाँ लाई गई थीं। उनमें बड़े-बड़े आरे लगे हुए थे। उनकी योजना चट्टानों को काटने और चीरने की थी। वे समुद्र के मित्र थे क्या? या श्रीराम के विरोधी थे। वे सेतु को काट डालना चाहते थे। यह काम सागर नहीं कर सकता था। सागर को जो कुछ करना था, अपनी लहरों की शक्ति के बल पर ही करना था। वह न ऐसी मशीनें बना सकता था, न कहीं से ला सकता था। यह काम तो मनुष्य ही कर सकता है। किन्तु मनुष्य क्यों चाहता है कि श्रीराम द्वारा निर्मित यह सेतु नष्ट हो जाए और हिन्द महासागर की ये लहरें उसकी धरती पर लोटती रहें। केरल और तमिलनाडु की जनता उसमें बह जाए और उनका अब तक का बनाया हुआ सब कुछ नष्ट हो जाए।

किन्तु यह सब सोचने की क्या आवश्यकता थी। सेतु इन मशीनी आरों से निबट सकता है। पिछली बार भी तो ये लोग लाए थे, सारा तामझाम। सेतु ने अपने होंठ भींच लिए थे और शरीर को कठोर कर लिया था। मनुष्यों के बनाए वे लोहे के आरे उसके शरीर को छील भी नहीं पाए थे और सेतु ने उन आरों को तोड़ दिया था। आज फिर वही होने जा रहा था। ये आरे पहले से कुछ बड़े और दृढ़ थे। संभव है कि इनकी शक्ति उनसे अधिक हो। अधिक ही होगी। ये बिजली से चलेंगे और शिलाओं को खंड-खंड करने का प्रयत्न

करेंगे। किन्तु सेतु को नहीं टूटना है...

आरे ज़ोर-शोर से चले। सेतु ने अपनी शिलाओं की अंगुलियाँ आरे के दाँतों में फँसा दीं। आरा खिसकने का प्रयत्न करता रहा। बिजली की ऊर्जा उसे धक्का देती रही...किन्तु शिलाओं की अंगुलियों ने उसके दाँतों को ऐसे जकड़ रखा था कि वह आगे चल ही नहीं पा रहा था। अब संघर्ष, शिला और आरे का नहीं, बिजली और शिला का था। आरे के दाँत टूटने-टूटने को हो रहे थे। वह कराह रहा था। लगता था कि कोई पुराना समय आ गया है, जब दंत चिकित्सक अपनी चिमटी से दाँत को पकड़ कर बलात् दाँत उखाड़ता था। एक साथ ही आरे के तीन चार दाँत टूट गए और फिर आरे की कमर ही टूट गई। मशीन घरघराती रह गई; किन्तु आरा चल नहीं पाया। फिर किसी ने मशीन भी बंद कर दी। वह चिल्ला कर बोला, ''मशीन नहीं चलेगी। आरा टूट गया है। ये शिलाएँ लोहे से भी कठोर हैं।''

''तो मशीन हटा लो। उसे पानी में जंगालने की क्या आवश्यकता है,'' दूसरे स्वर ने कहा।

''वह तो हटा ही लेंगे; किन्तु ये चट्टानें कैसे टूटेंगी?''

''बारूद लगा कर उड़ा देते हैं।''

''हाँ। बारूद लगा कर उड़ा दो,'' पहला स्वर बोला। ''यह देखने की तो आवश्यकता ही नहीं है न कि चट्टानों के साथ क्या-क्या उड़ जाएगा और वह कहाँ-कहाँ गिर कर किस-किस को कुचल देगा।''

''क्या उड़ जाएगा?''

''मैं नहीं जानता; किन्तु सुनता रहता हूँ कि यहाँ परमाणु ऊर्जा में काम आने वाले अनेक पदार्थ हैं।''

''तो उन्हें नष्ट होने दो। हमें क्या करना है उसका? हमें कोई परमाणु बम बनाने हैं क्या? हमें तो इन चट्टानों को तोड़ने का काम मिला है। हम वही कर रहे हैं।''

''काम तो हमें शिलाएँ चीरने का मिला है। वह हम से हो नहीं रहा। लाखों रुपयों की मशीनें बेकार हो गईं।''

''आपको चाहिए कि ठेका लेते हुए, यह भी मालिकों से तय कर लें

कि हमारी मशीनों की जो हानि होगी, उसकी भरपाई वे करेंगे।''

''इतने मूर्ख नहीं हैं वे।''

''किन्तु इन चट्टानों को तुड़वाना क्यों चाहते हैं वे?''

''यह तो वे ही जानें या भगवान जानें; किन्तु सुना है कि उनकी बड़ी नौकाओं और पोतों को सामान लाने और ले जाने के लिए पूरी श्रीलंका का चक्कर काटना पड़ता है। वे चाहते हैं कि यहाँ से उनके जलपोतों के लिए एक बड़ा और खुला मार्ग बन जाए, ताकि वे बड़े जलपोतों से अपना सामान ला और ले जा सकें।''

''उन जलपोतों में क्या लाते और ले जाते हैं वे,'' स्वर मंद और मंथर हो गया। ''सुना है कि वे उनमें गोला-बारूद और अस्त्र-शस्त्र लाते हैं और श्रीलंका के विद्रोहियों के हाथ बेचते हैं।''

''तो ये लोग सरकार के विरुद्ध लड़ने वालों के सहायक हैं, आतंकवादियों के।''

''कुछ ऐसा ही है।''

''तो फिर सरकार यह मार्ग बनने क्यों देगी?''

''ये सब रहस्य की बातें हैं।'' वह स्वर बोला, ''श्रीलंका की सरकार नहीं बना रही, यह तो भारत सरकार ने ठेका दिया है।''

≈

शिलाएँ तोड़ने वाली कंपनी का प्रतिनिधि, जलपोतों की कंपनी के मैनेजर के सामने उसके कार्यालय में बैठा था।

''काम क्यों रोक दिया?'' मैनेजर ने पूछा।

''काम रोका नहीं है...'' प्रतिनिधि कह रहा था।

''तो?''

''यह दूसरी बार हुआ है कि हमने शिलाओं को काटने का प्रयत्न किया और मशीनों के आरे टूट गए। वहाँ मशीनें काम ही नहीं करतीं, जाने वह किस प्रकार का पत्थर है।''

‘‘कच्चे लोहे के आरे उन शिलाओं को नहीं काट सकेंगे,’’ मैनेजर बोला। ‘‘तुम्हारे पास अच्छी मशीनें नहीं हैं, तो विदेश से मँगवाओ। शिलाओं को काटना ही है।’’

‘‘हम तो काम ही यही करते हैं,’’ प्रतिनिधि बोला। ‘‘हम चाहते हैं कि हम आपका काम पूरा कर दें और अपना पारिश्रमिक प्राप्त कर लें। हमें भी तो पैसों की आवश्यकता है।’’

‘‘तो फिर काम पूरा करो।’’

‘‘तो ऐसा करते हैं कि आप हमें कंपनियों और मशीनों के नाम बता दें। हम उन कंपनियों से वे मशीनें मँगवा कर उन्हीं से काम करेंगे; किन्तु यदि वे मशीनें भी टूट गईं तो उनकी भरपाई आप करेंगे,’’ प्रतिनिधि ने कहा।

‘‘हमें मूर्ख समझ रखा है क्या,’’ मैनेजर बोला। ‘‘हमें शिलाएँ कटवानी हैं, मशीनें नहीं खरीदनी।’’

‘‘तो हमें भी ऐसी शिलाएँ काटने का ठेका नहीं लेना, जिनको काटने के लिए अभी मनुष्य ने मशीन ही नहीं बनाई है,’’

मैनेजर कुछ रुष्ट हुआ, ‘‘मूर्खता की बात मत करो। तुमने ठेका लिया और इतना समय बिता कर भी कोई काम नहीं किया। मशीन की भरपाई तो फिर भी हो सकती है, समय की भरपाई कौन करेगा?’’

‘‘तो समझ लीजिए कि हम यह काम करने में असमर्थ हैं।’’

‘‘तो हम तुम्हें कोर्ट में घसीटेंगे।’’

‘‘जो कर सकते हो, कर लो। कल को चाँद तक की सीढ़ी बनाने का ठेका देने का विज्ञापन निकालना।’’

~

भारत के प्रधानमंत्री अपने मंत्रिमंडल के साथ चिंतन करने बैठे थे।

‘‘यदि विपक्षी एकजुट हो गए तो संसद में हमारा बहुमत नहीं रहेगा।’’

‘‘अर्थात् हमारी सरकार नहीं रहेगी,’’ गृहमंत्री ने कहा।

‘‘सरकार हमारी रहे न रहे, विपक्ष वाले हमें रामसेतु तोड़ने नहीं देंगे।’’

''और तमिल दल अड़ा हुआ है कि वह संसद में हमारा साथ तभी देगा, जब हम रामसेतु को तोड़ देंगे।''

''विचित्र समस्या है कि हम रामसेतु को तोड़ने का बिल संसद में तब ही ला सकते हैं, जब वे हमारा समर्थन करें। और वे हमारा समर्थन तब ही करेंगे, जब हम रामसेतु तोड़ दें और उनके लिए सेतु-समुद्रम् तैयार कर दें। रामसेतु तोड़े बिना हम बिल ला नहीं सकते और बिल लाए बिना हम रामसेतु तोड़ नहीं सकते। यह तो वैसे ही हो गया है कि पहले अंडे में से मुर्गी निकले या पहले मुर्गी अंडा दे। हाँ। आवश्यक है कि हम तमिल दलों को अपने साथ मिलाए रखें।''

''तो मिलाए रखिए न। उसमें समस्या क्या है,'' एक मंत्री बोले। ''मुर्गी को ही कहिए कि वह अंडा दे दे। आप रामसेतु तोड़ दीजिए।''

''हाँ,'' संस्कृति मंत्री ने कहा। ''हमने उच्चतम न्यायालय में अपना आधिकारिक वक्तव्य दे दिया है कि *रामायण* इतिहास नहीं है। वह एक काल्पनिक कथा है। उसके पात्र काल्पनिक पात्र हैं। और जो पात्र काल्पनिक हैं, किसी कवि की कल्पना की उपज हैं, जिनका इस पृथ्वी पर कभी जन्म नहीं हुआ, वे रामसेतु तो क्या कोई साधारण सड़क तक भी नहीं बनवा सकते। और यदि यह सेतु, राम ने बनवाया ही नहीं है तो उसके तोड़े जाने पर हिन्दुओं को क्या आपत्ति है। उनका मन क्यों दुखता है, भावनाएँ क्यों आहत होती हैं।''

''क्यों आहत होती हैं, यह तो वे ही जानें;'' प्रधानमंत्री बोले। ''पर यदि भावनाएँ आहत होती हैं तो उनके वोट हमारे हाथ से खिसक जाएँगे। हम तमिल दलों के वोटों की भीख माँग रहे हैं और आप हमारे अपने वोटों को भी हमारे हाथों से छीनने के पीछे पड़े हैं।''

गृह मंत्री ने उन लोगों को कठोर दृष्टि से देखा, ''संस्कृति मंत्री ने सर्वोच्च न्यायालय में वह वक्तव्य दिलवा दिया, क्योंकि वे स्वयं को हिन्दू नहीं मानते। वैसे हैं वे हिन्दू ही। उनके लिए राम ऐतिहासिक पात्र नहीं हैं। वे एक कवि की कल्पना हैं। पर आप मुझे बताएँगे कि ऐतिहासिक घटनाओं पर काव्य नहीं रचे जाते क्या? *बाइबल* क्या ईसा ने स्वयं रचा था? *कुरान* को किस व्यक्ति ने लिपिबद्ध किया था और किस समय किया था? ऐतिहासिक घटनाओं और ऐतिहासिक पुरुषों की महानता को देख कर ही तो महाकाव्य रचे जाते हैं।

उनके महान् वचनों को सुनकर ही तो उन्हें धर्मग्रंथ का रूप दिया जाता है। जिस चरित्र की महानता का अनुभव करते हुए, किसी कवि ने महाकाव्य रच दिया तो वह चरित्र काल्पनिक हो गया।''

''आप तो रुष्ट हो गए,'' संस्कृति मंत्री ने कहा। ''देश पर शासन करना है तो इतने भावुक होने से काम नहीं चलेगा। शासक को साधु-संत नहीं, चतुर-चालाक राजनीतिज्ञ होना चाहिए, जो न किसी के विरोध से डरे और न किसी के आँसुओं से पसीजे। अरे वे सारे तमिल दल अड़े हुए हैं कि रामसेतु को तोड़ा जाए। न तोड़ा गया तो वे हम से टूट जाएँगे और परिणामत: हमारी सरकार टूट जाएगी।...''

''इस मूर्खता का कोई जवाब नहीं है। वे रामसेतु ही नहीं तोड़ना चाहते, अनजाने में वे आपकी सरकार और भारत की संप्रभुता को भी तोड़ना चाहते हैं,'' रक्षा मंत्री बोले।

''क्या मतलब?''

''आज जो समुद्र हमारे और श्रीलंका के मध्य है। रामसेतु को तोड़ते ही वह अंतर्राष्ट्रीय महासागर हो जाएगा। किसी भी महाशक्ति की नौसेना के बेड़े वहाँ आकर लंगर डाल देंगे। उन बेड़ों से देश की रक्षा कौन करेगा?''

''रक्षा मंत्री जी आप तो बहुत दूर चले गए,'' वित्त मंत्री ने कहा, ''मैं कल ही अपनी समिति की रपट पढ़ रहा था। पहला प्रश्न तो यह है कि रामसेतु को तोड़ कर तमिल दल क्या करना चाहते हैं। क्यों तोड़ना चाहते हैं?''

''स्पष्ट है कि वे लोग वहाँ से बड़े आकार के अधिक माल ढोने वाले जलपोतों के लिए मार्ग बनाना चाहते हैं।''

''पर हमारी सरकार को तो उससे कोई लाभ नहीं है। सरकार ऐसा क्यों चाहती है? सर्वोच्च न्यायालय में यह क्यों कहा गया कि राम एक काल्पनिक पात्र हैं,'' वित्त मंत्री बोले। ''इस देश में अस्सी प्रतिशत हिन्दू हैं और वे राम को काल्पनिक पात्र नहीं मानते। राम उनके अवतार हैं। उन्हें सरकार का यह कृत्य हिन्दू विरोधी लगता है।''

''तो आप राम के जन्म का कोई प्रमाण दे दीजिए, हम अपना वक्तव्य वापस ले लेंगे,'' संस्कृति मंत्री वक्रता से बोले।

''प्रमाण।'' वित्त मंत्री बोले, ''पौराणिक गणना से राम त्रेता युग में अर्थात् लाखों वर्ष पूर्व इस धरती पर जन्मे थे। आप अपनी दस पीढ़ियों के जन्म का ही प्रमाण दे दीजिए। आपको अपनी दस पीढ़ियों के नाम भी स्मरण हैं। उनके जन्म लेने, उनके होने का कोई प्रमाण है आपके पास।''

''मेरे पास मेरा जन्म-प्रमाणपत्र है,'' संस्कृति मंत्री बोले। ''आपके पास राम के जन्म का प्रमाणपत्र हो तो दिखा दीजिए।''

''मैंने आप की दस पीढ़ियों के पीछे की बात कही है। दिखाइए उनका जन्म-प्रमाणपत्र। अपने पिता की जन्मतिथि के लिए उनके स्कूल का प्रमाणपत्र ही दिखा दीजिए।''

''उस समय न नगर पालिकाएँ होती थीं; और न जन्म-मरण प्रमाणपत्र होते थे।''

''और उस पर भी आप राम के जन्म का प्रमाणपत्र माँग रहे हैं,'' वित्त मंत्री हँसे। ''वे राजा थे। उनके समय के सारे ऋषि-मुनि, राज दरबार के महा पंडित जन्म-पत्री बनाते थे। हमें आज तक बताया गया है कि उनके जन्म के समय ग्रह-स्थिति क्या थी। वाल्मीकि *रामायण* पढ़ लीजिए। जन्म स्थान भी मिल जाएगा और जन्मतिथि भी। उनके जन्म स्थान पर मन्दिर बनाए जाने की समस्या आज तक इसीलिए बनी हुई है।''

''वहाँ तो मसजिद थी।''

''पुरातत्व विभाग आज भी कहता है कि वहाँ मन्दिर था, जिसे तोड़ कर वहाँ मस्जिद बनाई गई। बाबर के सेनापति ने वहीं मसजिद क्यों बनवाई? किसी अन्य स्थान पर क्यों नहीं बनवाई? जगह की कमी पड़ गई थी क्या, जो एक बने बनाए मन्दिर को तोड़ कर उसकी छाती पर मसजिद बनवाई। इसीलिए तो कि वह हिन्दुओं का मन दुखा सके, उन्हें नीचा दिखा सके; और राम के जन्म के प्रमाणों को मिटा सके।''

''वह तो झगड़े की बात है। कोई और प्रमाण है आपके पास?''

''अयोध्या नगर है। रामेश्वरम् है, रामसेतु है, जिसे आप तोड़ना चाहते हैं,'' वित्त मंत्री बोले। ''आज से डेढ़ सौ वर्ष पूर्व जब स्वामी विवेकानन्द रामेश्वरम् गए थे, उस समय उस सारे क्षेत्र का नाम 'रामनाड' था। रामेश्वरम् आज भी

है, जहाँ राम ने शिव की पूजा की थी। उस रामनाड के राजा का नाम भास्कर सेतुपति था। नाम भास्कर था और उपाधि 'सेतुपति' थी। सेतु था तो सेतुपति की उपाधि हो सकती है। नहीं तो सेतुपति का क्या अर्थ हुआ।'' वे कुछ रुक कर बोले, ''प्रमाण के रूप में ग्रंथ चाहते हैं तो वाल्मीकि की *रामायण* ले लीजिए। नगर लेना चाहते हैं तो अयोध्या और रामेश्वरम् ले लीजिए, रामनाड ले लीजिए, सेतु के रक्षकों की परंपरा ले लीजिए। सेतु था तो उसके रक्षक भी नियुक्त किए गए। कितने प्रमाण चाहिए और किस प्रकार के प्रमाण चाहिए? पुरातत्व वाले खोजते हैं तो मिट्टी के एक टूटे भांड के टुकड़े का इतिहास बना डालते हैं। और आप नगरों और भवनों की उपेक्षा किए जा रहे हैं। आप तो मैक्समूलर के भी बाप हैं।''

''यह तो हुई उनकी ऐतिहासिकता और हिन्दुओं की आस्था की बात,'' योजना मंत्री बोले। ''मैं हिन्दू नहीं हूँ। मेरी रुचि इन दोनों ही विषयों में नहीं है। मेरा प्रश्न तो यह है कि हमारी सरकार किस लोभ में सेतु को तोड़ने में करोड़ों रुपए खर्च करना चाहती है? सेतु-समुद्रम् उसकी कौन-सी महत्त्वाकांक्षा को पूरी कर देगा।''

संस्कृति मंत्री चुप नहीं रह सके, ''बड़ा मार्ग, बड़े जलपोत, अधिक व्यापार, अधिक आय...।''

''तो दो-एक बातें मेरी भी सुन लीजिए,'' व्यापार मंत्री बोले। ''बड़े जलपोतों के लिए मार्ग प्रशस्त करने के लिए लहरों के साथ आई गाद को हटाने के लिए आप प्रतिदिन जितना पैसा खर्च करेंगे, उतना शुल्क आपको किसी भी जलपोत से नहीं मिलेगा। और यदि कोई जलपोत गाद में फँस गया तो आप की मुसीबत हो जाएगी।'' वे रुके, ''स्पष्ट है कि यह चर्चा रामसेतु के विषय में न होकर सेतु-समुद्रम् परियोजना के विषय में है, जिसे हमारी सरकार रिंग रोड बनाने जैसा सरल काम समझ रही है। इस रपट के लेखकों की मान्यता है कि 'सेतु-समुद्रम्' एक पुरानी योजना है, जो नौवीं बार पुनर्जीवित की गई है। विद्वान् लेखकों ने इसमें थोरियम के भंडारों के नष्ट होने जैसे पक्षों की चर्चा नहीं की है। फिर भी देश के हित में, राष्ट्रीय कल्याण के पक्ष में, इस योजना को अनर्गल माना है और स्पष्ट कहा है कि यह सरकार की हठधर्मी है कि इस परियोजना का त्याग नहीं किया जा रहा।

‘‘ध्यान देने की बात है कि यहाँ न धर्म की चर्चा है, न धार्मिक आस्था की, न राम के नाम की दुहाई है, न सांस्कृतिक धरोहर की। यहाँ तक कि इस परियोजना का कोई अन्य वैकल्पिक मार्ग भी प्रस्तावित नहीं किया गया है। यहाँ शुद्ध रूप से सांसारिक तर्कों पर आर्थिक विकास और देश की अखंडता तथा उसके भूखंडों की प्राकृतिक विपदाओं से रक्षा की बात कही गई है। और इस शोधपूर्ण रपट को प्रस्तुत करने वाले विद्वान् हिन्दू भी नहीं हैं। फिर भी वे लोग स्पष्ट रूप से भारत सरकार के विकट देशद्रोह की गाथा गा रहे हैं।

‘‘दूसरी बात यह है कि हमारे सहस्रों मछुवारे, जो हिन्दू नहीं हैं, जिनका रामसेतु के प्रति आस्था का कुछ भी लेना-देना नहीं है, वे रात को अपना जाल बिछा कर सो जाते हैं। वे समुद्र की लहरों से सुरक्षित हैं, इसी सेतु की चट्टानों के कारण। यदि रामसेतु तोड़ दिया गया तो वे हजारों मछुवारे रात को समुद्र में आई लहरों में बह जाएँगे।’’

‘‘किन्तु इस समस्या का एक अन्य पक्ष भी है; और वह इसका धार्मिक, आध्यात्मिक, सांस्कृतिक और ऐतिहासिक पक्ष है,’’ गृह मंत्री ने कहा। ‘‘अत: मद्रास उच्च न्यायालय का सरकार से पूछा गया यह प्रश्न अत्यंत महत्त्वपूर्ण है कि देश की प्रगति के नाम पर क्या सरकार ताजमहल को तोड़ देगी? इस संदर्भ में यह विचार किया जा सकता है कि मथुरा के तेलशोधक कारखाने और मायावती के ताज कॉरिडोर के संबंध में सारा शोर-शराबा अनावश्यक था, क्योंकि वह सब भी तो देश की प्रगति के नाम पर ही हो रहा था। दिल्ली में मेट्रो के लिए एक भूमिगत मार्ग इसलिए स्वीकृत नहीं हुआ, क्योंकि उससे हुमायूँ के मकबरे के दरक जाने का काल्पनिक भय था।

‘‘और यहाँ तो संबंध राम का है। राम, जो इस देश की सांस्कृतिक और धार्मिक आस्था के प्रतीक हैं; भारत के आराध्य हैं। किन्तु राम का एक निर्गुण रूप भी है। वे परब्रह्म परमेश्वर के रूप में स्वीकृत हैं। वे निर्गुण निराकार हैं। पूर्ण ब्रह्म हैं। निर्गुण निराकार ब्रह्म के रूप में मध्य काल के सारे कवियों और उनको मानने वाले संप्रदायों के वे आराध्य हैं। किन्तु उनके लिए ऐतिहासिक प्रामाणिकता का कोई संकट नहीं है। निर्गुण ब्रह्म शरीर धारण कर इस पृथ्वी पर आया ही नहीं। उसने जन्म नहीं लिया, उसने विवाह नहीं किया, वह वन नहीं गया, उसकी पत्नी का हरण नहीं हुआ, उसने लंका पर आक्रमण करने के

लिए सेतु का निर्माण नहीं किया। इसलिए सारा विषय उस सगुण साकार का है, जो शरीर धारण कर इस पृथ्वी पर आया। ब्रह्म ने अपनी इच्छा से शरीर धारण किया और श्रीराम के रूप में जन्म लिया। जन्म लिया तो जन्म-स्थान भी होगा; और है। उन्होंने विवाह किया। वे वन गए। राक्षसों से उनका विरोध था और उसके परिणामस्वरूप सीता का हरण हुआ और राम को लंका तक जाने के लिए सेतु का निर्माण करना पड़ा। इस सेतु-निर्माण का विस्तृत वर्णन वाल्मीकि *रामायण* से आरंभ होता है और प्राय: सारी रामकथाओं में मिलता है। यहाँ तक कि भारत के उत्तर से दक्षिण तक का वर्णन करना हो तो उसे 'आसेतु हिमालय' कह कर प्रस्तुत कर दिया जाता है। यहाँ हिन्द महासागर से भी अधिक महत्त्व रामसेतु का है। और अब तो नासा वालों ने उसका चित्र खींच कर भी संसार के सामने रख दिया है।''

''राम के द्वारा सेतु-निर्माण का कहीं वर्णन भी है? हमारे तो सारे इतिहासकारों ने उसे काल्पनिक माना है,'' संस्कृति मंत्री अब भी हठ पर अड़े हुए थे।

''आपके इतिहासकार। हमारा दुर्भाग्य हैं वे। उन्होंने ही तो हमारे इतिहास का सत्यानाश किया है,'' वित्त मंत्री बोले। ''जो मैकाले ने पढ़ाया, वही पढ़ कर ये इतिहासकार बने हैं और वही अगली पीढ़ी को पढ़ा रहे हैं। इस देश के इतिहास को विकृत करने से तो अच्छा है कि वे तोता-मैना की कथा लिखें।''

''आप बहुत विद्वान् हैं तो आप ही बता दीजिए कि राम के बंदर किस इंजीनियरिंग कॉलेज में पढ़ कर आए थे? वे ब्रिज-इंजीनियरिंग के डिग्री होल्डर थे क्या,'' संस्कृति मंत्री दाँत दिखा कर हँस रहे थे।

''सेतु-बंधन का वर्णन एक नहीं प्राय: सारी रामकथाओं में है और एकसमान ही है। मेरा परामर्श है कि एक बार आप भी रामकथा पढ़ लीजिए। आप हिन्दू नहीं हैं तो इसका अर्थ यह नहीं है कि रामकथा पढ़ना आपके लिए पाप है। पढ़े-लिखे भारतीयों को *गीता* और *रामायण* का ज्ञान तो होना ही चाहिए। वैसे आपकी सूचना के लिए बता दूँ कि गोस्वामी तुलसीदास के *रामचरितमानस* में राम अपनी सेना के साथ सागर-तट पर आते हैं; और पार उतर जाने के लिए समुद्र से मार्ग की याचना करते हैं। समुद्र अपनी जड़ता दिखाता है और राम की प्रार्थना का उस पर कोई प्रभाव नहीं होता।''

‘‘समुद्र क्या राम से चर्चा करता है ? बात करता है वह ? मनुष्य है वह ?’’

‘‘आप शायद जानते नहीं हैं कि हम जिसे जड़ प्रकृति मानते हैं, उसमें भी प्राण हैं। चेतना भी है। परशुराम की बात मानी थी न समुद्र ने। वह उसकी समझदारी थी।’’

‘‘मैं उस प्रसंग से अवगत नहीं हूँ।’’

‘‘वह प्रसंग फिर कभी सुना दूँगा। अभी तो यही जान लीजिए कि राम की बात उसने नहीं मानी। परिणामत: राम का सात्विक क्रोध जाग उठा और उन्होंने न केवल लक्ष्मण को धनुष-बाण लाने के लिए कहा, वरन् यह घोषणा भी कर दी कि वे अग्निबाण से समुद्र का सारा जल सुखा देंगे। उन्होंने अग्नि-बाण का संधान किया। अभी बाण चला नहीं था; किन्तु समुद्र के हृदय में अग्नि धधक उठी। जलचर आशंकाओं से जलने लगे।...किन्तु बाण तो अभी चला भी नहीं था। उसके परिणाम की आशंका से ही समुद्र में बसे जीवों में हलचल मच गई। उनका कष्ट देख कर स्वयं समुद्र, हाथ में मोतियों से भरा थाल लेकर, ब्राह्मण के वेश में प्रकट हो गया; और विनयपूर्वक बोला कि आपकी शक्ति से मैं सूख जाऊँगा। किन्तु न उससे मेरी मर्यादा रह पाएगी, न आपकी।’’

‘‘ऐसा कैसे संभव है,’’ संस्कृति मंत्री बोले।

‘‘यहाँ राम स्वयं नारायण ही हैं; अत: प्रकृति के स्वामी हैं। उनकी इच्छा मात्र से प्रकृति में वह घटना घटित हो जाएगी, जो वे चाहते हैं। किन्तु ईश्वर ने पाँच जड़ तत्व उत्पन्न किए हैं। उनकी विशेषता जड़ बने रहने में ही है। जड़ तत्व, चैतन्य के समान व्यवहार करे, यह तो प्रभु की इच्छा का ही उल्लंघन होगा। अत: समुद्र का न सूखना ही प्रकृति का विधान है। समुद्र आश्वासन देता है कि उसके सूखे बिना भी राम की सेना सागर पार कर सकती है। और उसके लिए उपाय यह है कि राम समुद्र के ऊपर एक सेतु बँधवाएँ। वह यहाँ तक कह देता है कि आपकी सेना में नल और नील नामक दो भाई हैं, जो सेतु-निर्माण में समर्थ हैं। आप उन्हीं को आदेश करें। प्राय: रामकथाओं में सेतु-बंधन का कार्य केवल नल करता है; किन्तु ‘मानस’ में यह कार्य नल और नील मिलकर करते हैं।’’

‘‘अच्छा।’’ संस्कृति मंत्री फिर से दाँत दिखाने की मुद्रा में आ गए, ‘‘एक नहीं, दो-दो इंजीनियर हैं।’’

‘‘मिस्त्री और बढ़ई भी हैं,’’ वित्त मंत्री बोले।‘‘नल और नील को बुला कर जाम्बवान उन्हें समझा देते हैं; और वानरों से निवेदन करते हैं :

धावहु मर्कट बिकट बरूथा। आनहु बिटप गिरिन्हर के जूथा।।

यहाँ दो पदार्थों की माँग की गई है—बिटप तथा गिरि; अर्थात् लकड़ी और पत्थर। वह सेतु लकड़ी और पत्थर से बाँधा गया। वानर ऊँचे-ऊँचे पर्वतों और वृक्षों को लीला में ही उखाड़ लेते हैं; और लाकर नल और नील को दे देते हैं। नल और नील उन वृक्षों और शिलाओं से सेतु की रचना कर रहे हैं। वानर विशाल शैल लाकर देते हैं और नल और नील कंदुक के समान उसे पकड़ लेते हैं।

अति उतंग गिरि पादप लीलहिं लेहिं उठाई।
वानर आनि देहिं नल नीलहि रचहिं ते सेतु बनाई।।
सैल बिसाल आनि कपि देहीं।
कंदुक इव नल नील ते लेहिं।।
देखि सेतु अति सुंदर रचना।
बिहसि कृपानिधि बोले बचना।।’’

‘‘हो गया या कुछ और भी है?’’ संस्कृति मंत्री तनिक भी सहमत नहीं लग रहे थे।

‘‘हाँ और भी है।’’ वित्त मंत्री बोले, ‘‘ *अध्यात्म रामायण* में भी स्थिति लगभग ऐसी ही है। भगवान् राम ने...’’

‘‘जिसका अस्तित्व अभी प्रमाणित नहीं हुआ। उसे भगवान बनाना आवश्यक है क्या?’’ हाई कमान ने पहली बार मुँह खोला।

‘‘वैसे तो अनेक लोग भगवान को ही नहीं मानते। भगवान ने तो ऐसे नास्तिक भी पैदा कर रखे हैं। आप क्या प्रभु ईसा नहीं कहतीं,’’ वित्त मंत्री बोले। ‘‘भगवान राम ने समुद्र की ओर देख कर क्रोध से आँखें लाल कर कहा, ‘‘लक्ष्मण देखो, यह समुद्र कितना दुष्ट है। मैं इसके तीर पर आया हूँ; किन्तु हे अनघ! इस दुरात्मा ने दर्शन करके भी, मेरा अभिनंदन नहीं किया। यह समझता है, यह एक मनुष्य ही तो है। वानरों के साथ मिलकर भी मेरा यह क्या कर सकता है। सो देखो, हे महाबाहु! आज मैं इसको सुखाए डालता हूँ। फिर वानर गण निश्चिंत होकर पैदल ही इसके पार चले जाएँगे।’ ऐसा कह कर भगवान् राम ने क्रोध से नेत्र लाल कर, अपना धनुष चढ़ाया और

तूणीर से एक कालाग्नि के समान तेजोमय बाण निकाल कर उसे धनुष पर रखते हुए कहा, 'समस्त प्राणी राम के बाण का पराक्रम देखें; मैं इसी समय नदीपति समुद्र को भस्म किए डालता हूँ।'

''किया भी क्या?'' हाई कमान बोलीं।

''भगवान् राम के ऐसा कहते ही वन और पर्वतादि सहित संपूर्ण पृथ्वी हिलने लगी और आकाश तथा दिशाओं में अंधकार छा गया। समुद्र और उसके जलचरों का क्षोभ प्रकट हो गया। नाना आभूषण धारण किए हुए दिव्य रूपधारी समुद्र प्रकट हो गया। उसने संपूर्ण विनय के साथ कहा कि भगवन् आपने सृष्टि की रचना करते हुए मुझे जड़ ही बनाया था। अब मैं आपके द्वारा प्रदान किए गए स्वभाव से भिन्न कैसे हो सकता हूँ।...अपनी जड़ता इत्यादि का वर्णन कर अंतत: समुद्र उपाय सुझाता है कि राम की सेना में नल नामक एक वानर है, जो विश्वकर्मा का पुत्र है। वह समुद्र पर सेतु-बंधन का कार्य कर सकता है। आप उसे आदेश दें।''

''उसने सिग्नेचर ब्रिज बनाया?'' संस्कृति मंत्री ने पुन: परिहास किया।

''वह तो बाद में बनेगा, पहले समस्या राम के अमोघ बाण ही है। वह बाण निष्क्रिय होकर तूणीर में वापस नहीं जा सकता। समुद्र राम को उसे 'द्रुमकुल्य' प्रदेश पर छोड़ने का परामर्श देता है। राम नल को आज्ञा देते हैं; और नल अन्य वानरों की सहायता से पर्वतों और वृक्षों का उपयोग कर सौ योजन लंबा एक सेतु बना देता है।'' वित्त मंत्री ने रुक कर संस्कृति मंत्री की ओर देखा, ''*कृतिवास रामायण* में भी प्राय: इसी वर्णन के अनुसार राम निराहार रह कर सागर से अनुनय-विनय करते हैं; और सिंधु प्रकट नहीं होता। तब राम क्रोधित हो अग्निबाण का संधान करते हैं। अंतर इतना ही है कि यहाँ राम बाण छोड़ देते हैं, जो पाताल तक जा पहुँचता है और फिर पुन: राम के तूणीर में प्रवेश भी करता है। यह वर्णन *वाल्मीकि रामायण* के अनुसार है।''

''तो समुद्र इसी कारण सूखा हुआ है क्या?'' हाई कमान के अधरों पर मुस्कान थी।

''नहीं। भयभीत सागर राम के सम्मुख प्रकट होकर क्षमा माँगता है; और सेतु-बंधन का मार्ग सुझाते हुए नल का परिचय देता है। राम, नल को बुला कर पूछते हैं तो वह कहता है कि मुझ में यह क्षमता तो है; किन्तु मैं किसी

अहंकारी मनुष्य के समान आपके सम्मुख स्वयं ही अपने गुण का बखान कैसे करता। राम उसे सेतु-निर्माण का आदेश देते हैं। नल सागर तट के वन की सफ़ाई करता है और वहाँ वानरों द्वारा लाए गए वृक्षों को बिछा देता है। उसके ऊपर शिलाओं को जमा देता है। वानर वृक्ष और शिलाएँ लाकर दे रहे हैं; नल मुद्गर की चोट से उन्हें अपने अनुकूल कर लेता है। वह निरंतर कार्य करता जा रहा है। इस प्रकार वह दस योजन का सेतु निर्मित कर देता है।''

''नल सेतु का निर्माण कर रहा था तो हनुमान क्या कर रहे थे?'' संस्कृति मंत्री पुन: चहके।

''हनुमान बहुत भारी शिला लाकर देते हैं और नल उसे अपने बाएँ हाथ में लोप कर अपना कार्य करता जाता है। हनुमान् को, नील द्वारा शिला को बाएँ हाथ से सँभाल लेना अपने लिए अपमानजनक लगता है। वे उत्तर दिशा में जाकर गंधमादन पर्वत के खंड कर दोनों हाथों में लेकर अंतरिक्ष की ओर से आ रहे हैं। नील उनका क्रोध जानकर डर जाता है। वह अपनी व्यथा राम को सुनाता है। राम मार्ग में हनुमान को रोक कर समझाते हैं कि शिल्पी अपने बाएँ हाथ में सामग्री लेकर दाएँ हाथ से निर्माण कार्य करता है। इस प्रकार नील द्वारा तुम्हारे बल का कोई अपमान नहीं हुआ है। हनुमान समझ जाते हैं और नील से मिलाप कर लेते हैं।'' वित्त मंत्री चकित थे कि हाई कमान ने उन्हें अब तक टोका क्यों नहीं, ''यह कवि का अपना कौशल भर है। सेतु-निर्माण के संदर्भ में इस वैमनस्य का कोई महत्त्व नहीं है। इसी संदर्भ में कृतिवास ने गिलहरी द्वारा शिलाओं के मध्यण की संधियों को भरने का भी वर्णन किया है। यह भी कवि के काव्य-कौशल का चमत्कार ही है; या फिर उनकी भक्ति-भावना है।''

''और कंबन ने क्या कहा है,'' एक तमिल मंत्री ने पूछा।

''कंबन का वर्णन भी कुछ ऐसा ही है। राम समुद्र से प्रार्थना करते हैं। समुद्र पर कोई प्रभाव नहीं होता तो राम अपनी अवमानना सहन नहीं कर पाते और अत्यंत भयंकर शरों का संधान कर समुद्र को सुखा देने की चेतावनी करते हैं। उनके बाणों से समुद्र जलने लगता है। कंबन उस समय के समुद्र को एक जलते हुए अग्निकुंड के समान बताते हैं। परिणामत: जल में रहने वाले सारे जीव-जंतु जलने लगते हैं। 'अग्नि यों भड़की कि उससे पर्वत भी भस्म हो गए, अनेक सहस्रकोटि तीक्ष्ण बाण ऐसे निकले कि उनसे अति गंभीर समुद्र

भी सूख गया। उसका कीचड़ भी जल गया और पाताल में स्थित आदिशेष के सिर भी झुलस गए।'

''यह सब संभव है क्या?'' हाई कमान ने उन्हें टोका।

''ये सब काव्य रूढ़ियाँ हैं। यह वैसा चमत्कार नहीं है, जैसा ईसा का मृत्यु के पश्चात् भी जी उठना है।''

''आप ईसा को बीच में न लाएँ,'' संस्कृति मंत्री ने कुछ आवेश में कहा।

''आप सर्वोच्च न्यायालय में भगवान राम को काल्पनिक चरित्र बता दें और मैं ईसा का नाम भी न लूँ।'' वित्त मंत्री का प्रच्छन्न आवेश अपनी छाया दिखा गया, ''कंबन ने समुद्र तथा उसके जीव-जंतुओं के जलने का विस्तृत काव्यात्मक वर्णन किया है। किन्तु इतना कुछ हो जाने के पश्चात् भी समुद्र प्रकट नहीं होता तो राम ब्रह्मास्त्र के प्रयोग की तैयारी करते हैं। तब सभी देवता भय से काँप उठते हैं। ''सभी पर्वत हाहाकार कर उठे। वरुण का मुख सूख गया। सभी प्राणी दुहाई देने लगे। सभी नदियाँ ठहर गईं।'' ज्ञानियों ने वरुण को दोषी माना। वरुण का सिर और शरीर भी झुलस गया था। तब वह प्रकट हुआ और अपनी ओर से उसने बहुत सारा स्पष्टीकरण दिया। क्षमा माँगी। और बताया कि आपके ही नियमों के अंतर्गत मेरा निर्माण हुआ है। मेरी गहराई मेरे लिए भी अपरिमेय है। अंततः उसने भी सेतु-बंध का उपाय सुझाया और ब्रह्मास्त्र को 'मरुकांतार' प्रदेश पर छोड़ देने का परामर्श दिया।

''कंबन ने सेतु-निर्माण का विस्तृत वर्णन किया है। उसमें अद्भुत काव्य-तत्व है। उपमाओं और रूपकों के ढेर लगे हैं। किस प्रकार वानर बड़ी-बड़ी शिलाएँ लाते हैं और उनको एक के ऊपर एक पटकते हैं। उस पटकने और उसके प्रभाव के संबंध में कंबन ने अलंकारों का एक सुंदर संसार प्रस्तुत किया है।''

''और आदि कवि वाल्मीकि?''

''वाल्मीकि ने इस सारी घटना का वर्णन कुछ अधिक विस्तार और युक्तियुक्त ढंग से किया है। मुझे लगता है कि उन्होंने अनेक नए प्रकार के संकेत दिए हैं, जो मात्र काव्यात्मक न होकर तथ्यात्मक हैं, ऐतिहासिक हैं। आदि कवि तो वाल्मीकि ही हैं। उनका अध्ययन और विश्लेषण आवश्यक है। इतिहास की सूचनाएँ तो वे ही देंगे। यहाँ भी राम जब अपनी सेना के साथ सागर-तट पर पहुँचते हैं तो सागर प्रकट नहीं होता। वे तीन दिनों तक

अनुनय-विनय करते हैं; किन्तु सागर के स्वभाव की जड़ता के कारण कोई विशेष लाभ नहीं होता। राम का शौर्य जागता है और वे धनुष पकड़ लेते हैं।''

''वाल्मीकि कौन है?'' हाई कमान ने पूछा।

''वाल्मीकि आदिकवि माने जाते हैं। उनकी ही कृति है *रामायण*। जो कुछ इसमें है और बाद के रामकथाकारों ने किसी कारण से उसका चित्रण नहीं किया, मान लेना चाहिए कि उन्होंने उसे छोड़ दिया। क्यों छोड़ दिया? अनावश्यक मान कर? अथवा कालांतर के कारण उसे न समझने के कारण? अथवा अपनी मौलिकता के मोह में?''

''काम की बात करो पंडित जी। आप तो रामकथा ही करने लगे। मंत्री हो कथावाचक तो हो नहीं,'' संस्कृति मंत्री बोले।

''वही कर रहा हूँ,'' वित्त मंत्री ने कहा।

'' *रामचरित मानस* में राम ने बाण चढ़ाया अवश्य; किन्तु प्रहार नहीं किया, बाण छोड़ा नहीं। किन्तु वाल्मीकि के राम अपने तीखे बाणों से समुद्र पर प्रहार करते हैं। कंबन और कृतिवास ने भी वाल्मीकि का ही अनुसरण किया है।''

''विचार करो कि बाण से जल को क्या कष्ट होगा। वहाँ तो मिसाइल मारने वाले भी कुछ नहीं कर पाते।''

''विचारणीय है कि यदि 'बाण' का अर्थ वही माना जाए, जो हम आज समझते हैं, तो असंख्य बाण मारने पर भी समुद्र के जल पर उसका क्या प्रभाव हो सकता है? वे सारे बाण समुद्र में जाकर डूब जाएँगे; और समयानुक्रम में सड़-गल कर समाप्त हो जाएँगे। तो ऐसे बाण मारने का क्या लाभ? किन्तु वाल्मीकि कहते हैं कि राम के उन बाणों का भयंकर प्रभाव हुआ। बाणों के प्रहार से समुद्र में भयंकर तूफ़ान उठने लगे, जल के पहाड़ उठ-उठ कर गिरने लगे, धुआँ उठने लगा और बड़ी-बड़ी लहरें चक्कर काटने लगीं। यह ऐसा ही है जैसे आज के किसी देश ने समुद्र में शक्तिशाली मिसाइलें छोड़ी हों।''

''तो राम अपने कंधे पर मिसाइलें लिए फिरते थे? दिमाग ठिकाने है आपका पंडित जी,'' हाई कमान ने कहा।

''हम जानते हैं कि महासागर के गर्भ में भी एक पूरा संसार बसा हुआ है,'' वित्त मंत्री ने कहा। ''न जानते हों तो जान लीजिए। वहाँ विभिन्न प्रकार

के छोटे-बड़े जीव-जंतु ही नहीं, अनेक प्रकार के चल-अचल वानस्पतिक जीव और हमारे लिए अपरिचित जलचर भी हैं। राम के बाणों से, समुद्र के भीतर बसा वह सारा संसार, समस्त जलचर जीव, आंदोलित ही नहीं, क्षुब्ध हो उठे। वह सब कुछ इतना भयंकर था कि जब राम ने पुन: अपना धनुष खींचा तो कठोर दंड के समर्थक, स्वयं लक्ष्मण कूद कर उनके निकट ही नहीं आए, उन्होंने राम का धनुष पकड़ लिया, 'बस। बस। अब नहीं। अब नहीं।'

''और तब लक्ष्मण ने अत्यंत महत्त्वपूर्ण बात कही कि अब आप सुदीर्घ काल तक उपयोग में लाए जाने वाले किसी अच्छे उपाय पर दृष्टि डालें...कोई दूसरी उत्तम युक्ति सोचें। 'दीर्घं भवान् पश्यतु साधुवृत्तम्।' स्पष्ट है कि लक्ष्मण तक को लगा कि यह विनाशकारी उपाय न तो हितकारी है और न दीर्घकालीन है। यह तात्कालिक उपाय है। सागर को सुखा कर शायद वानर-सेना तो पार उतर जाए; किन्तु विश्व-मानवता के लिए, अन्य जीवों के लिए, सागर के जलचरों के लिए, वनस्पति के लिए कदाचित् यह हितकारी न हो।''

''कुछ और ?''

''हाँ। उसी समय अंतरिक्ष में अव्यक्त रूप से विद्यमान महर्षियों और देवर्षियों ने भी 'हाय, यह तो बहुत कष्ट की बात है। अब नहीं, अब नहीं।' कहते हुए बहुत ज़ोर का कोलाहल किया।''

''ये अदृश्य ऋषि कहाँ से आ गए ?'' हाई कमान ने आपत्ति की।

''ये वे शक्तियाँ हैं, जिनसे मनुष्य चाहे अपरिचित हो, किन्तु वे अपने स्थान पर स्थित प्रकृति की रक्षा करती रहती हैं,'' वित्त मंत्री बोले, '' *महाभारत* में भी जब अर्जुन पाशुपतास्त्र प्राप्त कर अपने भाइयों के पास लौटा था; और उसके भाइयों ने उत्सुकतावश ही उस शस्त्र का प्रयोग देखना चाहा था, तब भी आकाश से अनेक महर्षि और देवर्षि उतर आए थे। उन्होंने पांडवों को उस अस्त्र के, चाहे प्रदर्शन के लिए ही क्यों न हो, किए जाने वाले प्रयोग के संकट बताए थे। पांडव उस प्रदर्शन से विरत हो गए थे। उसके पश्चात् दूसरी बार अश्वत्थामा और अर्जुन के युद्ध में भी जब ब्रह्मास्त्र की बारी आई तो इसी प्रकार आकाश और पृथ्वी के ऋषि एकत्रित हो गए थे। यहाँ भी वही स्थिति है।''

''किन्तु अभी तक समुद्र की ओर से कोई प्रतिक्रिया नहीं हुई है,'' प्रधानमंत्री ने भी मुँह खोला और भयभीत आँखों से हाई कमान की ओर देखा।

''हाँ। इसीलिए राम और भी कठोर उपाय करने की बात सोचते हैं। वे ब्रह्मदंड को ब्रह्मास्त्र से अभिमंत्रित कर लेते हैं। उसे धनुष पर चढ़ा लेते हैं और धनुष की प्रत्यंचा खींचते हैं। अभी ब्रह्मास्त्र छोड़ा नहीं गया है; किन्तु पृथ्वी और आकाश मानो फटने लगते हैं और पर्वत डगमगा उठते हैं। अंधकार छा जाता है। सरिताओं और सरोवरों तक में हलचल उत्पन्न हो जाती है। चंद्रमा और सूर्य नक्षत्रों के साथ तिर्यक् गति से चलने लगते हैं। सूर्य की किरणों से प्रकाशित होने पर भी आकाश में अंधकार छा गया है। सैकड़ों उल्काएँ प्रज्ज्वलित होकर आकाश को प्रकाशित करने लगती हैं। अंतरिक्ष से अनुपम और भारी गड़गड़ाहट के साथ वज्रपात होने लगता है।''

''यह काव्यात्मक वर्णन है?''

''निश्चित रूप से यह मात्र काव्यात्मक वर्णन नहीं है। यह कोरी कवि-कल्पना नहीं है। हमें यह समझना चाहिए कि श्रीराम ने सागर को जो धमकी दी है कि वे समुद्र का संपूर्ण जल सुखा देंगे और सागर वानर-सेना को लंका तक पहुँचने से रोक नहीं पाएगा, इसका कुछ वास्तविक अर्थ भी है।''

''और वह क्या है?'' हाई कमान ने पूछा।

''श्रीराम को अपनी सेना के साथ लंका तक पहुँचना है। उनके और लंका के मध्य सागर का जल है। उस जल को सुखा दिया जाए, तो वहाँ मरुभूमि प्रकट होगी, जिस पर वानर पैदल चल कर लंका तक पहुँच जाएँगे। किन्तु समुद्र के जल को सुखाने के लिए वे जिस शक्ति का प्रयोग करेंगे, वह कोई अलौकिक शक्ति न होकर भौतिक शक्ति ही है। वह उनका शस्त्र-बल है। मिसाइलें हैं। *रामायण* के बाद के काल में चाहे हमारे कवियों ने उस शक्ति का स्वरूप न समझा हो और उसे कोई अलौकिक शक्ति मान कर, सुंदर उपमानों से सजा कर उसका काव्यात्मक वर्णन किया हो, किन्तु आज परमाणु शक्ति के युग में, जब हम जानते हैं कि पदार्थ को ऊर्जा में परिणत किया जा सकता है, हमें यह समझने में कठिनाई नहीं होनी चाहिए कि राम किस प्रकार की शक्ति के प्रयोग की धमकी दे रहे हैं। लक्ष्मण ही नहीं, देवर्षियों को भी समझ में आ रहा है कि यदि समुद्र अपने हठ पर अड़ा रहा और राम को अपनी शक्ति के प्रयोग को बाध्य होना पड़ा, तो वह इतना बड़ा उत्पात होगा कि समस्त जीवों के लिए प्रलय की-सी स्थिति उत्पन्न हो जाएगी। प्रकृति इतनी बड़ी दुर्घटना

की अनुमति नहीं देती है। राम भी सृष्टि का ऐसा अनिष्ट नहीं करते हैं।''

''तो यह बस गीदड़ भभकी थी,'' संस्कृति मंत्री बोले।

''नहीं। यह ट्रेलर था। उसे देख कर जल के मध्य में से समुद्र स्वयं प्रकट होता है। विनयपूर्वक अपनी जड़ता के लिए क्षमा माँगता है और स्पष्ट करता है कि सागर की गहराई अथाह है। यदि सारा जल सूख भी जाए, तो भी वानरों के लिए शायद उस अपार गहराई को पार करना संभव न हो। जल के सूखने से उसके सहारे जीवित रहने वाले जंतु तो मरेंगे ही, जल को सुखाने के लिए राम के शस्त्रों से जो ताप उत्पन्न होगा, उसके भी दुष्परिणाम होंगे, जिन्हें पृथ्वी सहन नहीं कर पाएगी। अत: राम कोई दूसरा उपाय करें।''

''दूसरा उपाय?''

''दूसरा उपाय है, सेतु-बंधन। सामग्री वानर ला देंगे। लक्ष्मण के परामर्श 'दीर्घ भवान् पश्यतु साधुवृत्तम्,'' के ही अनुसार यह उपाय दीर्घकालीन और हितकारी है। दीर्घकालीन का तात्पर्य है कि सेतु बन जाएगा तो जाने कितने समय तक साधारण जन भी उस पर से चल कर सागर पार कर लिया करेंगे। न सागर का अहित होगा, न उसके जलचरों का, न पृथ्वी का। शायद यह एकमात्र अवसर है, जहाँ राम अपने क्रोधी भाई लक्ष्मण से भी अधिक कठोर व्यवहार करते दिखाई देते हैं। लक्ष्मण का कथन सत्य था। अंग्रेज़ों के शासनकाल में सन् 1803 की *ग्लॉसरी ऑफ़ मद्रास प्रेसेडेंसी* में यह तथ्य स्वीकार किया गया है कि सन् 1480 ई. तक यह सेतु न केवल वर्तमान था, वरन् वह प्रयोग में था और उस पर से लोग यात्रा किया करते थे।''

''और राम के ब्रह्मदंड और ब्रह्मास्त्र?'' संस्कृति मंत्री अब भी मुस्करा रहे थे।

''आपके प्रश्न मुझे कथा-वाचक बना रहे हैं। फिर मुझे दोष मत दीजिएगा,'' वित्त मंत्री बोले। ''राम ब्रह्मदंड को ब्रह्मास्त्र से अभिषिक्त कर अपने धनुष पर चढ़ा चुके हैं। हमारे सारे पौराणिक साहित्य में इन शस्त्रों की विशेषता यह है कि एक बार वे धनुष पर चढ़ जाएँ तो उनको रोका नहीं जा सकता। केवल उनका लक्ष्य बदला जा सकता है। अत: राम, सागर से ही पूछते हैं, ''यह बाण कहाँ छोड़ूँ?'' सागर उन्हें परामर्श देता है कि वे उसे 'द्रुमकुल्यक' क्षेत्र पर छोड़ें, क्योंकि वहाँ अत्यंत दुष्ट जातियाँ निवास करती हैं। राम अपना

ब्रह्मास्त्र उसी प्रदेश को लक्ष्य कर छोड़ देते हैं। वह शस्त्र पृथ्वी को इतनी दूरी तक बींध देता है कि पृथ्वी भी कराह उठती है। शस्त्र से बना वह कूप पृथ्वी के गर्भ तक जाता है और वह प्रदेश 'मरुकांतार' नाम धारण करता है।''

''और पुल का क्या हुआ पंडित जी,'' हाई कमान ने पूछा।

''नल के द्वारा सेतु-बंधन आरंभ होता है। वाल्मीकि कुछ अतिरिक्त सूचनाएँ भी देते हैं। वानर वृक्षों को उखाड़ कर, तोड़ कर, काट कर समुद्र तक लाते हैं; किन्तु बड़ी-बड़ी शिलाओं और पर्वतों को उखाड़ कर 'यंत्रों' द्वारा समुद्र तक पहुँचाते हैं। वाल्मीकि ने 'यंत्रों' के विषय में कुछ नहीं बताया, किन्तु इतना भर कहा है कि यह कार्य वानर यंत्रों के द्वारा कर रहे हैं। स्पष्ट है कि वृक्षों को घसीटना सामान्य बात है; और पर्वत-खंडों का परिवहन कुछ कठिन और भिन्न। अनेक वानर सौ योजन तक लंबा सूत्र पकड़े खड़े हैं। कई वानर नापने के लिए दंड लिए खड़े हैं। इस प्रकार यह सेतु अलौकिक शक्ति से न बन कर, भौतिक सामग्री और विधि-विधान से तैयार होता है। वानरों की सहायता से नल पहले दिन चौदह योजन, दूसरे दिन बीस योजन, तीसरे दिन इक्कीस योजन, चौथे दिन बाईस योजन, और पाँचवें दिन तेईस योजन लंबा सेतु बाँधता है। हम देख सकते हैं कि प्रत्येक दिन उनके अनुभव और दक्षता में वृद्धि हो रही है। उनकी गति कुछ बढ़ रही है और वे पहले से अधिक कार्य करने में सफल हो रहे हैं। पाँच दिनों में सौ योजन लंबा तथा दस योजन चौड़ा सेतु तैयार हो जाता है।''

''और कुछ,'' संस्कृति मंत्री पुनः मुस्कराए, ''मेरा तात्पर्य है, और कोई गप्प।''

''एक और बात, आपकी दृष्टि से गप्प। अत्यंत महत्त्वपूर्ण गप्प है। सेतु-निर्माण हो जाने पर अपने सचिवों के साथ विभीषण, हाथ में गदा लेकर समुद्र के दूसरे तट पर खड़े हो गए, जिससे शत्रु पक्ष के राक्षस यदि सेतु तोड़ने के लिए आएँ, तो उन्हें रोका जा सके, दंड दिया जा सके। यदि यह अलौकिक शक्ति से बना हुआ कोई वायवीय सेतु होता तो उसके भंग होने या तोड़े जाने का कोई संकट नहीं होता।''

''किन्तु हमारे विद्वान् इतिहासकार तो यह नहीं मानते,'' हाई कमान ने बलपूर्वक कहा।

‘‘आपके विद्वान् इतिहासकार विदेशियों की दुम से बँधे हुए हैं। उससे मुक्त हों तो कोई काम की बात करें।’’

‘‘क्या कहना चाहते हैं आप ?’’ प्रधानमंत्री ने बड़े कोमल ढंग से अपना विरोध प्रकट किया।

‘‘यह इतिहास आपको आत्म ग्लानि में डुबोने के लिए लिखा गया। संसार में आपको अपमानित करने के लिए लिखा गया। आपको विश्वास दिलाने के लिए लिखा गया कि आप संसार में सब से निकृष्ट जाति के लोग हैं। आपकी भाषा, आपका साहित्य, आपकी संस्कृति, आपका धर्म, सब कुछ निकृष्ट है,’’ वित्त मंत्री ने कहा। ‘‘...आपके तथाकथित विद्वान् इतिहासकारों द्वारा सरल मार्ग अपना लिया जाता है। वे हमारे इतिहास को इतिहास नहीं, काल्पनिक कथा मानते हैं। अत: वे सेतु-निर्माण की घटना, सामग्री, विधि-विधान को गंभीरतापूर्वक ग्रहण करने की आवश्यकता नहीं मानते।’’ वे कुछ क्षण थम कर बोले, ‘‘किन्तु पुराणों तथा पौराणिक काव्यों को कल्पना मात्र मानना, अपना अज्ञान प्रकट करना है। उसमें काव्य तत्व का सम्मिश्रण अवश्य हुआ है; किन्तु किसी नींव पर ही बार-बार भित्ति उठाई गई है। यही कारण है कि प्रत्येक शिल्पी ने अपने समय, बुद्धि और प्रतिभा के अनुसार उसमें कुछ परिवर्तन कर दिए हैं। मेरा विचार है कि पुराणों को सत्य माना जाना चाहिए; और जहाँ वे सांकेतिक हो गए हैं, वहाँ उनमें निहित सत्य का अनुसंधान करना चाहिए।’’

8

''**माँ**,'' विक्रम ने पूछा, ''भारत के पुरातत्त्व विभाग द्वारा सर्वोच्च न्यायालय में यह क्यों कहा गया कि राम ऐतिहासिक नहीं काल्पनिक चरित्र हैं ?''

''पुत्र सत्य वहाँ बोला जाता है, जहाँ सत्य की खोज हो। न्यायालय में तो वही कहा जाएगा, जो तत्कालीन सरकार चाहेगी। यह सत्य की खोज नहीं, राजनीति है,'' वरुणपुत्री ने कहा। ''मैं स्वयं भारतीय पुरातत्त्व विभाग द्वारा दिए गए शपथपत्र से आहत और पीड़ित ही नहीं, स्तब्ध भी हूँ। यह शपथपत्र पाकिस्तान की आई. एस. आई. ने दिया होता तो बात समझ में आ सकती थी। फिर भी मैं पुरातत्त्व विभाग से पूछना चाहूँगी कि क्या वे दस-पंद्रह पीढ़ी पहले के अपने पूर्वजों के अस्तित्व का कोई भौतिक प्रमाण दे सकते हैं ? काल-चक्र प्रत्येक भौतिक प्रमाण को खा जाता है, चाहे वह पत्थर का बना हुआ ही क्यों न हो। यहाँ तो घटना सत्तर लाख वर्षों से भी पुरानी है। इतनी बात तो किसी की भी समझ में आ जाती है कि ऐसी घटनाओं की सूचनाएँ पीढ़ी-दर-पीढ़ी चलती हैं, उनके भौतिक प्रमाण, काल के गाल में समा जाते हैं। फिर भी आश्चर्य है कि रामसेतु बचा हुआ है; और *रामायण* की घटनाओं की साक्षी दे रहा है। जो प्रमाण सामने है, जिसके माध्यम से *रामायण* के पात्रों की प्रामाणिकता जुटाई जा सकती है, ये लोग उस प्रमाण को मिटा कर, *रामायण* के पात्रों को अप्रामाणिक बता रहे हैं। जिन्हें देश के इतिहास के साक्ष्य जुटाने का दायित्व सौंपा गया, वे ही साक्ष्य को नष्ट कर रहे हैं। यह तो ऐसा ही है, जैसे पुलिस स्वयं साक्ष्य को मिटा कर कहे कि कोई अपराध हुआ ही नहीं है, उसका कोई साक्ष्य ही उपलब्ध नहीं है।''

वरुणपुत्री कुछ क्षण मौन रहीं, फिर बोलीं, ''रामसेतु के बहाने *रामायण*

के पात्रों को काल्पनिक बता कर केन्द्र सरकार ने एक बार फिर से हिन्दुओं को अपार मानसिक क्लेश दिया है। मैं हाई कमान की बात नहीं करती, किन्तु प्रधानमंत्री तो भारतीय ही हैं। वे क्यों नहीं बोलते? संस्कृति मंत्री को हम भारतीय और हिन्दू ही मानते हैं। भगवान ही जानें कि वे स्वयं को क्या मानते हैं। संभव है कि उनका भी धर्मांतरण हो चुका हो। इस देश में तो जैसे माफ़िया-राज चल रहा है। हिन्दुओं की छाती पर बैठ कर, उनका उपहास किया जा रहा है। अर्जुन सिंह जैसे लोग भी हैं, जो विभिन्न संगठनों को पैसा देकर रामकथा का विकृत रूप प्रस्तुत कर, विरोधी मतधारा की प्रदर्शनी लगवाते हैं। क्या किसी और देश में वहाँ के धर्म-ग्रंथों, आध्यात्मिक ग्रंथों तथा इतिहास ग्रंथों के विषय में ऐसी अपमानजनक बातें कही जा सकती हैं? सामी मतों के अनुयाइयों ने, जिनमें पश्चिम के लोग भी सम्मिलित हैं, कहा कि मूसा ने तूर पर्वत पर ईश्वरीय प्रकाश देखा था। सबने उनकी सच्चाई का विश्वास किया। कभी कोई शंका प्रकट नहीं की, कोई संदेह नहीं जताया, कोई प्रश्न नहीं किया। यह इस देश का दुर्भाग्य है कि स्वतंत्रता के बाद से ही, भारत के लोगों द्वारा तथाकथित रूप से चुनी गई भारत की सरकार, हिन्दुओं से दृढ़बद्ध द्वेष रखती आई है। इसका बीज स्वयं भारत की पहली सरकार ने ही बोया था। यह सरकार हिन्दू-द्रोही तो रही ही है, यह राष्ट्रद्रोही तथा देशद्रोही भी है। हिन्दुओं का जितना उत्पीड़न अब हो रहा है, उतना तो विधर्मियों के शासन-काल में भी नहीं हुआ था।''

''मैं इस दुर्व्यवहार का कारण समझ नहीं पा रहा हूँ,'' विक्रम ने जैसे अपने आप से कहा।

''पुरातत्व विभाग के अधिकारी अंग्रेज़ों का लिखा इतिहास पढ़ते हैं। उनकी जानकारी भी उतनी ही है, जितनी विदेशी और विधर्मी मनीषा ने उन्हें दी है, या जितना वह देना चाहती है। स्वामी विवेकानन्द ने अलवर में अपने शिष्यों से कहा था कि हिन्दुओं ने कभी स्वयं अपना इतिहास नहीं लिखा। उसे सदा विदेशी ही रचते रहे। और विदेशियों ने वह इतिहास इसलिए नहीं लिखा कि भारतीय अपने गौरव को जानकर अपना सिर ऊँचा उठा सकें। उन्होंने भारत का इतिहास इसलिए लिखा कि वे हमारा आत्मबल नष्ट कर सकें। इसलिए हिन्दुओं को अपने आर्ष ग्रंथों का अध्ययन करना चाहिए, अपने आदर्श पुरुषों

के विषय में जानकारी प्रस्तुत करनी चाहिए; और अपना इतिहास स्वयं रचना चाहिए।''

''नेहरू जी ने *भारत की खोज* लिखी तो है,'' विक्रम बोला।

''जवाहरलाल नेहरू ने भी अपना इतिहास अंग्रेज़ों से ही पढ़ा था। इसी आधार पर पुरातत्व विभाग तथा भारत के प्राचीन इतिहास के ये जाली विद्वान् कहते हैं कि आर्य भारत में बाहर से आए। यहाँ सरस्वती नामक नदी कभी थी ही नहीं। न महाभारत का महायुद्ध हुआ, न राम-रावण का युद्ध। हम शेष सब कुछ छोड़ भी दें तो प्रश्न यह है कि क्या इन महान पुरातत्ववेत्ताओं ने कभी कुरुक्षेत्र के क्षेत्र की खुदाई की है? मथुरा, हस्तिनापुर और द्वारका को खोजने का वास्तविक, सच्चा और ईमानदार प्रयत्न किया है? यदि नहीं तो वे राष्ट्र के लिए इस प्रकार के अपमानजनक निष्कर्ष कैसे निकाल सकते हैं? आज हमारे सत्ताकर्मी अपने स्वार्थ सिद्ध करने के लिए जवाहरलाल नेहरू की पुस्तक से उद्धरण दे रहे हैं, जैसे नेहरू वाल्मीकि से अधिक प्राचीन और प्रामाणिक हों। हम जानते हैं कि जवाहरलाल पश्चिमी शिक्षा की संतान हैं और उन लोगों की ही बोली बोलते हैं। जवाहरलाल की ही देन है—आज का यह पुरातत्व विभाग, उनकी चिंतन पद्धति और हिन्दुओं के विरुद्ध यह द्वेषपूर्ण अभियान। यह तो संयोग ही है कि जवाहरलाल की परंपरा में आज वे महिला आ गई हैं, जो विदेशिनी भी हैं और विधर्मिणी भी।''

''तो ये क्या मानते हैं माँ, रामसेतु का निर्माण किसने किया?''

''विरोधियों का बल इस बात पर है कि रामसेतु मानव निर्मित नहीं है,'' वरुणपुत्री ने कहा। ''इसका उनके पास क्या प्रमाण है, वे ही जानें। किन्तु इतना तो स्पष्ट ही है कि वे नहीं जानते कि लाखों वर्ष समुद्र के जल में रहकर मानव-निर्मित ढाँचा भी अश्मीजभूत (फॉसिल) ही हो सकता है। फिर रामसेतु के निर्माण की प्रक्रिया पर भी विचार किया जा सकता है। यह सेतु इसी स्थान पर क्यों बनाया गया, कहीं और क्यों नहीं? *रामायण* का कहना है कि राम के द्वारा शस्त्र-प्रयोग की संभावना देखते हुए, समुद्र ने उन्हें मार्ग दिया। मार्ग देने का क्या अर्थ? ऐसा कहीं नहीं कहा गया कि समुद्र तल में चट्टानों को स्थापित कर सेतु बनाया गया। समुद्र ने जो मार्ग दिया, अर्थात् जहाँ समुद्रतल में आधारभूत प्राकृत शिलाएँ रही होंगी, जो हनुमान के समुद्र-लंघन में भी

प्रकट हुई थीं, उनको नींव मान कर उनके ऊपर वानरों ने शिलाओं को रख-रख कर, उसे समुद्र के जल से ऊपर उठा दिया और लंका तक जाने का मार्ग बन गया। काल के इतने दीर्घ अंतराल ने स्थान-स्थान से कुछ शिलाओं को हटा दिया; किन्तु फिर भी वह आधारभूत मार्ग और उसके ऊपर की शिलाएँ आज जिस किसी रूप में भी वर्तमान हैं, वह रामसेतु है। भवन टूट कर खंडहर भी हो जाए, तो यह नहीं कहा जा सकता कि वह कभी भवन था ही नहीं।''

''मैंने तो समाचार-पत्र में पढ़ा था कि आधुनिक विदेशी विद्वान् यह कह रहे हैं कि उस स्थान पर रामसेतु बनाने वाली शिलाएँ, वहाँ की रेत से पुरानी हैं।'' विक्रम ने कहा, ''इसका अर्थ है कि वे शिलाएँ कहीं और से लाकर वहाँ स्थापित की गई हैं। निष्कर्ष यह कि वह सेतु मानव-निर्मित है। अर्थात् रामसेतु...''

''पुरातत्व विभाग के इन तात्विक ज्ञानियों की जानकारी की सीमा केवल पिछले दो सहस्र वर्षों तक ही सीमित है; क्योंकि पश्चिम के इन नौसिखिए राष्ट्रों के विद्वानों के लिए उससे पहले संसार था ही नहीं। किसी विकसित सभ्यता का कोई अस्तित्व नहीं था; उन सभ्यताओं का भी नहीं, जिन्हें उन्होंने स्वयं अपने क्रूर हाथों से नष्ट किया है। उनके अनुसार संसार में जो कुछ हुआ, वह इन्हीं दो सहस्र वर्षों में ही हुआ और उनके अपने देशों के द्वारा ही हुआ। पश्चिम के अनुकरण में हमारे देश के इन स्वाभिमानशून्य, तथाकथित महान् ज्ञानियों का ज्ञान भी वहीं तक सीमित है। उधार का ज्ञान इतना ही हो सकता है। इन मिट्ठुओं को जो उनके श्वेत स्वामियों ने पढ़ाया नहीं, वह कभी घटित ही नहीं हुआ। इसीलिए दो सहस्र वर्षों के पूर्व भारत में घटित सारी घटनाओं को, सारे ज्ञान को, सारे वाङ्मय को, वे पूरी निर्लज्जता से तत्काल अमान्य घोषित कर देते हैं। जिनके हाथ में पुरातत्व और प्राचीन इतिहास के ज्ञान को संचित करने का दायित्व है, वे आज भी विदेशियों द्वारा दी गई जानकारी के आसरे हैं; और अपने देश के प्रति द्वेष से भरे हुए हैं। प्रत्येक स्वीकृति के लिए वे मुख उठा कर पहले अपने पश्चिमी प्रभुओं की ओर देखते हैं। वे सरकारी नौकरी कर रहे हैं। अपनी आजीविका कमा रहे हैं।''

''लज्जाजनक बात है,'' विक्रम के मुँह से निकला।

''बिलकुल ऐसा ही मिस्र में हुआ। वहाँ पिरामिड आज भी खड़े हैं;

किन्तु उनके निर्माण की तकनीकी कुशलता स्वीकार करने में पश्चिमी विद्वानों को दिक्कतें आ रही थीं। वे सदा यही कहते रहे कि दासों की पीठ पर कोड़े मार कर, इतनी ऊँचाई तक पत्थर पहुँचाए गए। यही अब हमारे साथ हो रहा है। हाँ, यहाँ अज्ञान में नहीं, शत्रुता, दुष्टता और द्वेष के मारे हमारे प्रतीकों का अपमान किया जा रहा है।''

''पर यह तो केवल आस्था की बात है,'' विक्रम बोला। ''और आस्था में तर्क और प्रमाण का होना आवश्यक तो नहीं है न माँ,'' विक्रम बोला। ''यदि हम आपके ग्रह पर जाकर वहाँ के लोगों से बात करें तो आवश्यक तो नहीं कि वे हम से सहमत हों।''

''ठीक कहते हो,'' वरुणपुत्री ने कहा।''किन्तु मैं आस्था की नहीं, केवल भौतिक प्रमाणों की बात कर रही हूँ। भूगोल की दृष्टि से, सेतु-निर्माण के समय जिस भूमि पर, राम ने शिव की आराधना की, वह रामेश्वरम् तो आज भी है। वहीं से आगे समुद्र तट पर धनुषकोडि रेलवे स्टेशन था, जो 1960 ई. के समुद्री तूफ़ान में नष्ट हो गया। रामनाड के राजा की उपाधि 'सेतुपति' थी। कहीं कोई सेतु था, तभी तो राजा सेतुपति था। अमरीकी उपग्रह द्वारा लिए गए चित्रों में भी स्पष्ट रूप से सेतु दिखाई पड़ता है। इस संदर्भ में तरुण विजय द्वारा प्रस्तुत एक उद्धरण है : "But this is what NASA says about the bridge, 'Exploring space with a camera by NASA's [193] Gemini XI, this photograph from an altitude of 410 miles encompasses all of India, an area of 1,250 000 square miles,' George M Low, then the deputy director, Manned Spacecraft Center, NASA, notes. 'Bombay is on the west coast, directly left of the spacecraft's can-shaped antenna, New Delhi is just below the horizon near the upper left. Adam's Bridge between India and Ceylon, at the right, is clearly visible...' We can see the picture dramatically resembles the description given in Kalidasa's *Raghuvamsham*. Kalidasa wrote, (sarga 13) : 'Rama, while returning from Sri Lanka in Pushpaka Vimaana told Sita: "Behold, Sita, My Setu of mountains dividing this frothy ocean is like the milky way dividing the sky into two parts". वरुणपुत्री ने अपने पुत्र की ओर देखा, ''यह सेतु

कहीं पानी के तीन फुट नीचे है, कहीं तीस फुट। ईश्वर की कृपा है कि नासा ने सेतु के चित्र उसकी संपूर्णता में संसार के सम्मुख प्रस्तुत कर दिए हैं, जिसे वे 'एडम्स ब्रिज' की संज्ञा देने को ललचा रहे हैं, क्योंकि वे राम को तो जानते ही नहीं हैं। अब और क्या साक्ष्य चाहिए, भारत के इन पुरातात्विक धुरंधरों को? आश्चर्य की बात है कि हमने लाखों वर्षों से अपनी धरोहरों को बचा कर रखा है। पुरातत्व विभाग के अधिकारी हों अथवा तथाकथित विद्वान् और वामपंथी चिंतक; सत्य खोजने का प्रयत्न उनका लक्ष्य ही नहीं है। उनका लक्ष्य है, इस देश की संस्कृति को धूमिल करना और हिन्दुओं का अपमान। किसी भी प्रकार हिन्दुओं का आत्मबल और स्वाभिमान तोड़ कर उनका धर्मांतरण किया जा सके—यह है कार्य-योजना। यह प्रवृत्ति अत्यंत घातक और विषाक्त है। इसका परिणाम क्या होगा, यह तो समय ही बताएगा। हिन्दुओं का विनाश होता है, या हिन्दुत्व-शत्रु आत्मघात करते हैं। महर्षि अरविन्द ने सौ वर्ष पहले ही कहा था कि वह सबसे दुर्भाग्यपूर्ण दिन था, जब इस देश के तथाकथित पढ़े-लिखे, पश्चिमीकृत मस्तिष्क ने हमारे सारे प्राचीन ग्रंथों को कपोल कल्पना मान लिया था; उनकी वाणी सत्य प्रमाणित हो रही है। किन्तु हमें ध्यान देना चाहिए कि अरविन्द ने हिन्दुओं के विनाश की नहीं, हिन्दुत्व-विरोधियों के ही विनाश की भविष्यावाणी की थी।''

''पर माँ, आप तो न इस भूमि पर जन्मीं, न यहाँ की संस्कृति और धर्म आपका अपना है। फिर आप उससे इतना तादात्म्य कैसे कर पाती हैं?''

''मेरा तादात्म्य सत्य से है, सत्य की पूजा करने वाली भूमि से है, सत्य की खोज कर उसकी रक्षा करने वाले लोगों से है,'' वरुणपुत्री ने कहा। ''इस दृष्टि से यह मेरा भी देश है। इसके ज्ञान, आस्था और इतिहास की रक्षा करना मेरा भी धर्म है।''

''पर...''

''जिन लोगों को आज इतिहासकार और पुरातत्ववेत्ता माना जा रहा है, उन्होंने विभिन्न लोगों से चर्चा में स्वीकार किया है कि वे तो उसी को ऐतिहासिक प्रमाण मानेंगे, जो सिक्कों, अथवा ध्वंसावशेषों द्वारा प्रस्तुत होगा। वे प्राचीन ग्रंथों का साक्ष्य स्वीकार नहीं करेंगे। विशेष रूप से जबकि वे ग्रंथ भारतीय हों। यह सोचने की बात है कि सिक्कों और ध्वंसावशेषों के प्रमाण

यदि वे न खोजना चाहें तो वे प्रमाण कहाँ से उपलब्ध होंगे। फिर दूसरी बात यह है कि ऐसे प्रमाण कितने काल तक टिके रह सकते हैं? इसका स्पष्ट अर्थ है कि उन विद्वानों की दृष्टि से इस सृष्टि का इतिहास कभी भी कुछ सहस्र वर्षों से पीछे नहीं जा सकता। ग्रंथों के प्रमाणों को वे क्यों स्वीकार नहीं करते, उसका दूसरा कारण है। इन इतिहासकारों में से अधिकांश हिन्दू नहीं हैं। जिनके नाम हिन्दू लगते भी हैं, वे अपना धर्मांतरण कर 'वामपंथी नास्तिक' हो चुके हैं। हम उनके नामों और परिवारों के कारण चाहे उन्हें हिन्दू मानते रहें, किन्तु वे अपने मन से हिन्दू नहीं हैं। वे किसी अन्य धर्म के अनुयायी ही नहीं हैं, हिन्दू-द्वेषी भी हैं। एक धर्म को त्याग कर दूसरा धर्म स्वीकार करने वाला व्यक्ति सदा ही अपने परित्यक्त, धर्म की अधिक-से-अधिक हानि करना चाहता है। नास्तिक होने का अर्थ है कि अंतिम सत्य जड़ तत्व को ही माना जाए, जबकि मैं तुम्हें बता रही हूँ कि पर्वतों और सागर में भी प्राण ही नहीं चेतना भी है। हमारे ग्रह के विद्वानों की यही मान्यता है। उन्होंने उस सत्य को खोजा है। उसकी रक्षा की है। इस धरती के नास्तिकों के विषय में वही सत्य है, जो *श्रीमद्भगवदगीता* में कहा गया है। वे जड़ तत्व के अतिरिक्त किसी तत्व को नहीं मानते। इसलिए यह संसार उनके लिए स्त्री-पुरुष के संयोग से ही बना है। वे किसी चैतन्य अस्तित्व को नहीं जानते। उनके लिए इस जीवन के परे और कोई जीवन नहीं है। कोई अस्तित्व नहीं है। शेष सब कुछ क्रमिक विकास के रूप में अपने आप निर्मित होता गया है।''

''तो क्या उसमें कुछ भी सत्य नहीं है,'' विक्रम बोला। ''मैंने भी तो अपने स्कूल के पाठ्यक्रम में वही पढ़ा है।''

''मुझे उनकी मान्यताओं के विषय में कुछ नहीं कहना। वे अपनी मान्यताओं के अनुसार अपना जीवन जीने को स्वतंत्र हैं; किन्तु अपनी इन्हीं मान्यताओं के कारण वे किसी भी आध्यात्मिक संस्कृति या विचारधारा से संबंधित, किसी आध्यात्मिक पुरुष, किसी अवतार, किसी विकसित आत्मा का लौकिक इतिहास लिखने के अयोग्य हो जाते हैं। हमारी कठिनाई यह है कि वैसे ही लोगों ने इस देश का इतिहास लिखने का बीड़ा उठा लिया है। हमारी समकालीन सरकार उनकी सहयोगिनी है, क्योंकि उसमें उसका राजनीतिक स्वार्थ है। मेरी दृढ़ धारणा है कि इन लोगों को पिछले दो सहस्र वर्षों के परे

के, तथा आध्यात्मिक, सांस्कृतिक पुरुषों के इतिहास पर कलम उठाने का कोई नैतिक अधिकार नहीं है; क्योंकि वे उसके प्रमाण एकत्रित करने के स्थान पर उसे नष्ट करने का दृढ़ संकल्प किए हुए हैं; और सदा से उसका प्रयत्न करते रहे हैं। वे एक कट्टरपंथी संप्रदाय के सदस्य हैं, जो अपनी मान्यताओं के बाहर किसी विचार के अस्तित्व को स्वीकार नहीं करता। उनका संगठन सांप्रदायिक और संकीर्ण है। उनके चिंतन में विचार-भेद और वैविध्य के लिए कोई स्थान नहीं है। उनके लिखे इतिहास को अधिक से अधिक एक संप्रदाय विशेष के द्वारा, एक विशेष लक्ष्य के लिए लिखा गया इतिहास ही माना जा सकता है। अतः रामसेतु जैसे किसी भी विषय पर उनकी ऐतिहासिक मान्यताओं का कोई महत्त्व नहीं है।''

9

विनोद सीकर सीधे रक्षा मंत्री के कक्ष में जा पहुँचे। रक्षा मंत्री मुस्कराए, ''कहिए, कैसे स्मरण किया हमें।''

''एक संकट में फँस गया हूँ। उससे निकालिए मुझे।'' उन्होंने ब्रीफ़केस मेज़ पर रख दिया। मंत्री महोदय ने ब्रीफ़केस खोल कर देखा : उसमें नोटों की गड्डियाँ सजाई गई थीं।

''पचास करोड़ हैं,'' विनोद सीकर ने कहा। मंत्री जी ने मुस्कराकर ब्रीफ़केस बंद कर नीचे अपने पैरों के पास रख लिया, ''पचास करोड़ का संकट है। क्या है?''

''मुंबई के समुद्र में एक जलपोत डूबा है। वह नष्ट हो गया है।''

''तो?''

''अब आपकी नौसेना, तट-रक्षक और पुलिस...सभी खोज रहे हैं कि उसमें क्या था।''

''हाँ। मेरे पास यह सूचना है। उस शिप में हथियार थे। उन्हें समुद्र से निकाल कर जमा किया जा रहा है। अभी तक हमें यह पता नहीं लगा है कि वह शिप किसका था और वे हथियार किसके हैं। वह कहाँ से आया था और कहाँ जा रहा था।''

''उस फ़ाइल को बंद करवा दीजिए,'' विनोद सीकर ने कहा।

''क्यों? शिप आपका था क्या?''

''जी।''

''और हथियार?''

''वे मेरे नहीं हैं। मैं तो बस उन्हें ढो रहा था।''

मंत्री ने और भी अनेक प्रश्न किए। सारी जानकारी प्राप्त की और बोले, ''मामला तो गंभीर है। आप श्रीलंका की सरकार के विरुद्ध दु:शासन की सहायता कर रहे थे। आतंकवादियों की सहायता। उन्होंने हमारे एक प्रधानमंत्री के भी प्राण लिए थे।...ऐसे काम करते ही क्यों हो।''

''तभी तो पचास करोड़ दे रहा हूँ। भूल सुधार का शुल्क,'' विनोद सीकर ने कहा। ''वैसे मैं किसी की सहायता नहीं कर रहा था। व्यापारी हूँ, व्यापार कर रहा था। माल ढो रहा था।''

''जो भी कर रहे थे। गलत किस्म का व्यापार कर रहे थे। गलत लोगों का काम कर रहे थे।''

''तो आपकी सरकार रामसेतु तोड़ कर किसकी सहायता कर रही है?''

''वह हाई कमान जानें या प्रधानमंत्री।'' मंत्री महोदय कुछ सोचते रहे, फिर बोले, ''बात पुलिस तक की होती तो मैं फ़ाइल आज ही बंद करवा देता; किन्तु इसमें नौसेना और तटरक्षक भी लगे हैं। पाँच सौ करोड़ में भी आपका काम हो जाए तो बहुत मानिए।''

''आप रक्षा मंत्री हैं। सेना आपके अधीन है,'' विनोद सीकर बोले। ''और मैं जानता हूँ कि हमारी सेना रिश्वत नहीं लेती। वह केवल आदेश का पालन करती है। अर्थात् सारा पैसा आपका ही है। बाँटना नहीं पड़ेगा।''

''ठीक कह रहे हैं आप। सेना रिश्वत नहीं लेती, तो फ़ाइल भी बंद नहीं करती। आदेश चाहे किसी का भी हो। आप तो मेरा पद भी छिनवा रहे हैं। जेल जाना पड़ जाए तो भी कोई आश्चर्य नहीं।''

''नहीं। ऐसा कुछ नहीं होने जा रहा। आज तक हमारा कोई मंत्री किसी भी आरोप में कभी जेल नहीं गया। इसके विपरीत माना यह जाता है कि वह समर्थ मंत्री है। उसे और बड़ा दायित्व दिया जाता है। आप स्वयं आदेश न दे कर, यह काम प्रधानमंत्री से करवा सकते हैं।''

''संयोग यह है कि हमारे वर्तमान प्रधानमंत्री भी पैसा नहीं खाते। यह दूसरी बात है कि वे अपने सहयोगियों को ऐसा कुछ करने से नहीं रोकते।''

''तो यह काम प्रधानमंत्री कार्यालय से करवा दीजिए। वहाँ तो लोग हैं न, जिन्हें पैसा बुरा नहीं लगता।'' विनोद सीकर को जैसे कोई महत्त्वपूर्ण बात

याद हो आई, ''हाई कमान को कहिए।''

''उनसे तो आप स्वयं ही बात कर सकते हैं,'' मंत्री मुस्कराए।

विनोद सीकर ने अपना माथा खुजलाया, ''उनका स्केल बहुत बड़ा है। मेरे लिए कठिन हो जाएगा। मेरी नैया तो आप ही पार लगाएँ।''

''पतवार कुछ बड़ा कीजिए,'' मंत्री बोले। ''छोटे-छोटे चप्पुओं से तो कुछ नहीं होगा।''

''कितना ?''

''पाँच सौ करोड़।''

''स्वीकार; किन्तु एक शर्त है।''

''क्या ?''

''अगले चुनाव के लिए कुछ मत माँगिएगा।''

''वचन नहीं दे सकता,'' मंत्री मुस्कराए। ''यह तो उस समय की आवश्यकता पर निर्भर करता है।''

''अर्थात् पाँच सौ करोड़ भी लेंगे और भविष्य के लिए द्वार भी खुला रखेंगे।''

''देख लीजिए। सेना का मामला है। मेरे हाथ भी बँधे हुए हैं। वे न माने तो मैं क्या कर लूँगा,'' मंत्री बोले। ''मैं किसी जनरल की नौकरी तो नहीं ले सकता।''

''खोजिए। कोई तो ऐसा होगा, जो दस-बीस करोड़ में आपके बँधे हाथ खोल दे...कोई, जो रिटायर होने वाला हो।''

''आप तो बहुत जानकार आदमी लगते हैं।''

''आप से कुछ तो सीखा ही है।''

''ठीक है। यह ब्रीफ़केस ले जाइए।'' मंत्री बोले, ''ठीक राशि भिजवा दीजिए। शेष प्रभु पर छोड़ दीजिए।''

10

प्रधानमंत्री जब बहुत परेशान हो गए तो हाई कमान के पास पहुँचे।

''क्या बात है?'' हाई कमान के चेहरे पर प्रसन्नता तो नहीं ही थी; उसके विपरीत माथे पर त्यौरियाँ थीं। स्पष्ट था कि हाई कमान उनके इस प्रकार चले आने से प्रसन्न नहीं थीं।

''समाचार मिला है कि हमारे विपक्षी दल ने देश के सब से बड़े वकील से उच्चतम न्यायालय में आवेदन करवा दिया है कि सरकार संयुक्त राष्ट्र के द्वारा संरक्षित विश्व धरोहर 'रामसेतु' को तोड़ रही है। इस प्रकार वह संसार की प्राचीनतम् ऐतिहासिक संपदा को नष्ट कर रही है।''

''तो?''

''न्यायालय सरकार को ऐसा करने नहीं देगा,'' प्रधानमंत्री ने कहा। ''और भारत सरकार ही क्यों, इसमें तो संयुक्त राष्ट्र संघ भी आ जाएगा।''

हाई कमान ने उन्हें कुछ घूर कर देखा, ''वहाँ सब से बड़ा तर्क दिया जाएगा कि रामसेतु तोड़ने से करोड़ों हिन्दुओं की आस्था आहत होगी। है न?''

''जी।''

''आप मुझे बताएँ कि आपने अली बाबा के चालीस चोरों की गुफा देखी है?''

''नहीं। वह तो एक काल्पनिक कथा है।''

''तो यदि इराक के किसी पहाड़ या जंगल में कोई गुफा नष्ट की जाएगी तो किसी का मन दुखी होगा? किसी की भावनाएँ आहत होंगी? किसी का धर्म पीड़ित होगा? आस्था भंग होगी?''

''नहीं।''

''क्यों?''

''ये काल्पनिक कथाएँ हैं।''

''तुम्हारी *रामायण* भी काल्पनिक कथा है। कितनी बार कहूँ। आपकी समझ में कब आएगा।''

''कैसे काल्पनिक है? उसके लिए हमारे पास ठोस प्रमाण हैं। पिछली बैठक में वित्त मंत्री ने बताया तो था।''

''वह कथावाचक वित्त मंत्री। उसको कैबिनेट से बाहर करना होगा।'' वे बोलीं, ''किसके लिए प्रमाण हैं? वाल्मीकि के लिए या तुलसी के लिए या कृतिवास के लिए। सब तो एक-दूसरे से भिन्न हैं।''

''हाँ। वे भिन्न तो हैं किन्तु विभिन्न भाषाओं में अलग-अलग समय में लिखी गई पुस्तकें लेखक की कल्पना और मौलिकता के कारण एक-दूसरे से भिन्न हो जाती हैं। सारे संसार में ऐसा ही होता है। *बाइबल* भी एकाधिक लोगों ने लिखा है और उनमें भी भेद है।''

''इसीलिए वे इतिहास न रह कर कहानियाँ बन जाती हैं।'' हाई कमान ने कहा, ''यदि वे कहानियाँ हैं तो उनके पात्र ऐतिहासिक कैसे बन सकते हैं। और यदि उन्होंने कभी इस पृथ्वी पर जन्म ही नहीं लिया तो वे इस धरती पर प्रासाद और सेतु कैसे बना सकते हैं। उनका कोई जन्मस्थान कैसे हो सकता है।'' प्रधानमंत्री मुग्ध भाव से हाई कमान को देखते रहे। वे तो इतनी पढ़ी-लिखी भी नहीं हैं। फिर भी वे इतना कुछ कैसे जानती हैं, कैसे सोच लेती हैं? या उनके लिए सोचता कोई और है? वे केवल आवश्यकता पड़ने पर बोलती ही हैं। वे संवाद लिखता कोई और है, वे केवल उनका उच्चारण करती हैं।

''एक अमरीकी महिला लिंडा ने शोध किया है और एक पुस्तक लिखी है। उसमें उसने एक सौ *रामायणों* की चर्चा की है। अब उसमें से आप इतिहास किस *रामायण* को मानेंगे?''

''मेरे मानने न मानने से क्या होता है,'' प्रधानमंत्री बोले। ''देश में करोड़ों हिन्दू हैं, वे मान जाएँगे क्या? उच्चतम न्यायालय के न्यायमूर्ति हैं। वे पढ़े-लिखे और समझदार हैं। वे मान लेंगे क्या?''

''उनको मनवाना हमारे वकीलों का काम है। जिसकी जेब में पाँच-दस

करोड़ रुपया जाएगा, वह मान ही जाएगा...वकील हो या न्यायमूर्ति। आप क्यों समझते हैं कि उच्चतम न्यायालय के जजों को खरीदा नहीं जा सकता ? जिसकी पत्नी को हीरों का सेट पहुँच जाएगा, वह उसे स्वयं मनवा लेगी। नहीं मानेगा तो रात को लात मार कर बिस्तर से नीचे फेंक देगी।''

प्रधानमंत्री शांत ही रहे। उन्होंने कभी इस विषय में सोचा नहीं था। इस क्षेत्र में वे अज्ञानी ही थे।

''और यदि आप नहीं माने,'' हाई कमान ने कहा। ''तो आप समझते हैं कि आप इस पद पर बैठे रहेंगे। एक दिन नहीं लगेगा और आप कार्यालय ही नहीं अपने बँगले और पार्टी से बाहर होंगे।''

प्रधानमंत्री का कलेजा काँप गया। उनका क्या महत्त्व रह जाएगा। कोई पूछेगा भी नहीं। सड़क के आदमी हो जाएँगे। उनका सारा महत्त्व तो हाई कमान के कारण है। पार्टी में कोई माने या न माने, हाई कमान ने कह दिया तो वे प्रधानमंत्री बन गए और बने रहे। अब हाई कमान की बात तो माननी ही पड़ेगी। मानना पड़ेगा कि राम ऐतिहासिक पुरुष नहीं हैं...

11

वरुणपुत्री, विक्रम को श्रीलंका के पूर्वी सागर तट पर ले आई थीं। ऐसा लग रहा था कि वहाँ कुछ लोग बच्चों और किशोरों को शारीरिक व्यायाम करा रहे थे। हल्के-फुल्के शस्त्रों का अभ्यास भी करा रहे थे। वे बच्चे और किशोर स्वयं को सैनिक मान कर उसी प्रकार का कार्य-व्यापार कर रहे थे।...विक्रम को आश्चर्य हुआ। उनकी अवस्था तो स्कूल-कॉलेजों में जाकर शिक्षा प्राप्त करने की थी।

''यह दु:शासन तो अपने देश की शांति ही नष्ट नहीं कर रहा, वह इन बच्चों का जीवन भी नष्ट कर रहा है। इन्हें सेना का सामना करना पड़ेगा और वे किसी-न-किसी मोर्चे पर मारे जाएँगे। वह इनके शरीर पर विस्फोटक बाँध कर इनको शत्रुओं के मध्य भेज देगा। शत्रुओं के चिथड़े उड़ेंगे किन्तु इन बच्चों के भी चिथड़े उड़ जाएँगे। यह इसका अपने लोगों के लिए उपहार होगा,'' वह बोला।

''अपना स्वार्थ साधने के लिए तुम्हारे पिता क्या कर रहे हैं?'' वरुणपुत्री के स्वर में कटुता थी।

''आप इसी कारण से तो उनसे पृथक् नहीं हो गई हैं?''

''अनेक कारण हैं। उनमें से यह भी एक है। मैं लोगों को जीवन देना चाहती हूँ और वे उनको मृत्यु दे रहे हैं। वस्तुत: पृथक् नहीं हुई हूँ। ऐसे व्यक्ति के साथ रहना असंभव है; और फिर तुम्हारे पिता की दूसरी पत्नी और उसके बेटे। सब का ही मन बहुत विषाक्त है। अपने इस लोभ के कारण ही वे अपने पास उपलब्ध सुख के साधनों का भोग न कर उनके माध्यम से पाप कर रहे हैं।''

मुंबई पहुँच कर वरुणपुत्री अपने पति के घर नहीं गईं, न विक्रम ही अपने पिता के घर गया। वे होटल में विनोद सीकर के कमरे में आ बैठे।

‘‘माँ, बताइए कि यह सब क्या था।’’

‘‘पुत्र यह सारी कथा तो श्रीलंका के पूर्वी भाग और तमिलनाडु की है। लंका में दु:शासन ने वहाँ की सरकार से स्वतंत्र अपनी एक सेना और एक छोटा-सा पृथक् राज्य बना लिया है। लंका की सरकार उससे पार नहीं पा रही है। वह विभिन्न देशों से सहायता लेकर दु:शासन के राज्य को और दु:शासन को समाप्त करना चाहती है और श्रीलंका को एक संपूर्ण राज्य बनाना चाहती है, जो वहाँ के निवासियों का अपना देश और अपना राज्य हो। दु:शासन अपने को शक्तिशाली बनाने के लिए तमिलनाडु के अपने मित्रों पर निर्भर है। वहाँ अनेक छोटे-बड़े राजनीतिज्ञ उसके पक्ष में हो गए हैं। जाने उन्हें उसके शक्तिशाली होने में क्या लाभ दिखता है। हाँ, व्यापार तो है ही, दैनिक आवश्यकता की वस्तुओं का, साग-सब्ज़ी, कपड़ों और शस्त्रों का। सबसे बड़ा व्यापार शस्त्रों का है। उसी में लाभ है। शायद वे यह भी मानते हैं कि दु:शासन के राज्य में उनको भी शासन में भगीदारी मिलेगी। धन-धान्य मिलेगा, पद और संपत्ति मिलेगी।...’’

‘‘नहीं मिलेगी क्या?’’ विक्रम ने पूछा।

‘‘कह नहीं सकती। जो दु:शासन श्रीलंका के शासन से सब कुछ छीन लेना चाहता है। अपने लिए एक स्वतंत्र राज्य चाहता है, वह तमिलनाडु के राजनीतिज्ञों को उसमें हिस्सा बाँटने क्यों देगा। वह उनके लिए नहीं, अपने लिए राज्य की स्थापना करना चाहता है। उसके लिए वह अपने युवकों और युवतियों को ही नहीं बालकों तक को आत्मघाती बम बना कर श्रीलंका की सेनाओं को नष्ट करने के लिए भेजता है। वे श्रीलंका की सेना को क्षति पहुँचा सकते हैं तो ठीक है, नहीं तो स्वयं को अपने शरीर में बँधे बारूद से उड़ा लेते हैं या साइनाड का कैप्सूल निगल जाते हैं। वे श्रीलंका की सेना की पकड़ में नहीं आते।’’

वरुणपुत्री ने विक्रम की ओर देखा, ‘‘आओ, तुम्हें वहाँ ले चलूँ, जहाँ यह सारा नाटक हो रहा है। और जिसके लिए यह सारा नाटक हो रहा है।’’

‘‘चलिए माँ।’’

～

वे लोग सागर के एक अज्ञात तट पर आ गए। वह क्षेत्र चारों ओर से घेर कर काँटेदार तारों से सुरक्षित किया गया था। पर वरुणपुत्री के लिए ये बाधाएँ कोई अर्थ नहीं रखती थीं। विक्रम को केवल इतना ही दिखाई दिया कि पहले वे उस घेरे के बाहर थे, अब घेरे के भीतर थे। घेरे में दूर-दूर तक प्रत्येक अवस्था के लड़के और लड़कियाँ खेल रहे थे। वह उनके निकट आते गए तो देखा कि वे खेल नहीं रहे थे, उन्हें विभिन्न प्रकार का प्रशिक्षण दिया जा रहा था। कई तो खाली हाथ थे और विभिन्न प्रकार के व्यायाम कर रहे थे। उसके बाद के किशोरों के हाथों में लाठियाँ थीं। वे उनसे विभिन्न प्रकार के करतब सीख रहे थे और अभ्यास कर रहे थे। चलने का, दौड़ने का, बैठ कर व्यायाम करने का, घुटनों के बल घिसट कर चलने का, बाधाओं के नीचे से घिसट कर अंदर जाने का, उनके ऊपर से कूदने का।

''तुम्हारे पिता का जलयान न डूबा होता तो इन सब बच्चों के हाथों में लाठियों के बदले बंदूकें होतीं। ये लोग उसी का अभ्यास कर रहे हैं और इनके नेता उन शस्त्रों की प्रतीक्षा कर रहे हैं।''

''किन्तु ये लोग छोटी उम्र के बच्चे हैं। इनमें लड़कियाँ भी हैं।''

''ये सब दु:शासन के सैनिक बनने की तैयारी में हैं।''

''पर ये तो अभी बच्चे हैं।''

''बड़े हो गए होते, बुद्धि विकसित हो गई होती तो फिर दु:शासन के चंगुल में कैसे फँसते,'' वरुणपुत्री ने कहा। ''इनको बहुत ही छोटी उम्र से यह सिखाया जाता है कि उनके देश पर श्रीलंका वालों ने अधिकार कर रखा है; इसलिए उन्हें अपने देश के लिए लड़ना है।...''

''और इनकी पढ़ाई-लिखाई? काम-काज?''

''दु:शासन ने यहाँ का जीवन सामान्य नहीं रहने दिया। लोग मछलियाँ पकड़ते थे। उनका व्यापार करते थे। तब स्कूल और कॉलेज भी खुलते थे। बच्चे पढ़ते थे। जीवन के विभिन्न क्षेत्रों का ज्ञान प्राप्त करते थे।...पर अब कुछ नहीं होता। अब वे सब दु:शासन के सैनिक हैं। होश सँभालते ही वे उसका अभ्यास करते हैं। आओ, तुम्हें दिखाऊँ।''

वे लोग दूसरे किनारे पर बने एक लंबे बड़े कमरे में चले गए। चारों

ओर दीवारों पर दु:शासन के बड़े-बड़े चित्र लगे हुए थे। तीन से पाँच वर्ष के बच्चे ज़मीन पर उलट बाज़ियाँ कर रहे थे। चारों ओर बांसों के कुछ घेरे बने हुए थे। वे लोग उन्हीं के सहारे विभिन्न प्रकार के अभ्यास कर रहे थे।

''यह क्या है?'' विक्रम के मुख से निकला।

वरुणपुत्री हँस पड़ीं, ''ये दु:शासन के भावी सैनिक हैं।''

''ये शिशु?''

''ये शिशु इस परिवेश में बड़े होंगे तो दु:शासन के आज्ञाकारी और निष्ठावान सैनिक होंगे। उनके लिए दु:शासन ही ईश्वर होगा; वरन् ईश्वर से भी बड़ा होगा। उसके मुख से निकला प्रत्येक शब्द उनके लिए ईश्वर के आदेश से बढ़ कर होगा। वे उसके लिए अपने प्राण दे देंगे। अपने माता-पिता, भाई-बहनों, अपने धर्म, अपनी भाषा, अपनी भूमि...सबसे बढ़ कर दु:शासन होगा।''

''उनकी पढ़ाई-लिखाई? उनका विकास? उनका जीवन?''

''सब कुछ दु:शासन ही होगा,'' वरुणपुत्री ने कहा। ''ये अभी से एक प्रकार के मशीनी खिलौने बनाए जा रहे हैं...रोबोट। ये बलि के लिए बकरे तैयार किए जा रहे हैं। समय आने पर इन सबका बलिदान होगा, दु:शासन के राज्य के लिए।''

''किन्तु ये तो शस्त्र चलाना भी नहीं सीख रहे।''

''उसकी आवश्यकता नहीं है। ये स्वयं अपने-आप में ही शस्त्र हैं। ये जीवित बम हैं। इन्हें ज्ञात भी नहीं होगा और इनके शरीर के साथ बारूद की पेटियाँ बाँध दी जाएँगी।...उचित समय पर रिमोट कंट्रोल से उनका विस्फोट कर दिया जाएगा।...''

''उससे तो इनके भी प्राण चले जाएँगे।''

''उन्हें उसी के लिए तैयार किया जा रहा है,'' वरुणपुत्री ने कहा। ''उनके माता-पिता को भी मालूम नहीं है कि वे दु:शासन के लिए किस रूप में काम आएँगे।''

''किन्तु सामान्य जन को तो स्वर्ग के से राज्य और देश का सपना दिखाया जा रहा है...'' विक्रम के स्वर में प्रतिरोध का भाव था।

''हाँ, कहा तो यही जा रहा है किन्तु सत्य बोलने से राक्षसों के राज्य

स्थापित नहीं होते।''

''किन्तु क्या पिता जी यह सब जानते हैं ?''

''उन्हें इसकी चिंता नहीं है। वे अपनी सोने की लंका का निर्माण करने में लगे हैं। किसी को कोई क्षति हो, किसी के प्राण जाएँ, उससे उनका कोई संबंध नहीं है। वे व्यापारी हैं, अपना व्यापार कर रहे हैं।''

''किन्तु इतने सारे धन का वे क्या करेंगे ? शवों के पिरामिड बना कर उसकी चोटी पर बैठेंगे ? सब को जीने का अधिकार देना चाहिए न।''

वरुणपुत्री हँसीं, ''तुम शायद नहीं जानते कि इसी धन से उनके पुत्र संसार के विभिन्न महासागरों में अपने लिए द्वीप खरीद रहे हैं। आजकल वे ग्रीनलैंड का भाव कर रहे हैं। कल को वे मॉरिशस भी खरीदना चाहेंगे।''

''पर रह तो वे वहाँ भी नहीं पाएँगे।''

''यह सारी संपत्ति अपने रहने के लिए नहीं बनाई जाती है। वह केवल अपने लोभ और अहंकार की तुष्टि के लिए होती है,'' वे बोलीं। ''उस द्वीप की रक्षा के लिए वहाँ उनके सैनिक रहेंगे। देख-भाल के लिए अन्य सैकड़ों प्रकार के सेवक रहेंगे। वह द्वीप उन कर्मचारियों के लिए होगा और अपने अनजाने में ही उसके लिए पैसा जुटाएँगे, तुम्हारे पिता जी, विनोद सीकर। और यह भी तब तक ही है, जब तक उन पर कोई बड़ा और शक्तिशाली देश आक्रमण नहीं करता। उस विदेशी आक्रमण का सामना इनके चौकीदार नहीं कर पाएँगे। घुटने टेक देंगे। भाग जाएँगे।''

''इसी को माया कहते हैं। क्यों माँ ?''

वरुणपुत्री ने तत्काल कोई उत्तर नहीं दिया, फिर धीरे से बोलीं, ''माया को ठीक-ठीक मैं भी नहीं समझती हूँ पुत्र; किन्तु जो समझ में आ जाए, वह माया ही क्या हुई। शायद भ्रम में रखने वाली ईश्वरीय शक्ति को ही माया कहते हैं।''

''शायद कीचड़ में कमल खिलाने को ही माया कहते हैं। मनुष्य की भ्रमित दृष्टि को कमल तो दिखाई देता है; किन्तु वह कीचड़ दिखाई नहीं देता। कमल के लोभ में वह कीचड़ में धँसता ही जाता है,'' विक्रम बोला।

''ठीक कहते हो तुम।'' वरुणपुत्री हँसीं, ''मैं तुम्हारे पिता को परामर्श

देने वाली हूँ कि वे धरती का मोह छोड़ें और तुम्हारे दोनों भाइयों के लिए निकटतम आकाशगंगा में एक-एक ग्रह खरीद लें।''

''पर खरीदेंगे किससे ? ग्रहों को बेचने वाले को कहाँ खोजेंगे। 'खरीद लें' ठीक शब्द नहीं है। खरीदेंगे किससे। वहाँ उनका कोई स्वामी तो बैठा नहीं है। जो स्वामी है, वह तो न किसी को दिखाई देता है, न किसी की पकड़ में आता है।''

''वे नया ग्रह खोज लें। उस पर अधिकार कर लें। उसकी रक्षा की भी चिंता नहीं करनी पड़ेगी...'' वरुणपुत्री गंभीर हो गईं, ''शायद इसी लोभ में वे उसे खोजने के मार्ग पर निकल पड़ें। तब सारी माया छूट जाएगी, सारा लोभ समाप्त हो जाएगा।''

''ऐसे में तो माँ, मेरे भाइयों का बहुत बड़ा नुकसान हो जाएगा।''

''संभव है कि ऐसा हो। वरन् अंत में तो वैसा ही होना है।''

''माँ, दु:शासन अपने बच्चों को भी देश के सिपाही बना रहा है क्या ? क्या उसके बच्चों के शरीर से भी बारूद की पेटी बाँधी जाएगी ?''

''अपने बच्चों की सुरक्षा और उनके लिए राज्य जीतने के लिए वह प्रत्येक वय के सिपाही तैयार कर रहा है, ताकि उसके बच्चों को सिपाही न बनना पड़े। वे केवल आदेश देंगे। उनके शरीर पर बारूद की पेटी नहीं बँधेगी, उनके हाथों में उन पेटियों के रिमोट होंगे। वे जब चाहेंगे, शत्रुओं को मारने के बहाने अपने सैनिकों का भी विस्फोट कर देंगे। उन सैनिकों को, जो बेचारे यह भी नहीं जानते कि यह खेल क्यों है। अपने बच्चों को तो वह पूर्ण राक्षस बनाने का प्रयत्न कर रहा है। तुम्हारे पिता और दु:शासन अपने बच्चों के लिए एक जैसा ही काम कर रहे हैं। वे उन्हें कभी मनुष्य नहीं बनने देंगे।''

''पर मुझे तो यह लग रहा है कि दु:शासन के इस तमिल देश में स्कूल, कॉलेज और अस्पताल कभी नहीं खुलेंगे। यहाँ का सामान्य जन कभी नौकरी या व्यापार नहीं कर पाएगा। दूर भविष्य में भी उसके विकास और धन-धान्य संपन्न होने की कोई संभावना नहीं है। यह दु:शासन अपने ही देश और अपने ही लोगों का घोर शत्रु है।''

12

दु:शासन अपने कार्यालय में आया तो उसके रक्षा मंत्री ने देखा कि वह अत्यंत उत्तेजित था।

''क्या हो गया? हमारे शस्त्र आ तो रहे हैं,'' मंत्री ने कहा और उसकी ओर देखा।

''आ रहे हैं; किन्तु आए तो नहीं हैं,'' दु:शासन ने कहा।

''मैंने सुना है कि भारत सरकार ने चट्टानें काटने के लिए जो मशीनें मँगवाई थीं, वे कार्य स्थल पर पहुँच गई हैं और रामसेतु की चट्टानों को काट रही हैं,'' मंत्री बोला। ''उससे हमारा काम बहुत सरल हो जाएगा।''

''अधूरी सूचनाएँ हैं।'' दु:शासन का स्वर क्रोध और पीड़ा से प्लावित था।

''पूरी सूचना क्या है सर?'' रक्षा मंत्री ने कुछ सहम कर पूछा।

''हमारे मित्रों के दबाव के कारण, श्रीलंका सरकार को भारत से सहायता नहीं मिली; किन्तु उन्होंने पाकिस्तान और चीन से सहायता ले ली है।'' दु:शासन ने कहा। ''वे श्रीलंका के लिए नया पत्तन बना रहे हैं। उनके लिए तोपों और मशीनगनों से युक्त जलपोत भेज रहे हैं। भेज क्या रहे हैं, आ गए हैं। हमारे स्टीमर तो उनके लिए छोटी-छोटी डोंगियाँ हैं।''

''पर उनको चीन से सहायता कैसे मिल गई? धन कहाँ है उनके पास?''

''चीन अपने धन से सब कुछ करेगा और पत्तन का नियंत्रण अपने अधिकार में रखेगा,'' दु:शासन ने कहा। ''जब श्रीलंका सरकार उनका ऋण चुका देगी तो वे पत्तन उसे सौंप देंगे।''

रक्षा मंत्री ने सायास हँसने का प्रयत्न किया, ''न नौ मन तेल होगा, न राधा नाचेगी।''

''क्या मतलब?''

''श्रीलंका के पास इतना धन कभी नहीं आएगा। इसलिए वह पत्तन स्थायी रूप से चीन की ही संपत्ति हो जाएगा।''

''ठीक है, पर मेरी सूचनाओं के अनुसार भारत सरकार की दृष्टि भी उस जलपत्तन पर है। वे नहीं चाहते कि चीन उनकी सीमाओं के इतने निकट अपना अड्डा बना ले। वे जलपत्तन का सारा व्यय उठाने को तैयार हैं। धन भारत का रहेगा और पत्तन श्रीलंका का। इससे आकर्षक प्रस्ताव और हो ही क्या सकता है।''

''और भारत की तमिल पार्टियाँ भारत सरकार की नीति के विरुद्ध हमें जो शस्त्र भिजवा रही थीं उनका क्या होगा?''

''वह सब कुछ तो मुंबई के पास समुद्र के झंझावात में बह गया और उसका स्वामी वह विनोद सीकर शस्त्र दिए बिना ही उनका मूल्य माँग रहा है।''

''ऐसा तो हो ही नहीं सकता,'' मंत्री ने कहा। ''मेरा अभिप्राय है कि ऐसा कैसे हो सकता है।''

''उसके मुंड में बुद्धि नहीं है। वह इतनी-सी बात नहीं समझता कि यदि वे शस्त्र मेरे हाथों में पहुँचे ही नहीं, तो उसे उनका मूल्य कौन चुकाएगा और किस बात के लिए चुकाएगा। अंतत: शुल्क तो मुझे ही चुकाना है न। ऐसा न हो कि क्रोध में मैं दो-चार गोलियाँ विनोद सीकर की खोपड़ी में ही उतार दूँ।''

रक्षामंत्री हँसे, ''जो सूचनाएँ मेरे पास हैं, उनके अनुसार तो श्रीलंका के सारे बैंक भी लूट लिए जाएँ तो भी शस्त्रों का मूल्य चुकाने के लिए धन एकत्रित नहीं हो पाएगा।''

''धन नहीं होगा तो विनोद सीकर को उसके शस्त्रों का मूल्य और जलपोत का किराया नहीं चुकाया जाएगा। एक डकैती यह भी सही,'' दु:शासन हँसा।

''तो भविष्य में हमारे शस्त्र कौन ढोएगा?''

''संसार में धन के लोभी और भी बहुत लोग हैं। बस खोजने की बात है।''

13

हाई कमान ने प्रधानमंत्री को बुला भेजा था।

''येस मैडम।'' हाई कमान के सामने प्रधानमंत्री की स्थिति एक चपरासी की-सी हो जाती थी।

''क्या सुन रही हूँ मैं,'' वे अप्रसन्न थीं।''हमारे सरकारी वकील उच्चतम न्यायालय में क्या कह रहे हैं।''

''मैं कुछ समझा नहीं मैडम।''

''यही तो कठिनाई है, आप कुछ समझते ही नहीं हैं। सब कुछ मुझे ही समझाना पड़ता है।''

प्रधानमंत्री चुपचाप उनकी ओर देखते रहे।

''हमने रामसेतु तोड़ दिया क्या?''

''नहीं मैडम।''

''तो यह सरकारी वकील कोर्ट में क्या बकवास कर रहा है। वह कैसे कह रहा है कि पुराणों में लिखा है कि राम ने लंका से लौटते हुए अपने बनवाए हुए उस पुल को नष्ट कर दिया था। राम ने उसे नष्ट कर दिया था तो आज जो रामसेतु वहाँ है, वह इस वकील के बाप ने बनवाया था क्या?''

''मैंने अभी ये सारे कागज़ देखे नहीं हैं मैडम,'' प्रधानमंत्री ने चिपके होंठों से कहा।

''तो देखिए। विपक्ष का वकील कह रहा है कि सरकारी वकील ने जिन पुस्तकों का नाम लिया है, उनमें ऐसा कुछ नहीं लिखा है। वहाँ तो लिखा है कि पुष्पक विमान पर बैठ कर लौटते हुए राम अपनी पत्नी को दिखा रहे हैं कि देखो हम ने समुद्र में यह सेतु बनवाया था। और हमारा वकील कह रहा

है कि राम ने वह सेतु ध्वस्त कर दिया था। अब यदि विरोधी वकील यह पूछे कि यदि राम ने अपना सेतु ध्वस्त कर दिया था तो उसका मलबा कहाँ डाला था? तो क्या उत्तर देगा सरकारी वकील। सोच-समझ कर बोलना चाहिए न। व्यर्थ बकवास का क्या लाभ।''

''हाँ मैडम। यदि उसने ऐसा कहा है तो यह उसकी भूल है।''

''हम उसे ऐसी भूलों के लिए ही इतना पैसा देते हैं क्या? मन तो चाहता है कि उसके बँगले को ढा कर, रामसेतु का मलबा बना दूँ।''
प्रधानमंत्री कुछ नहीं बोले।

''जाइए, देखिए कि यह सब क्या है; नहीं तो आपके घर को रामसेतु का मलबा बनवा दूँगी।''

प्रधानमंत्री की समझ में नहीं आ रहा था कि वे क्या कहें। देश के सब से बड़े वकील को सबसे अधिक फ़ीस देकर उन्होंने उच्चतम न्यायालय में भेजा था। अब वे क्या जानते थे कि वह वहाँ क्या बकवास करेगा। उनकी सरकार और उनकी पार्टी की भद् पिटवाएगा।...और यह मैडम। इनको कौन समझाए। ये तो बस आदेश देना जानती हैं। जब मन में आया फ़रमान जारी कर देंगी। उन्होंने अभी तक कभी यह चिंता ही नहीं की कि श्रीलंका के लोग और वहाँ की सरकार रामसेतु के विषय में क्या सोचते हैं। उनकी मान्यता क्या है। वे उसे मानव-निर्मित मानते भी हैं या नहीं। वे उसका होना अपने हित में मानते हैं अथवा उसका ध्वस्त होना। या इस ओर उन्होंने कभी ध्यान ही नहीं दिया है।...क्या वे जानते हैं कि उस सेतु के कारण दु:शासन स्वयं को अपनी योजनाओं को पूर्ण करने में असमर्थ पाता है। भारत सरकार यदि रामसेतु तुड़वा कर बड़े जलपोतों के जाने का मार्ग प्रशस्त कर देगी तो दक्षिण भारत के ये तमिल दल उसको तोपें भी उपलब्ध करवा देंगे। उससे वह और भी शक्तिशाली हो जाएगा। सुविधा से श्रीलंका की सेना को टक्कर दे सकेगा। श्रीलंका की सरकार क्या इसे भारत सरकार का मैत्रीपूर्ण व्यवहार मानेगी?... संभवत: वह इसे शत्रुतापूर्ण व्यवहार ही माने। स्वयं आक्रमण न कर दु:शासन के माध्यम से कराया गया आक्रमण माने। एक संभावना यह भी हो सकती है कि वह भारत पर ही आक्रमण कर दे। छोटा देश है किन्तु पाकिस्तान और चीन उसकी सहायता कर सकते हैं। ऐसे में वह भारत की सेना को पराजित

कर पाए, न कर पाए; किन्तु कुछ क्षति तो पहुँचा ही सकता है। वैसे भी अपने निकट के पड़ोसियों से शत्रुता का संबंध रखना भारत की नीति नहीं है। भारत के न चाहने पर भी पाकिस्तान और चीन उसके स्थायी शत्रु हैं। अब उनमें श्रीलंका को जोड़ना भारत के हित में नहीं है।...किन्तु हाई कमान को भारत के हित की चिंता नहीं है। उन्हें तो अपनी सत्ता बचानी है। अपनी पार्टी का शासन, उन्हें देश से अधिक प्यारा है। देश का हित तो वे तब सोचें जब यह देश उनका हो।...

सहसा प्रधानमंत्री का मन दूसरी ओर मुड़ गया। भारत हाई कमान का अपना देश नहीं है, किन्तु प्रधानमंत्री का तो अपना देश है। फिर वे उसका अहित कैसे कर सकते हैं? उन्हें भी सत्ता का इतना मोह है कि वे उसका हित-अहित न सोच सकें।...पर यह तो राजनीति है। और ऊपर से आजकल गठबंधन की राजनीति का युग है। उन्हें देश की संसद में बहुमत चाहिए तो किसी-न-किसी राजनीतिक दल से हाथ मिलाना ही पड़ेगा। दयासागर की पार्टी के सिवाय और कोई दल ऐसा नहीं है, जो उनके सांसदों की संख्या को बहुमत तक पहुँचा सके।...और उनकी एक ही शर्त है...रामसेतु को तुड़वाना। वे केन्द्रीय मंत्री मंडल में अपने मंत्री नहीं चाहते। नकद रुपया नहीं माँगते।...और भी किसी प्रकार की सहायता उन्हें नहीं चाहिए; नहीं तो एक-एक सांसद करोड़ों रुपए माँगता है; राजधानी में भूमि माँगता है; बँगले माँगता है। अपने प्रदेश की सहायता के नाम पर इतनी बड़ी राशि माँगता है कि केन्द्र का वित्तीय संतुलन ही बिगड़ जाए।...तो फिर क्या करें प्रधानमंत्री अपनी सरकार बचाने को देश का हित डुबो दें?

≈

श्रीलंका के राष्ट्रपति अपने सेनाध्यक्ष के साथ बैठे थे।

''तो फिर क्या सोचा आपने?''

''हमें क्या सोचना है।'' सेनाध्यक्ष बोले, ''हम तो आज्ञा का पालन करने वाले सिपाही हैं। आप आदेश दें, हम घंटे भर में उन पर आक्रमण कर देंगे।''

''योजना क्या है,'' राष्ट्रपति ने पूछा।

''मेरा विचार है कि इस बार हम छिटपुट गोलियाँ न चलाएँ,'' सेनाध्यक्ष बोले। ''हमारे पास तोपें आ चुकी हैं। विमान भी बम बरसाने को तैयार खड़े हैं। हम इन आतंकवादियों का सारा क्षेत्र घेर लें। किसी को न भीतर घुसने दें, न बाहर निकलने दें। बाहर निकलने वाले सारे मार्गों पर तोपें तैनात कर दें। सागर तट पर अपने सैनिक जलपोत नियुक्त कर दें। दु:शासन सब ओर से घिर जाए तो ऊपर से बम-वर्षा कर दें। किसी एक को भी न बचने दें।'' सेनाध्यक्ष बोले, ''भय केवल एक बात का है।''

''किस बात का ?''

''कहीं उस समय आपके मन में दया और करुणा न जागने लगे,'' सेनाध्यक्ष बोले। ''अधूरी लड़ाई कभी लाभदायक नहीं होती। यदि हम पौधा काट दें और उसकी जड़ें छोड़ दें तो उसके बाद वह पौधा और भी शक्तिशाली होकर विकसित होता है।''

''बात तो आपकी ठीक है; किन्तु बम-वर्षा से तो निर्दोष नागरिक ही नहीं, स्त्रियाँ और बच्चे भी मारे जाएँगे,'' राष्ट्रपति कुछ विचलित हो गए थे।

''यही कह रहा था मैं कि ठीक समय पर आपकी करुणा जाग गई तो हमारी सारी योजना धरी रह जाएगी। सारा परिश्रम बेकार हो जाएगा।'' सेनाध्यक्ष ने रुक कर राष्ट्रपति की ओर देखा, ''यह भी ध्यान में रखें कि कोई भी सैनिक अभियान धन के बिना नहीं होता। हम इतना धन भी व्यय करें और आप अपनी बौद्ध करुणा की लहर में बह कर अपना आदेश वापस ले लें तो देश का क्या लाभ होगा।''

''तो ?''

''एक बार निर्णय कर लें कि इस आतंकवाद को समाप्त करना है या नहीं। संकल्प कर लें। फिर सेना को आदेश दें। यह ध्यान में रखें कि सेना का अभियान सामान्य मन को क्रूर लग सकता है किन्तु सेना का लक्ष्य तो शत्रु का नाश ही होता है, समूल नाश।'' सेनाध्यनक्ष बोले, ''मगध के सम्राट् अशोक के मन में कलिंग के युद्ध के पश्चात् करुणा जाग उठी थी। वे धर्म के प्रचार में लग गए। परिणामत: उनका अपना सारा साम्राज्य बिखर गया।''

''मैं आपकी बात समझता हूँ सेनापति,'' राष्ट्रपति बोले। ''किन्तु एक और पक्ष है, उस पर भी विचार कर लें।''

सेनाध्यक्ष उनकी ओर देखते रहे।

''यदि भारत की सेना उनकी सहायता के लिए आ गई तो क्या हम उसका सामना कर सकेंगे ?''

''भारत की सेना उनकी सहायता के लिए नहीं आएगी।''

''क्यों ?''

''भारत क्यों चाहेगा कि दक्षिणी भारत के तमिल राजनीतिक दलों का समर्थन करने के लिए श्रीलंका में एक संप्रभु राज्य हो जाए। वे दोनों मिल जाएँ तो तमिलनाडु भी स्वतंत्र देश होने का प्रयत्न करेगा। भारत ऐसा संकट मोल नहीं ले सकता।''

''तो ठीक है, आप अपनी योजना के अनुसार कार्य आरंभ कर दें,'' राष्ट्रपति ने कहा। ''बस यह ध्यान रखें कि यह समाचार संसार भर में न फैले कि श्रीलंका में तमिलों का नर-संहार हो रहा है।''

''नहीं। यह श्रीलंका की सेना का अपने देश को बचाने के लिए आतंकवादियों के विरुद्ध एक युद्ध है। वे आतंकवादी इतने शक्तिशाली हो गए हैं कि अपने देश की सेना से आमने-सामने युद्ध कर सकते हैं। वे श्रीलंका के अस्तित्व के लिए संकट बन गए हैं। और...''

''और क्या ?''

''आतंकवाद भारत में भी है और कई प्रकार का है। सबसे अधिक तो वे पाकिस्तान द्वारा प्रायोजित आतंकवाद से परेशान हैं। कश्मीर की घाटी मुस्लिम बहुल क्षेत्र है। उन्होंने वहाँ कुछ ऐसे कानून बना लिए हैं, जिससे कोई भी गैर-मुस्लिम वहाँ प्रवेश भी नहीं कर सकता। इसी कारण से वे जम्मू और कश्मीर के हिन्दुओं और बौद्धों पर भी शासन कर रहे हैं। मेरी तो समझ में नहीं आता कि भारत की सरकार इस प्रकार की व्यवस्था को कैसे स्वीकार कर सकती है। भारत का करोड़ों रुपया वहाँ व्यय होता है, किन्तु वहाँ भारत सरकार और भारतीय जनता को किसी प्रकार का कोई अधिकार प्राप्त नहीं है।...''

''ऐसा क्यों है ?'' राष्ट्रपति चकित थे।

''भारत सरकार उनके विरुद्ध कोई कार्यवाही क्यों नहीं करना चाहती, यह मेरी भी समझ से बाहर है,'' सेनाध्यक्ष बोले। ''वे किसी प्रकार का कोई

सैनिक अभियान नहीं करते। कश्मीर में उनकी सेना के हाथ बँधे हुए हैं। कोई बच्चा भी सैनिकों को गाली दे सकता है, उन पर पत्थर चला सकता है। स्कूल की लड़कियाँ राह चलती हुई सैनिकों को पत्थर मारती हैं और बेचारा असहाय सैनिक अपनी रक्षा के लिए छिपता फिरता है। कश्मीर के तथाकथित नेता खुल्लम-खुल्ला स्वयं को भारतीय नागरिक मानने से इनकार करते हैं; किन्तु भारतीय पासपोर्ट पर संसार भर में यात्राएँ करते फिरते हैं। भारत सरकार उन्हें दिल्ली बुलाकर पाँच सितारा होटलों में ठहराती है। खिलाती-पिलाती है। उनका सत्कार करती है। करोड़ों रुपए उनकी सुरक्षा पर खर्च होते हैं। भारत सरकार में या तो संकल्प की कमी है, या उसकी सेना असमर्थ है या फिर वह भी आतंकवादियों से मिली हुई है।...मैं नहीं चाहता कि हमारी स्थिति भी वैसी ही हो जाए।''

''ठीक है। आप अपना काम कीजिए। मेरी ओर से कभी कोई बाधा नहीं आएगी।''

14

वरुणपुत्री ने देखा, सागर उनके सामने खड़ा था।

''क्या बात है?'' उनकी उत्सुकता जाग उठी।

''कुछ कहना है,'' वह मुस्करा रहा था।

''बोलो।''

''तुम मेरे मित्र की पुत्री हो। इस संबंध से मेरी भी पुत्री जैसी हो। मेरी एक सहायता कर दो।''

''बोलो।''

''मेरे लिए यह बहुत महत्त्वपूर्ण समय है।''

''कैसा समय?''

''यदि भारत सरकार दयासागर की बात मान कर रामसेतु को नष्ट करवा देती है, तो मेरा शताब्दियों का स्वप्न पूर्ण हो जाएगा। मैं तत्काल आगे बढ़ कर केरल को धरती से वापस ले लूँगा।''

''और यदि भारत सरकार यह नहीं करती है या नहीं कर पाती है तो?''

''तो विनोद सीकर से कहो कि वह किसी प्रकार दु:शासन को तोपें उपलब्ध करवा दे, ताकि वह अपने लिए मार्ग बनाने के लिए, अपनी तोपों से रामसेतु को नष्ट कर दे। एक बार बीच से रामसेतु हट जाए तो मुझे केरल तक पहुँचने और उसे लील लेने से कोई नहीं रोक सकता।''

''विनोद तो अपनी पहली हथियारों की खेप नष्ट होने से हर ओर से संकट में फँसा है,'' वरुणपुत्री ने कहा। ''दयासागर उससे अपने हथियार माँग रहा है। जिन्होंने हथियार दिए थे, वे उसका मूल्य माँग रहे हैं। भारत सरकार उसे हथियारों की तस्करी में बंदी बनाने की योजना बना रही है। पानी के

समान पैसा बहा कर भी वह इस फ़ाइल को बंद नहीं करवा पाया है। वह तो उस व्यक्ति के समान तिलमिला रहा है, जिसके हाथ-पैर रस्सी से बाँध दिए गए हों और वह दौड़ने का प्रयत्न कर रहा हो।''

''तो श्रीलंका की सरकार दु:शासन को नष्ट करने के लिए अपनी नौसेना से रामसेतु तुड़वा दे। उन्हें भी तो अपने लड़ाकू जलपोतों के लिए बड़ा रास्ता चाहिए।''

वरुणपुत्री हँसीं, ''आप मुझसे वह करने को कह रहे हैं, जो न तो मेरे वश में है और न ही मैं वह करने के पक्ष में हूँ।''

''क्यों नहीं हो उसके पक्ष में,'' सागर ने कहा। ''तुम नहीं जानतीं कि मैं शताब्दियों से अपनी उस छीनी गई भूमि के लिए तड़प रहा हूँ। कभी किसी और ने भी इतने लंबे समय तक अपनी भूमि के लिए इतनी प्रतीक्षा की है?'' सागर ने दुखी स्वर में कहा।

''मैं आपकी पीड़ा भी समझती हूँ और आपका तर्क भी; किन्तु मैं आपकी इच्छा पूरी नहीं कर सकती। आपसे सहमत भी नहीं हो सकती।''

''पर क्यों?'' सागर ने पूछा।

''इस कार्य में आप की सहायता का अर्थ समझते हैं आप।'' वरुणपुत्री ने सागर की ओर देखा, ''केरल में करोड़ों मनुष्य और जीव-जंतु रहते हैं। उस भूमि को यदि आप ने अधिकृत कर लिया, तो उनमें से एक भी जीवित नहीं रह पाएगा। जल प्लावन उनके लिए महाप्रलय बन कर आएगा। मैं इतने मनुष्यों और जीव-जंतुओं की मृत्यु का कारण कैसे बन सकती हूँ; या उसमें सहायक कैसे हो सकती हूँ।''

''किन्तु वह धरती मेरी है। जब वह मेरे अधीन थी तो उस पर सहस्रों प्रजातियों के जीव-जंतु और वनस्पति रहा करते थे। परशुराम ने वह भूमि मुझसे छीन कर उन सबकी हत्या की थी या नहीं? वह भी तो उनके लिए महाप्रलय ही था।''

''ठीक कह रहे हैं आप। मेरा विचार है कि आप उन सब जीव-जंतुओं को अपने जल के साथ बहा कर ले गए थे। वे विस्थापित हुए होंगे, उनकी मृत्यु नहीं हुई होगी। हाँ वनस्पति की कुछ प्रजातियाँ, जो जल के बाहर नहीं रह सकती थीं, वे अवश्य नष्ट हो गई होंगी। मेरी सहानुभूति उनके साथ है।

उनके विनाश का दुख है मुझको; किन्तु आप उसका प्रतिशोध आज के केरल निवासियों से नहीं ले सकते। मैं तो किसी एक मनुष्य की मृत्यु में भी सहायक नहीं हो सकती; महाप्लावन के माध्यम से लाखों मनुष्यों और दूसरे जीव-जंतुओं के नाश का कारण कैसे बन सकती हूँ।''

''तुम पृथ्वी की वासिनी नहीं हो। न तुम्हारा जन्म यहाँ हुआ है। तुमको इस ग्रह के जीवों से इतनी सहानुभूति क्यों है? यह तो तुम्हारा पक्षपात है।''

''मैं जीवन के पक्ष में हूँ। मृत्यु का समर्थन कभी नहीं कर सकती। परशुराम के युग में होती तो उनका समर्थन भी नहीं करती।'' वरुणपुत्री ने कहा। ''जहाँ तक ग्रह की बात है, हम तो समग्र ब्रह्मांड को ही अपना मानते हैं। जहाँ भी जीवन है, हम उसके मित्र हैं। आप मुझे पराए ग्रह के नाम पर न बहकाएँ और मुझसे मृत्यु का समर्थन न माँगें।'' वे रुकीं, ''और जहाँ तक रामसेतु का संबंध है, वह इस पृथ्वी के इतिहास का महत्त्वपूर्ण अंग है। उसकी, जहाँ तक हो सके, रक्षा की जानी चाहिए। उसे श्रीराम ने बनवाया था ताकि अत्याचार और अधर्म का नाश कर न्याय और धर्म की स्थापना कर सकें। वह सेतु आज भी कुछ युद्ध प्रेमियों और हत्या-प्रिय लोगों का मार्ग रोके हुए खड़ा है। उसके कारण ही आज तक दु:शासन तक तोपें नहीं पहुँच पाईं; नहीं तो श्रीलंका के साधारण, अबोध लोग तोप के गोलों से उड़ा दिए गए होते।''

''वह सब तो ठीक है वरुणपुत्री। किन्तु यह भी तो सोचो कि मनुष्य प्रतिदिन टनों मछलियाँ समुद्र से निकाल कर अपने बाज़ार में बेच देता है। उसे तो कोई नहीं रोकता। प्राण तो उन मछलियों में भी हैं। वहाँ तुम जीवन का समर्थन क्यों नहीं करतीं?''

''बचा सकूँ तो मैं उन मछलियों को भी बचा लूँ; किन्तु वह भी मेरे वश में नहीं है। उनको बचाने का प्रयत्न करने का अर्थ है लाखों मनुष्यों से उनका भोजन और व्यापार छीनना। व्यापार ही उनकी आजीविका है। आजीविका छिन गई तो वे भी भूखे मरेंगे।''

''तो फिर जीवन और मृत्यु की बात मत करो,'' सागर ने कहा। ''स्वीकार करो कि तुम शेष जीव-जंतुओं को मनुष्य के समान नहीं मानतीं। मनुष्य तुम्हें आत्मीय लगता है; अन्य जीव नहीं।''

''ठीक कह रहे हैं आप,'' वरुणपुत्री ने कहा। ''मनुष्य और किसी इतर

प्राणी को चुनना होगा तो मैं मनुष्य को ही चुनूँगी।''

वरुणपुत्री को लगा कि उनकी नींद खुल गई है और सागर वहाँ नहीं है।

~

दयासागर अपने कार्यालय पहुँचे तो समाचार मिला कि श्रीलंका की सेना ने दुःशासन के क्षेत्र पर आक्रमण कर दिया है। यह साधारण आक्रमण नहीं था... पूर्ण सैनिक आक्रमण। उसकी तीनों सेनाएँ जल, थल और आकाश से एक साथ आक्रमण कर रही थीं। उन्होंने इस आक्रमण अथवा युद्ध की कोई घोषणा नहीं की थी। वे उसे अपने देश का आंतरिक मामला मानते थे, इसलिए किसी और को बताने, किसी की अनुमति लेने, किसी से परामर्श करने अथवा उसकी घोषणा करने की कोई आवश्यकता नहीं थी। वह जैसे उनके देश का प्रशासनिक मामला था।

''यह क्या हो गया?'' दयासागर ने अपने सचिव की ओर देखा।

''लगता है कि उन्हें चीन अथवा पाकिस्तान से, या फिर दोनों से भरपूर सैनिक सहायता मिल गई है। संभव है उन देशों से कोई सैनिक संधि भी हुई हो।''

''यह तो स्पष्ट ही है कि यदि भारत ने सहायता दी होती तो वह श्रीलंका को इस प्रकार आक्रमण नहीं करने देता। वह श्रीलंका का हाथ पकड़ कर रखता। सहायता आत्मरक्षा के लिए दी जाती है, आक्रमण के लिए नहीं।''

''आप यह कैसे कह सकते हैं।''

''हमारे सूत्र बताते हैं कि वर्तमान भारत सरकार अपने देश के तमिल दलों को रुष्ट करना नहीं चाहेगी। उसे हमारे सहयोग की आवश्यकता है,'' दयासागर ने कहा। ''यदि हमने उनको सहयोग न दिया तो यह सरकार एक दिन में गिर जाएगी।''

''तो आप उनको सहयोग दे रहे हैं,'' सचिव ने पूछा। ''वे रामसेतु न भी तोड़ें, तो भी।''

''नहीं। हमें रामसेतु भी ध्वस्त करना है और इस सरकार को गिरने भी नहीं देना है। दोनों बातें एक ही सिक्के के दो पक्ष हैं। यह सरकार गिर गई तो जो नई सरकार आएगी, वह हमारे और भी प्रतिकूल होगी। हम वह नहीं चाहते।''

''और अब आप श्रीलंका की सेना का क्या करेंगे, आमने-सामने के

युद्ध में दु:शासन श्रीलंका की सेना के सामने नहीं टिक पाएगा...'' सचिव का स्वर चिंतित था।

''और यदि उनके लिए संभव हुआ तो वे लोग दु:शासन को जीवित नहीं छोड़ेंगे,'' दयासागर बोले।

''नहीं छोड़ेंगे का क्या अर्थ है। वे लोग उसे युद्धबंदी बना सकते हैं। उसकी हत्या नहीं कर सकते। अंतर्राष्ट्रीय नियमों का उल्लंघन करने का सामर्थ्य उनमें नहीं है। उन्हें उस पर मुकदमा चलाना होगा।''

दयासागर हँसे, ''वे उसे गोली मारें, तोप के गोले से उड़ाएँ, पत्थर से उसका सिर कुचल दें, या किसी और ढंग से मारें; किन्तु युद्ध जीतने के पश्चात् घोषणा यही की जाएगी कि अन्य शवों के ढेर में दु:शासन का शव भी पाया गया है।...या यह भी संभव है कि वे उसकी मृत्यु की घोषणा ही न करें। कह दें कि उसके विषय में कोई सूचना नहीं है। वह लापता है। वह किसी अज्ञात स्थान पर छिपा बैठा है अथवा श्रीलंका छोड़ कर किसी अज्ञात स्थान पर अपने किन्हीं अज्ञात मित्रों के पास जाने में सफल हो गया है। ऐसे युद्धों में शत्रु के वध की सूचना नहीं दी जाती।''

''पर जो सूचनाएँ मिल रही हैं, उनके अनुसार उसका बचना संभव नहीं है,'' सचिव ने कहा।

''किन्तु ऐसा होना नहीं चाहिए,'' दयासागर बोले।

''क्यों? उसको बचाने में आपका क्या लाभ है?''

दयासागर ने उसकी ओर वक्र दृष्टि से देखा, ''तुम क्या समझ रहे हो कि हमारा सारा संघर्ष उसके लिए राज्य स्थापित करने के लिए है। हम उसके माध्यम से अपना राज्य स्थापित करने का प्रयत्न कर रहे हैं।''

सचिव ने फटी-फटी आँखों से उनकी ओर देखा।

''यदि वह अपने लक्ष्य में सफल हो जाता है और अपना राज्य स्थापित कर लेता है; तो हमें सोचना पड़ेगा कि उससे छुटकारा कैसे पाएँ,'' सचिव ने फिर आश्चर्य से दयासागर की ओर देखा।

''हमें भी तो श्रीलंका की आवश्यकता है अपने लिए,'' दयासागर ने कहा। ''दु:शासन अकेला ही तो नहीं है, जिसे श्रीलंका का राज्य चाहिए।''

15

सागर परेशान था। उसने हाई कमान और भारत के प्रधानमंत्री के मन में अपनी सरकार को बचाए रखने की इच्छा तो उत्पन्न की थी। सरकार अल्पमत में होने के कारण, दयासागर से सहायता लेने का विचार भी उत्पन्न किया था। किन्तु सागर को इससे क्या कि कहाँ किसकी सरकार थी। उसका लक्ष्य तो अपने खोए हुए भूभाग, केरल को पुन: प्राप्त करने को तड़प रहा था। उसके मार्ग की बाधा इस समय केवल रामसेतु था। भारत सरकार सेतु तुड़वाने को सहमत थी। दयासागर उस सेतु को तुड़वाने को व्याकुल थे।... सागर क्या-क्या योजनाएँ बना रहा था; और घटित क्या हो रहा था। रामसेतु की शिलाओं को काटने के लिए मँगाई गई मशीनें टूटती जा रही थीं। हाई कमान अस्वस्थ हो कर विदेशों में छिपती-छिपाती अपना उपचार करवाने के लिए भाग-दौड़ कर रही थीं। प्रधानमंत्री ने हाई कमान के नासमझ बेटे की इच्छाओं के सामने सिर झुका दिया था। उसे सँभालना उनके वश की बात नहीं थी। तो फिर प्रधानमंत्री ही क्या करें। जो कुछ करना है, हाई कमान ही करें। प्रधानमंत्री को निर्लिप्त होना होगा। सरकार जाती है तो जाए। वे विपक्ष में बैठ लेंगे। लगता था कि इस सृष्टि में सागर की अपनी इच्छा का कोई महत्त्व ही नहीं था। कहीं उसने विनोद सीकर के जलपोत को उलट कर अपनी ही इच्छ के विपरीत काम तो नहीं किया?...पर उसके मन में जिस इच्छ ने जन्म लिया था, वह भी तो सृष्टि ने ही उत्पन्न की थी। अपनी छीनी गई संपत्ति को वापस लेने के प्रयत्न में अनुचित ही क्या था। किन्तु रामसेतु को तोड़ने और तुड़वाने के उसके सारे उपकरण...दु:शासन, दयासागर, भारत सरकार...सब ही अपने-अपने स्थान पर असफल होते दिखाई दे रहे थे। वह वरुणपुत्री से भी सहायता माँग चुका था; किन्तु उसने भी कोई आश्वासन नहीं दिया था। अब कौन बचा था...विनोद सीकर और उसके बेटे राजीव और संजीव।...कदाचित्

विनोद सीकर भी उतनी जल्दी न माने। उसके बेटों को ही मनाना चाहिए।...
सागर ने राजीव और संजीव के बजरे को खींचकर अपने एक द्वीप के तट
पर लगा दिया।

''यह क्या हुआ,'' राजीव ने कहा। ''मैं तो बजरे को कहीं और ले
जा रहा था।''

''पता नहीं। मैं भी समझ नहीं पा रहा हूँ कि यह क्या हो गया,'' संजीव
ने कहा। ''अब बजरे भी अपनी मनमानी करेंगे क्या।''

''चलो, उतर कर देखें तो सही कि हम कहाँ आ गए हैं,'' राजीव ने
कहा। कर्मचारियों को बजरे में ही ठहरने का आदेश देकर वे दोनों नीचे उतर
आए।...यह कोई जनशून्य द्वीप था। दूर-दूर तक कोई मनुष्य अथवा पशु दिखाई
नहीं दे रहा था। राजीव ने प्रश्न भरे नेत्रों से संजीव की ओर देखा।

संजीव हँसा, ''हमने एक नया द्वीप खोज लिया क्या? हम नए वास्को
डी गामा हो गए। बस दो व्यक्ति और एक पूरा द्वीप।''

''वहाँ कोई है और वह हमारी ही ओर आ रहा है,'' राजीव ने कहा।

वह व्यक्ति आकर उनके निकट खड़ा हो गया, ''आपका इस नए द्वीप
पर स्वागत है।''

''आप कौन हैं?'' राजीव ने पूछा।

''यह कौन-सा द्वीप है?'' संजीव ने कहा।

''बताता हूँ।'' वह व्यक्ति बोला, ''कहीं बैठ जाएँ?''

''आइए। बजरे में ही चलते हैं,'' राजीव ने कहा। ''या यहाँ रेत पर
बैठेंगे?''

''मेरे लिए दोनों ही एकसमान हैं; किन्तु आपके लिए बजरे में बैठना
अधिक सुविधाजनक रहेगा,'' वह बोला।

वे तीनों आकर बजरे में बैठ गए। रसोई में चाय के लिए कहलवा दिया।

''हाँ, बताइए।'' राजीव ने कहा।

वह व्यक्ति मुस्कराया, ''जो कुछ मैं कहने जा रहा हूँ, उस पर शायद
आप विश्वास न करें; किन्तु आप चाहेंगे तो मैं उसका प्रमाण दूँगा।''

‘‘आप पहले अपना परिचय तो दें,’’ संजीव ने कहा। ‘‘प्रमाण बाद में दीजिएगा।’’

‘‘मैं सागर का प्रतिनिधि हूँ।’’

वे दोनों भाई उच्च स्वर में हँसे, ‘‘प्रतिनिधि क्यों, आप स्वयं सागर ही हो सकते हैं।’’

‘‘सत्य तो यही है,’’ वह व्यक्ति बोला। ‘‘आपको विश्वास नहीं है?’’

‘‘नहीं।’’

‘‘प्रमाण चाहिए?’’

‘‘हो तो दीजिए प्रमाण,’’ राजीव ने कहा। ‘‘किन्तु प्रमाण को मानना, न मानना हमारी इच्छा पर निर्भर करता है।’’

‘‘ठीक है।’’ उस व्यक्ति ने बजरे के बाहर सागर की ओर देखा। सागर में से एक ऊँची लहर उठी और दीवार बनकर बजरे के साथ सट कर खड़ी हो गई। ‘‘अब बताइए,’’ वह बोला, ‘‘यह लहर वहीं से लौट जाए या वह आपके बजरे के भीतर प्रवेश कर जाए; अथवा वह आपके बजरे को बहा कर किसी दिशा विशेष में ले जाए। आप चाहें तो मैं इस द्वीप को भी लील सकता हूँ।’’

‘‘नहीं,’’ राजीव बोला। ‘‘लहर को कहिए कि वह लौट जाए।’’

सागर ने बाहर की ओर देखा : पानी की दीवार लहर बन कर सागर में लेट गई। दोनों भाइयों ने चकित होकर एक-दूसरे की ओर देखा।

‘‘यहाँ कोई द्वीप भी नहीं है,’’ सागर बोला, ‘‘मैंने इसे इसीलिए बनाया है कि आप से बात कर सकूँ। और हमारी चर्चा समाप्त हो जाने के पश्चात् यहाँ फिर से सागर ही होगा।’’

दोनों भाई फटी-फटी आँखों से अपने सामने बैठे सागर की ओर देखते रहे।

‘‘पर आप हमसे क्या बात करना चाहते हैं?’’ राजीव ने कहा।

‘‘इसका अर्थ है कि हमारी पौराणिक कथाओं में जो ये वर्णन आते हैं कि नदियाँ, पहाड़ और आकाश के ग्रह तक मनुष्य का रूप धारण कर प्रकट होते हैं, वह सब सत्य है,’’ संजीव ने कहा।

‘‘सत्य है,’’ सागर ने कहा। ‘‘आपकी माता मत्स्यकन्या का मछली के

उदर में से जीवित निकलना भी सत्य है। किन्तु आपसे प्रार्थना है कि आप इन सब विषयों में और प्रश्न न करें, और जानकारी न माँगें। ये सब प्रकृति के रहस्य हैं, जिनको मैं प्रकट नहीं कर सकता।''

''ठीक है,'' राजीव ने कहा। ''अब बताइए आप हमसे क्या कहने के लिए, हमें यहाँ लाए हैं।''

''आपको ज्ञात ही होगा कि श्रीलंका की सेना ने दु:शासन के राज्य पर आक्रमण कर दिया है और संभावना यही है कि वे लोग बहुत शीघ्र ही उसे समाप्त कर उस क्षेत्र पर अधिकार कर लेंगे,'' सागर ने कहा। ''मेरा निवेदन यह है कि आप दु:शासन की सहायता करें। उसका आप जो मूल्य माँगेंगे, वह मैं चुकाऊँगा।''

''हम उसकी सहायता कैसे कर सकते हैं?''

''उसे शस्त्रास्त्र पहुँचा कर। आप उसे बड़े शस्त्र पहुँचाएँ...तोपें, मिसाइलें, विमान...ताकि वह लड़ सके। उसके लिए जो सहायता कर सकें करें।''

''यह सब कैसे पहुँचेगा? छोटे जलपोत में यह सब जा नहीं सकता। बड़ा जलपोत रामसेतु को पार नहीं कर सकता। रामसेतु को तोड़ा नहीं जा सकता।...''

''भारत सरकार ने रामसेतु को तोड़ने का प्रयत्न किया; किन्तु उनके लिए वह संभव नहीं हुआ। मेरे लिए संभव है कि मैं रामसेतु की शिलाओं को बहाकर अन्यत्र पहुँचा दूँ; किन्तु मैं श्रीराम को दिए हुए वचन को नहीं तोड़ सकता।''

''तो?''

''यदि भारत के दक्षिणी भाग में से भूमि का कोई भाग आप तोड़कर मुझे सौंप दें तो वहाँ मार्ग बन जाएगा और बड़े-से-बड़ा जलपोत वहाँ से निकल सकेगा।''

''भूभाग? कौन-सा भूभाग,'' राजीव ने पूछा।

''तमिलनाडु अथवा केरल का कोई भी भाग।''

''जैसे?''

''कन्याकुमारी, रामेश्वरम् अथवा कोई भी अन्य भाग।''

‘‘आप चाहते हैं कि उन भागों को समुद्र में डुबोने के लिए, हम आपकी सहायता करें,’’ राजीव ने पूछा। ‘‘क्यों और कैसे ? पहले बताइए क्यों। कैसे हम बाद में पूछेंगे।’’

‘‘क्यों का तो स्पष्ट उत्तर है कि वहाँ का मार्ग बड़ा हो जाएगा तो आपका बड़े-से-बड़ा जलपोत भी वहाँ से निकल सकेगा। आपका व्यापार बढ़ेगा। आपका लाभ बढ़ेगा...और...।’’

‘‘और ?’’ संजीव ने पूछा।

‘‘और जितना धन आप मुझसे चाहें। सागर का जो द्वीप भी आप चाहें,’’ सागर ने कहा।

‘‘प्रलोभन तो बहुत बड़ा है,’’ राजीव बोला। ‘‘किन्तु हम अपने ही देश की भूमि को नष्ट होने के लिए आपको क्यों सौंप दें।’’

‘‘बताया तो कि आपको कितना लाभ होगा,’’ सागर ने कहा। ‘‘अब आप विचारें कि आपको अपना लाभ देखना है या अपने देश का। वैसे देश के लाभ पर विचार करने से पहले यह भी सोचें कि यदि द्वारका जल में डूब गई तो आपकी ऐसी कौन-सी हानि हो गई। कन्याकुमारी की श्रीपाद शिला मुख्य भूमि से हट गई तो आपका देश न छोटा हुआ और न ही दुर्बल। तो मेरा प्रस्ताव मान लेने से आपके देश की ऐसी क्या हानि हो जाएगी।...और आपका देश आपको दे भी क्या रहा है। आपके पिता का एक पोत डूबा और सरकार को पता लग गया कि उस पोत में शस्त्रास्त्र थे तो बंदी होने से बचने के लिए उन्हें क्या मूल्य चुकाना पड़ा। अब तक उनको नहीं लग रहा कि उनका व्यवसाय स्थिर हो गया है। मैं एक ही बार में आपकी सारी क्षतिपूर्ति कर दूँगा।’’

‘‘तो आप हमें अपने ही देश के विरुद्ध भड़का रहे हैं।’’

‘‘नहीं। मैं आपको अपने स्वार्थ की रक्षा करना सिखा रहा हूँ। खोखले आदर्शों में क्या रखा है,’’ सागर ने कहा।

‘‘यदि खोखले आदर्शों में कुछ नहीं रखा तो आपको श्रीराम को दिए गए अपने वचन की इतनी चिंता क्यों है ? बहा ले जाइए रामसेतु को,’’ संजीव ने कहा।

‘‘ठीक कह रहे हैं आप। किन्तु प्रकृति की भी एक मर्यादा है। मैं अपनी

मर्यादा का अतिक्रमण नहीं कर सकता; करूँगा तो उसके लिए दंडित किया जाऊँगा।...चलिए, छोड़िए, वह आपकी समझ में नहीं आएगा। वह प्रकृति का रहस्य है।...आप मेरे प्रस्ताव पर विचार करें। देश अपनी चिंता करता रहेगा। आप अपनी चिंता करें।''

''आप पद्धति बताइए; शेष हम सोचेंगे,'' राजीव ने कहा।

''आप मिट्टी खोदने वाले बड़े-से-बड़े यंत्र सागर तट पर लाकर खड़े कर दें,'' सागर बोला। ''उसके पश्चात् मैं इतना उत्पात मचाऊँगा कि किसी को दिखाई भी नहीं पड़ेगा कि मेरी बनाई गई उस यवनिका के पीछे क्या हो रहा है। आप मिट्टी खोदते जाएँ, मैं उसे बहाकर दूर ले जाऊँगा। जब देखूँगा कि मार्ग पर्याप्त प्रशस्त हो गया है, मैं शांत हो जाऊँगा। आप भी अपने यंत्र वहाँ से हटा कर ले जाएँ।''

''आपको पूर्ण विश्वास है कि हमारे कार्य के विषय में किसी को पता नहीं लगेगा?'' संजीव ने पूछा।

''आप चाहें तो उस जलप्रलय में अपना एक छोटा पोत सागर में डुबो दें। आप पर किसी को संदेह नहीं होगा,'' सागर ने कहा।

''हमें पापा से बात करनी होगी। व्यवसाय तो सारा उन्हीं का है, उन्हीं के हाथ में है।''

''अवश्य कीजिए और उनसे पूछ लीजिएगा कि वे इस सारे काम का शुल्क क्या लेंगे।''

''ठीक है।''

''तो मैं आप से विदा लेता हूँ,'' सागर ने कहा। ''मेरे जाने के पश्चात् यह द्वीप भी जलमग्न हो जाएगा; और आपका बजरा भी उसी स्थान पर पहुँच जाएगा, जहाँ से मैं उसे यहाँ लाया था। एक बात का ध्यान रखिएगा कि आपके कर्मचारी हमारी इस भेंट की चर्चा कहीं न करें...'' सागर उठते-उठते रुक गया, ''शायद यह कठिन होगा। मैं एक काम करता हूँ। आपके सारे कर्मचारियों को सुला देता हूँ। वे अपने मूल स्थान पर जाकर ही जागेंगे और इस सारी घटना को स्वप्न मानेंगे। एक विचित्र स्वप्न,'' सागर उठा।

''अब आप से भेंट कहाँ होगी? आपका कोई पता तो हमारे पास है

नहीं,'' राजीव ने कहा।

''वैसे तो मैं योजनों तक फैला हुआ हूँ और अदृश्य नहीं हूँ,'' सागर ने कहा। ''किन्तु आपका तात्पर्य शायद मेरे मनुष्य रूप से है।''

''जी।''

''आप अपने इस बजरे को जब कभी भी सागर-तट पर लगाएँगे, मैं उपस्थित हो जाऊँगा।''

सागर उठा और बजरे में से समुद्र में उतर गया। वह कुछ दूर जल के ऊपर चलता हुआ दिखाई दिया और फिर समुद्र में ही कहीं विलीन हो गया। राजीव भी उठ कर बजरे का एक चक्कर लगा आया, ''सारे कर्मचारी सो रहे हैं।''

~

संध्या समय विनोद सीकर घर आए तो उनके दोनों छोटे पुत्र उनकी प्रतीक्षा कर रहे थे।

''आपके विरुद्ध पुलिस की फ़ाइल बंद हुई या नहीं,'' राजीव ने पूछा।

''मुझे तो मंत्री जी ने यही आश्वासन दिया है। भीतर की बात मैं नहीं जानता,'' विनोद बोले। ''वैसे इतनी सूचना तो मुझे मिल गई है कि प्रधानमंत्री के कहने पर भी फ़ाइल बंद नहीं होगी। जब तक हाई कमान ही न कह दे, तब तक आश्वस्त नहीं हुआ जा सकता।''

''और सेनाध्यक्ष?''

''हाँ वह भी एक रोड़ा है,'' विनोद बोले। ''मैंने सुना है कि वह हाई कमान की बात भी नहीं मानता। उसका वश चले तो वह मेरे जैसे अनेक लोगों की दुकान बंद करवा दे।''

''वह अड़ियल है किन्तु उसका भी तो कोई मूल्य होगा।''

''होगा; किन्तु तुम आज इस विषय में इतनी रुचि कैसे ले रहे हो?''

''एक प्रस्ताव हमारे पास भी आया है,'' संजीव बोला।

''पर हमने अभी उसे स्वीकार नहीं किया है।...'' राजीव ने संजीव को आगे बोलने नहीं दिया।

''अरे बात क्या है,'' विनोद बोले। ''मुझे लगता है कि तुम दोनों ही परस्पर सहमत नहीं हो।''

''यह भी अभी निश्चित नहीं हुआ है,'' राजीव ने कहा।

''किन्तु प्रस्ताव है क्या,'' विनोद की उत्सुकता कुछ बढ़ गई थी।

''आपको यदि सचमुच धन कमाना है...'' उनमें से कोई कुछ कहता और बात आगे बढ़ती, उससे पहले ही उन्हें वरुणपुत्री आती दिखाई दीं। उन्होंने परस्पर एक-दूसरे को देखा। स्पष्ट था कि वे अपने प्रस्ताव की चर्चा वरुणपुत्री के सामने नहीं करना चाहते थे।

''अरे तुम।'' विनोद जैसे हतप्रभ रह गए, ''एक लंबे समय के बाद तुम्हें देख रहा हूँ। वह भी अपने घर पर।''

''आवश्यक लगा, इसलिए आ गई।''

उन्हें देखकर विनोद सहज नहीं रह गए थे। उन्हें वरुणपुत्री के साथ एकांत की आवश्यकता थी; किन्तु इन दोनों बंदरों को यहाँ से कैसे हटाते, जबकि वे किसी नए प्रस्ताव की बात कर रहे थे।

''बैठो।'' विनोद उठकर खड़े हो गए, ''थोड़ा समय है तुम्हारे पास या आज भी हवा के घोड़े पर सवार होकर आई हो।''

''मैं तो खाली ही हूँ। आपके पास ही बहुत सारा काम रहता है। आपकी व्यस्तता...''

''उसे छोड़ो। बैठो।'' वे बैठ गईं, ''हाँ बच्चो, तुम लोग क्या प्रस्ताव लेकर आए हो। यही न कि सागर चाहता है...।'' वे चकित भाव से एक-दूसरे को देख रहे थे। वे कैसे जानती हैं कि प्रस्ताव सागर की ओर से है...।

''तुम भी उस प्रस्ताव के विषय में जानती हो?'' विनोद चकित थे।

''हाँ। और यह भी जानती हूँ कि यह कोई प्रस्ताव नहीं है; देशद्रोह का निमंत्रण है। सागर आपसे देशद्रोह करवाना चाहता है; और आपके ये दोनों पुत्र असमंजस में हैं।''

''देशद्रोह। मैं समझा नहीं।...और यह सागर कौन है, जो मुझसे देशद्रोह करवाना चाहता है।''

‘‘वह सब आपको राजीव और संजीव बता देंगे,’’ वरुणपुत्री ने कहा। ‘‘मैं तो केवल इतना ही चाहती हूँ कि आप न स्वयं को शत्रुओं के हाथों में बेचें और न देशद्रोह करें। शस्त्रों का परिवहन कर जो पाप या अपराध आपने किया है, अभी उसी से मुक्त नहीं हुए हैं। यदि आपने सागर की बात मान ली तो समस्या उससे कहीं अधिक गंभीर होगी।’’

विनोद एकदम सकपका गए थे, ‘‘मुझे कोई बताएगा कि प्रस्ताव क्या है और यह भी कि यह सागर कौन है?’’

‘‘बताओ भाई।’’ वरुणपुत्री ने दोनों लड़कों की ओर देखा, ‘‘ठीक-ठीक बताना। मुझे हस्तक्षेप न करना पड़े। मैं भारत का अहित नहीं देख पाऊँगी।’’

राजीव ने बताया कि उन्हें करना क्या है और संजीव ने आतुरतापूर्वक बताया कि उसका शुल्क उन्हें क्या मिलेगा।

‘‘पर यह सागर है कौन? और वह भारत का कोई भी खंड समुद्र में क्यों डुबोना चाहता है,’’ विनोद ने पूछा।

‘‘सागर वही है, जिसे आप हिन्द महासागर कहते हैं,’’ वरुणपुत्री ने बताया। ‘‘और उसका मूल लक्ष्य केरल को फिर से अपने अधिकार में लेना है। उसका मानना है कि केरल की भूमि उसकी है, जो परशुराम ने उससे छीन ली थी। वह शताब्दियों से प्रयत्न कर रहा है; किन्तु रामसेतु के कारण अपनी बड़ी लहरों को इस ओर भेज नहीं पा रहा। अब वह उसी कार्य के लिए आपको अपना उपकरण बनाना चाहता है।’’

‘‘हिन्द महासागर मनुष्य के रूप में मेरे बेटों के पास आया था...क्या बकवास है।’’

‘‘क्यों, वह श्रीराम के सामने भी तो मनुष्य के रूप में आया था। आप चाहेंगे तो वह प्रमाण प्रस्तुत करने के लिए आपके सामने भी आ जाएगा।’’

‘‘मुझे विश्वास नहीं होता,’’ विनोद उठकर टहलने लगे थे।

‘‘विश्वास हो जाएगा तो आप उसका प्रस्ताव मान लेंगे?’’ वरुणपुत्री ने पूछा।

‘‘अभी कह नहीं सकता। मुझे सोचने के लिए कुछ समय चाहिए।’’

‘‘आपके स्थान पर मैं होती तो इस प्रस्ताव के विषय में सोचती भी

नहीं। तत्काल अस्वीकार कर देती।''

''तुममें और मुझमें अंतर है। तुम व्यापारी नहीं हो। तुम्हें धन भी नहीं कमाना है।''

''जानती हूँ।'' वरुणपुत्री उठकर खड़ी हो गई, ''चलती हूँ। मैं यही संदेश देने आई थी।''

''वह तो ठीक है। पर इतने दिनों के पश्चात् आई हो। दो-चार दिन तो रुको,'' विनोद बोले। ''इतना बड़ा घर होते हुए भी जाने तुम कहाँ रहती हो। अपना पता भी नहीं देती हो कि हम चाहें तो तुमसे संपर्क कर सकें।''

''यह बात तो आप वर्षों पहले भी कह सकते थे। इतने दिनों के बाद आज याद आई है।''

''मैं तो पहले दिन से कह रहा हूँ। तुम मानती ही कहाँ हो।''

''मैं भी तो एक बात कह रही हूँ। आप ही कहाँ मानते हैं। सोचेंगे और अनुचित, अनैतिक निर्णय करेंगे।'' विनोद देखते रह गए और वरुणपुत्री चली गई।...इसमें कुछ भी नया नहीं था। वह सदा ही यही करती रही थीं। विनोद को लगा कि उनका भाग्य ही ऐसा है। दोनों पत्नियों में से कोई भी उनकी बात नहीं मानती। दोनों स्वेच्छा से ही चलती हैं। उल्टे उनको ही आदेश देती रहती हैं और उनसे अपेक्षा यह करती हैं कि वे उनकी आज्ञाओं का पालन करें।

उन्होंने राजीव की ओर देखा, ''वह व्यक्ति जो यह प्रस्ताव लेकर तुम लोगों के पास आया था, वह हिन्द महासागर ही था, इसका प्रमाण मुझे भी चाहिए। इतना ही नहीं, वह हमको इस कार्य का उचित शुल्क दे सकेगा, इसका प्रमाण भी चाहिए। ऐसा तो नहीं कि वह तुम लोगों को मूर्ख बना रहा हो।''

''नहीं पापा। वह सचमुच हिन्द महासागर ही था। हमें पूरा विश्वास है।''

''मैं भी चाहता हूँ कि मैं भी विश्वास कर लूँ; किन्तु उसके लिए मुझे प्रमाण चाहिए। ऐसा न हो कि वह इंटेलिजेंस ब्यूरो का आदमी हो और चाहता हो कि मैं ऐसा कोई काम कर जाऊँ, जिससे उनको मेरे विरुद्ध कोई बड़ा प्रमाण मिल जाए। मैं अभी पिछले मामले से ही मुक्त नहीं हो पाया हूँ।''

''तो चलिए हमारे साथ। हमें किसी एकांत स्थान पर अपने बजरे को

सागर तट पर लगाना होगा। वह हमें वहीं मिल जाएगा।''

विनोद अनिच्छापूर्वक उनके साथ चल पड़े।

~

विनोद, नगर के सबसे बड़े जौहरी की दुकान पर बैठे थे। वे अपने अंगरक्षकों से भी छुप कर यहाँ आए थे।

उनके बेटों ने सागर से उनकी भेंट करवा दी थी। सागर ने अपनी प्रामाणिकता और अपने सामर्थ्य के रूप में उन्हें एक मोती दिया था और कहा था कि वे इसे किसी जौहरी को दिखा लें। वे उसी मोती की जाँच कराने के लिए जौहरी हीराचंद जैन के पास आए थे।

हीराचंद घंटे भर से उस मोती को परख रहे थे। अपने साथियों और विशेषज्ञों को दिखा रहे थे। विनोद प्रतीक्षा में बैठे थे; किन्तु हीराचंद कुछ कह ही नहीं रहे थे। कभी किसी यंत्र से मोती का परीक्षण करते। कभी अपने इस शोरूम के भीतर चले जाते थे। कभी भीतर से किसी को बुला लेते थे। अब विनोद का धैर्य भी जवाब देने लगा था।

तभी हीराचंद आकर उनके सामने बैठ गए। उन्होंने एक सुंदर-सी डिबिया में सजा वह मोती उनके सामने रख दिया, ''आपको कहाँ से मिला यह मोती ?''

''आपको मोती दिया है, उसका मूल्य आँकने के लिए, पुलिस इंक्वायरी के लिए नहीं।'' विनोद ने डिबिया उठा कर अपनी जेब में रख ली, ''आप क्या समझते हैं, किसी महिला का झुमका चोरी कर उसमें से निकाला है।''

''नहीं,'' हीराचंद बोले, ''वस्तुतः यह मोती असाधारण है। अत्यंत मूल्यवान है। आप विश्वास करेंगे कि यदि मैं अपनी सारी दुकान भी बेच दूँ, तो भी इसे नहीं खरीद सकता।''

''सत्य कह रहे हैं ?'' विनोद की आँखें भी आश्चर्य से फैल गईं।

''सत्य कह रहा हूँ। आज तक आपने अनेक छोटे-बड़े द्वीप खरीदे हैं...।''

''जी।''

''इस मोती से आप यूरोप का कोई उन्नत देश भी खरीद सकते हैं।''

‘‘इतना मूल्यवान है यह?’’

‘‘जी। मैंने अपने सारे जीवन में ऐसा मोती न देखा है, न सुना है।’’ हीराचंद ने कहा, ‘‘यह तो किसी परी लोक से आया हुआ मोती है। अब यदि आप इसे बेचना चाहेंगे तो मेरे पास इसका मूल्य चुकाने के लिए धन नहीं है। यह मेरे सामर्थ्य से बाहर है।’’

‘‘यह सेठ हीराचंद कह रहे हैं।’’

‘‘जी।’’ हीराचंद कुछ और निकट खिसक आए, ‘‘इसीलिए पूछ रहा हूँ कि आपको कहाँ मिला।’’

‘‘सागर से मिला।’’ विनोद के मुख से शब्द फिसल गए; किन्तु वे तत्काल सँभल गए। हँसे और बोले, ‘‘मेरा तात्पर्य है कि मोती तो सीप से ही मिलेगा न और सीप सागर में ही होती है।’’

‘‘ठीक कह रहे हैं आप। गेहूँ खेत में ही पैदा होता है, दुकान में नहीं। मोती सीप में ही होगा और सीप समुद्र में ही होगी। किन्तु मैं पूछ रहा हूँ कि इसको पाने के लिए आपने समुद्र में डुबकी लगाई थी या सागर ही आकर आपको दे गया था?’’ विनोद आशंकित हो उठे थे, कहीं हीराचंद को संदेह तो नहीं हो गया। उसे टालना आवश्यक था, ‘‘आपके उदाहरण से एक चुटकुला याद आ गया।’’

‘‘कौन-सा चुटकुला।’’

‘‘एक व्यक्ति स्वयं को शेर का बेटा बता रहा था तो एक श्रोता ने पूछ लिया कि शेर उसकी माँ के पास उनके घर आया था, या उसकी माँ जंगल में शेर के पास गई थी।’’

‘‘हाँ। है तो उसके तौल का ही। अब बता दीजिए, कहाँ से मिला।’’ हीराचंद ने कहा, ‘‘यदि जीवन में कभी मेरा सामर्थ्य हुआ तो मैं भी ऐसा ही एक मोती प्राप्त करना चाहूँगा।’’

‘‘बताया तो कि सागर से प्राप्त किया।’’ विनोद हल्के ढंग से मुस्कराए, ‘‘अब यह मत पूछिएगा कि कैसे प्राप्त किया। वह रहस्य की बात है। वैसे संकेत में इतना ही कह सकता हूँ कि सागर में मेरी भी अनेक नौकाएँ चलती हैं। कुछ बजरे और छोटे-बड़े जलपोत चलते हैं। परिवहन मेरा व्यवसाय है।’’

‘‘वह तो सत्य है। कोई मछली दे गई या मछुआरा दे गया।’’

विनोद अनुमान लगा रहे थे कि वह मत्स्यकन्या की ओर इंगित कर रहा था।

‘‘वह जो प्रलय में प्रकट होता है न, वह महामात्य दे गया।’’ विनोद जाने के लिए उठ खड़े हुए, ‘‘आपसे निवेदन है कि इसकी चर्चा कहीं मत कीजिएगा। नहीं तो मेरे प्राणों पर संकट और भी बढ़ जाएगा।’’

‘‘नहीं करूँगा। आप भी या तो अपने घर में स्ट्रॉनरूम बनवा लीजिए या फिर इसे रिज़र्व बैंक में रखवा दीजिए।’’

‘‘सुझाव के लिए धन्यवाद।’’

16

विनोद जब हीराचंद के पास आए थे तो सागर के प्रस्ताव के संबंध में कुछ असमंजस में थे। किन्तु अब उनके मन में न कोई संशय था और न वे असमंजस में थे। उनका मन सागर के प्रस्ताव को पूरी तरह स्वीकार कर चुका था। अब तो वरुणपुत्री कितना भी मना करे, वे उस कार्य को करके ही रहेंगे। हीराचंद ने कहा था कि वे उस मोती से संसार का कोई उन्नत देश खरीद सकते हैं। वह पूरा सत्य न भी हो तो इतना तो स्पष्ट था कि मोती बहुत मूल्यवान था। सागर द्वारा प्रमाण स्वरूप, नमूने के तौर पर दिए गए मोती से यदि एक देश न भी खरीदा जा सके तो कोई बात नहीं। उसके मूल्य का कुछ अनुमान तो होता ही था। यदि वे सागर का काम कर देते हैं तो निश्चित रूप से वे ऐसे एकाधिक मोती प्राप्त कर सकते हैं। इतना शुल्क तो उनको आज तक किए गए अपने किसी भी काम से नहीं मिला था।...उनके सामने सागर जैसे पुनः मूर्त हो उठा था। वह कह रहा था, ''मूल्य की तो आप चिंता ही न करें। आप मेरा काम कर दीजिए, फिर जो और जितना चाहेंगे, आपको मिल जाएगा।''

और तभी उनके सामने उनके पुत्रों के चित्र उभरे...यदि उनको ज्ञात हो गया कि विनोद के पास इतना मूल्यवान मोती है तो उसे पाने के लिए वे उनके प्राण भी ले सकते हैं। विनोद को सावधान रहना होगा सबसे। और मोती के मूल्य का तो उनके पुत्रों को आभास भी नहीं होना चाहिए। वे दोनों मत्स्यकन्या के पुत्र तो थे ही, इस समय उनको वे मत्स्य के समान लग रहे थे। वे उन्हें निगल भी सकते थे...और सहसा उनका ध्यान मत्स्यकन्या की ओर चला गया।...यदि उसे तनिक-सी भनक भी हो गई तो वह उस मोती के लिए उनका सारा संसार जला सकती है।...आज पहली बार उन्हें अनुभव हो रहा था कि वे कितने हिंस्र लोगों से घिरे हुए हैं। जिन्हें वे अपना मानते हैं, वे

ही उनके विनाश का कारण हो सकते हैं।...शायद वरुणपुत्री ठीक कह रही थी कि उनको यह प्रस्ताव स्वीकार नहीं करना चाहिए।...और सहसा उनके मन में एक दैत्याकार अस्वीकार खड़ा हो गया। नहीं। यदि वे वरुणपुत्री के मोह में पड़ गए तो वह उनको ऐसा कोई भी काम नहीं करने देगी, जिससे उनका साम्राज्य खड़ा हो सके।...तो वे किसे अपना मित्र मानें? कौन उनका हितैषी है? सब तो स्वार्थी ही हैं। स्वार्थी भी कैसे, जो एक मोती के लिए उनके प्राण भी ले सकते हैं।...वरुणपुत्री उनके प्राण नहीं लेगी; किन्तु त्याग और आदर्श का पाठ पढ़ाकर, मोती से तो वह उनको वंचित कर ही देगी।...

वे अशोक होटल के मुख्य द्वार पर पहुँच गए थे। अपने ड्राइवर और अंगरक्षकों को वे यहीं प्रतीक्षा करने के लिए कह कर गए थे। किन्तु वे लोग लॉबी में नहीं थे। कहाँ गए?

वे रिसेप्शन पर आए।

‘‘मेरा कमरा...।’’

‘‘खुला है। आपकी पत्नी वहाँ आपकी प्रतीक्षा कर रही हैं।’’

विनोद चकित थे। आज मत्स्यकन्या कैसे उनका पीछा करती हुई होटल में आ गई है? उसने फ़ोन भी नहीं किया।...उसका इस प्रकार आना शुभ नहीं था। कहीं उसे उस मोती के विषय में कोई सूचना तो नहीं मिल गई...।

किन्तु कमरे में मत्स्यकन्या नहीं, वरुणपुत्री बैठी मिली। उसके साथ विक्रम भी था।

‘‘तुम लोग,’’ विनोद बोले। ‘‘अकस्मात्, अचानक, कोई सूचना भी नहीं दी।’’

‘‘सूचना देने ही तो आए हैं।’’

‘‘कैसी सूचना? मैं तो तुम्हारे यहाँ आने की सूचना के विषय में कह रहा था।’’

‘‘तो आपने सागर का प्रस्ताव मान लिया?’’

विनोद को एक झटका-सा लगा। उन्होंने अचकचाकर द्वार की ओर देखा : कपाट बंद थे और उनके अंगरक्षक बाहर ही थे। उन तक कमरे में होने वाले वार्तालाप की गंध भी नहीं पहुँचेगी। फिर भी...वे नहीं चाहते थे कि यहाँ

सागर, उसके प्रस्ताव अथवा मोती के विषय में कोई चर्चा हो। जाने वरुणपुत्री कौन-सी सूचना देने के लिए आई थी। उसने विक्रम को भी बुला लिया था।

''तुम कौन-सी सूचना देने के लिए यहाँ आई हो ?'' वे बात को कहीं और बहका ले जाना चाहते थे।

''ओह। तो आप अपने विषय में नहीं, मेरे विषय में चर्चा करना चाहते हैं,'' वरुणपुत्री ने कहा। ''मैं आपको सूचित करने आई थी कि मैं अपने मायके जा रही हूँ। विक्रम को भी ले जा रही हूँ।''

''क्यों ?''

''ताकि आप अपनी गतिविधि के लिए स्वतंत्र रहें।''

''उसके लिए तुम्हारा कहीं भी जाना आवश्यक नहीं है। तुम मेरे निकट रहो, तो भी मैं स्वतंत्र ही हूँ।''

''आप ऐसा मानते हैं किन्तु यदि मैं आपके मार्ग की बाधा बनना चाहूँ तो आप स्वतंत्र नहीं रहेंगे।''

''भ्रम है तुम्हें।''

''चलिए, छोड़िए उसे,'' वरुणपुत्री ने कहा।''थोड़ी ज्ञान-चर्चा करते हैं।''

''ज्ञान-चर्चा। क्या कहना चाहती हो ?''

''देखिए, जो आस्तिक लोग हैं, वे यह मानते हैं कि इस सृष्टि का निर्माण ईश्वर ने किया है। जो यह मानना नहीं चाहते, वे यह मानते हैं कि निर्माण किसी ने भी किया हो किन्तु प्रकृति के अपने कुछ नियम हैं। मनुष्य की सारी वैज्ञानिक खोज, प्रकृति के इन नियमों को खोजने और उनका विश्लेषण करने का ही प्रयत्न है। नियम बनाए किसी ने भी हों, किन्तु प्रकृति चलती उन्हीं पर है। वे नियम कभी नहीं बदलते और उनका लक्ष्य है, सृष्टि की रक्षा। इसलिए जब कभी कोई शक्ति प्रकृति को हानि पहुँचाने का प्रयत्न करती है तो प्रकृति के नियम उसको रोकते हैं।...''

''तुम यह सब मुझे क्यों बता रही हो ? और इस समय इनकी चर्चा का अभिप्राय क्या है ?'' विनोद कुछ तमक कर बोले।

''अभी सिद्धांत की चर्चा कर रही हूँ। व्यावहारिक पक्ष बाद में देखेंगे।''

''क्या मतलब ?''

''मतलब यह कि यदि कोई शक्ति पृथ्वी, सागर अथवा पर्वतों को कोई बड़ी हानि पहुँचाती है या पहुँचाने का प्रयत्न करती है, तो प्राकृतिक नियमों का नियंता उसको रोकता है। प्रकृति के विभिन्न अंग भी यदि एक-दूसरे पर घातक आक्रमण करते हैं तो प्रकृति के नियम बीच में आ जाते हैं। वायु, जल, अग्नि, पर्वत, सागर, कोई भी एक-दूसरे को समाप्त नहीं कर सकता। समुद्र में तूफ़ान आते हैं, किन्तु उसकी भी मर्यादा है। ज्वालामुखी फूटता है किन्तु उसकी भी मर्यादा है। सीमातीत शक्ति किसी के पास नहीं है।''

''जानता हूँ।''

''तो कोई दुस्साहस मत कीजिएगा।'' वरुणपुत्री उठ खड़ी हुई, ''चलो पुत्र, आओ चलें।''

''जा कहाँ रही हो।'' विनोद ने उन दोनों के मार्ग में खड़े होकर उन्हें रोकने का प्रयत्न किया, ''मेरी बात सुनो। एक-आध कुआँ खोदने से पृथ्वी नष्ट नहीं हो जाएगी। इसी पृथ्वी पर विभिन्न पदार्थों की खदानें और तेल निकालने के लिए बनाए गए कुएँ हैं। वे सब भी तो मनुष्य का दुस्साहस ही है।''

''आप जानते हैं कि मैं क्या कह रही हूँ।''

वे दोनों द्वार की ओर बढ़ रहे थे। कपाट खुले और वे दोनों बाहर निकल गए। विनोद को लगा कि किसी ने उन्हें जड़ कर दिया है। वे चाह कर भी उनके पीछे नहीं जा पाए थे।

17

मिट्टी खोदने की बड़ी-बड़ी मशीनों का का़फिला कन्याकुमारी की ओर जा रहा था। सड़क किनारे खड़े और आते-जाते लोग आश्चर्य से उनकी ओर देख रहे थे। शायद कोई बड़ा काम होने वाला था। पर यहाँ बड़ा काम क्या होना है?

नुक्कड़ पर खड़े पुलिस के सिपाही ने रोलर पर डंडा बजाया।

''ऐ यह मशीन किसकी है?'' उसने तमिल में पूछा।

''मुझे तेरी भाषा समझ में नहीं आती। कुछ पूछना है तो किसी सभ्य भाषा में पूछ,'' उसने मलयालम में कहा।

''पता नहीं क्या बोल रहा है।'' सिपाही फिर तमिल में बड़बड़ाया, ''हिन्दी बोल रहा है क्या?''

रोलरवाले ने उसकी चिंता नहीं की और चलता चला गया। सिपाही ने उसकी चिंता छोड़ दी और नुक्कड़ की दुकान से चाय का कप लेकर पीने लगा। अब यह तो सड़क है। सड़क पर चलने के लिए कोई भी स्वतंत्र है। कोई भी किसी प्रकार की भी सवारी चलाने के लिए स्वतंत्र है। हाँ चलाने वाले के पास लाइसेंस होना चाहिए। किन्तु सिपाही यह नहीं जानता था कि रोलर चलाने के लिए भी कोई ड्राइविंग लाइसेंस होता है क्या। बैलगाड़ी के लिए कोई लाइसेंस नहीं होता; ताँगे के लिए भी नहीं होता; रिक्शे के लिए नहीं होता, साइकिल के लिए नहीं होता...तो फिर रोलर के लिए। पता नहीं। जब उसे पता ही नहीं तो वह क्या पूछे और फिर वह भाषा भी कोई और ही बोलता है, तमिल नहीं बोलता। ऐसे में उससे क्या बात की जाए।

नुक्कड़ से कुछ आगे जाकर इस क्षेत्र का थाना था। वरुणपुत्री और विक्रम थानेदार के सामने बैठे थे।

''हाँ। क्या कह रही हैं आप? सड़क पर कुछ बड़ी-बड़ी खुदाई की मशीनें जा रही हैं,'' वह अंग्रेज़ी में बोलने का प्रयत्न कर रहा था।

''जी। यही कह रही थी,'' वरुणपुत्री ने कहा।

''तो आप मुझे क्यों बता रही हैं?''

''आप इस अपराध को रोकें।''

''पर सड़क पर रोडरोलर, क्रेन अथवा खुदाई की मशीन चलाना कोई अपराध तो नहीं है।''

''वे इतनी बड़ी मशीनें हैं कि उनके बोझ से कन्याकुमारी की सड़कें धँस जाएँगी।''

''पुलिस मनुष्यों की रक्षा के लिए है; सड़कों की रक्षा के लिए नहीं।''

''पर कन्याकुमारी नगर के भीतर सड़कों पर भारी गाड़ियों को बिना अनुमति के चलाना वर्जित है। उन्होंने आपसे अनुमति ली है क्या?''

''सड़कों पर कौन-कौन-सी गाड़ियाँ चलेंगी, उसे देखना मेरा काम नहीं है। उसके लिए अलग विभाग है।''

''मैं कह रही हूँ कि वे मशीनें यहाँ अवैध खुदाई के लिए आई हैं। यह अपराध है। इसे रोकिए। संभव है कि उनकी खुदाई से सागर-तट पर बना गाँधी स्मारक धराशायी हो जाए और सागर में बह जाए। सरकार पूछेगी कि आपने गाँधी जी को क्यों सागर में डूबने दिया तो क्या उत्तर देंगे आप?''

''आप कैसे जानती हैं कि वे खुदाई करेंगे ही। आप यह भी जानती हैं कि वे कहाँ खुदाई करेंगे। फिर आप यह भी जानती हैं कि वह खुदाई अवैध होगी। आप ज्योतिषी हैं या अंतर्यामी।''

''न ज्योतिषी हूँ, न अंतर्यामी, न भविष्यवक्ता किन्तु मैं जानती हूँ वे ऐसा ही करने जा रहे हैं।''

''तो भी मैडम, जो अपराध हुआ नहीं है, हम उसके विरुद्ध कार्यवाही कैसे कर सकते हैं।''

''तो मैं आपके उच्च अधिकारियों के पास जाऊँगी और आपके विरुद्ध शिकायत करूँगी।''

''क्या शिकायत करेंगी ?''

''कि आपको समय से सूचना मिल गई थी किन्तु तब भी आपने उसे रोकने का कोई प्रयत्न नहीं किया।''

''अवश्य जाइए। उसका आपको पूरा अधिकार है; किन्तु हम कन्याकुमारी घूमने आए अथवा तीर्थयात्रियों के आदेश पर नहीं चलते, न हम अफ़वाहों पर ध्यान देते हैं। हम अपने अधिकारियों के आदेशों अथवा ठोस प्रमाणों पर ही काम करते हैं,'' वह बोला। ''हाँ, थाने में दंगा करने के लिए हम आपको और आपके इस बेटे को हवालात में अवश्य डाल सकते हैं। आगे आपकी इच्छ।''

''नहीं। आगे आपकी इच्छा।'' वरुणपुत्री उठ खड़ी हुईं। विक्रम को भी उठने का संकेत किया, ''हम जा रहे हैं।''

वे लोग बाहर सड़क पर आ गए।

''अब माँ।''

''अब नगरपालिका को भी देख लेते हैं,'' वरुणपुत्री ने कहा।

''सागर आपका कहना नहीं मानेगा ?'' विक्रम ने पूछा।

''सागर मुझे कोई हानि नहीं पहुँचाएगा किन्तु अपनी इच्छओं के अनुसार कार्य करने को वह स्वतंत्र है। मैं उसे बाध्य नहीं कर सकती,'' वे हँसीं। ''किन्तु तुम चिंता मत करो, मैं सागर और विनोद सीकर की इस योजना को सफल नहीं होने दूँगी। वैसे मुझे विश्वास है कि ऐसे संकट में प्राकृतिक शक्तियाँ भी हस्तक्षेप करेंगी और यह कृत्य हो नहीं पाएगा। मुझे तो यह भी लगता है कि जो और जैसे भी लोग रामसेतु को तोड़कर सागर, सीकर अथवा दु:शासन की सहायता करने का प्रयत्न कर रहें हैं, उन सबको इसका दंड भुगतना पड़ेगा।...और सागर भी शताब्दियों से केरल की धरती को प्राप्त करने की जो योजना बनाए बैठा है, उसमें वह सफल नहीं हो पाएगा।''

''आपके इस विश्वास का कारण ?''

''परशुराम और भगवान राम का आदेश। उनकी आन,'' वरुणपुत्री ने कहा। ''आओ।''

~

वे दोनों नगरपालिका में जूनियर इंजीनियर के सामने बैठे थे।

''आपने कन्याकुमारी नगर में किसी बड़ी खुदाई के लिए बाहर से भारी मशीनें मँगाई हैं?''

''नहीं तो। पर आप यह क्यों पूछ रही हैं?''

''इसलिए कि वे मशीनें नगर में आ गई हैं और उनके बोझ से आपके नगर की सड़कें धँस रही हैं।''

''ऐसा कैसे हो सकता है?''

''वह मैं नहीं जानती किन्तु ऐसा हो रहा है। आप चाहें तो स्वयं बाहर निकलकर अपनी आँखों से देख लें। मैं नहीं चाहती कि इसकी शिकायत नगर के महापौर से करनी पड़े।''

''नहीं। उसकी कोई आवश्यकता नहीं है।'' इंजीनियर ने अपना हेलमेट उठा लिया, ''मैं अभी देखता हूँ।''

वे तीनों भवन से बाहर सड़क पर आ गए और इंजीनियर अपनी मोटरसाइकिल की ओर बढ़ गया।

''यह इंजीनियर तो बहुत कर्तव्यनिष्ठ निकला,'' विक्रम ने कहा।

''नहीं,'' वरुणपुत्री हँसी। ''उसे उन मशीनों के स्वामी से कुछ माल वसूलने की संभावना दिखाई पड़ रही है। वह काम करने के लिए नहीं पैसे के लोभ में गया है।''

इंजीनियर ने रोडरोलर को जा पकड़ा। उसने अपनी मोटरसाइकिल रोलर के सामने खड़ी कर दी।

''इसे चपटा करवाना है क्या?'' ड्राइवर ने मलयालम में कहा, ''सौ रुपए लूँगा।''

''ओह तो तू मलयाली है।'' इंजीनियर ने मलयालम में ही उत्तर दिया, ''ये मशीनें किसकी हैं?''

''हमारी कंपनी की।'' ड्राइवर पूरे आत्मविश्वास से बोला।

''कौन-सी कंपनी?''

''सीकर एंड कंपनी।''

‘‘राजस्थान की कंपनी है।’’ इंजीनियर को स्कूल में पढ़ा अपना भूगोल याद आ रहा था।

‘‘कहीं की हो। तुझे क्या तकलीफ़ है,’’ ड्राइवर बोला। ‘‘सामने से हटा अपना खटारा। नहीं तो तौल कर लोहे के भाव बिकेगा।’’ ड्राइवर ने रोलर को चालू कर उसे धमकाया।

‘‘अबे बौड़म, कहाँ से आया है तू। मेरे बाइक या मुझे नुकसान पहुँचाया तो तू हिन्द महासागर में तैरता दिखाई पड़ेगा और कोई तुझे बचाने भी नहीं आएगा,’’ वह बोला। ‘‘बता, तीनों में से किस समुद्र में डूबना चाहता है? बंगाल की खाड़ी में, अरब सागर में या हिन्द महासागर में?’’

‘‘तेरे बाप का राज है क्या?’’

‘‘नहीं। पर तेरे बाप का भी राज नहीं है। मैं नगरपालिका में सड़कों की देख-भाल, मिट्टी की खुदाई और भराई का काम करने वालों की निगरानी के लिए रखा गया हूँ। वैसे मैं तेरे जैसे शैतानों की मरम्मत भी करता हूँ।’’

‘‘क्या मतलब?’’

‘‘तू किसकी अनुमति से नगर में ये मशीनें लेकर आया है? कागज़ दिखा। नहीं तो पुलिस बुलाता हूँ। और पुलिस आ गई तो तेरी जेब में जो कुछ है, वह तो जाएगा ही, तेरे गले में पड़ी यह सोने की चेन भी जाएगी। तू जाएगा हवालात में और तेरी ठुकाई तेरा बोनस होगी।’’

‘‘देखो भाई,’’ ड्राइवर का स्वर कुछ कोमल हो गया, ‘‘मैं तो ड्राइवर भर हूँ। मैं अपने स्वामी के आदेश पर मशीन यहाँ लाया हूँ। अनुमति इत्यादि के विषय में तुम कंपनी के स्वामी से पूछो या उनके ठेकेदार से।’’

‘‘तो फिर तू इस रोलर को लगा सड़क के किनारे और चल मेरे साथ मेरे कार्यालय। तेरी हेकड़ी वहीं निकालूँगा।’’

ड्राइवर नीचे उतर आया।

‘‘धंधे की बात करो,’’ वह बोला। ‘‘मैं रोलर चलाता हूँ और बस। कागज़, अनुमति, लाइसेंस...यह सब ऊपर वाले लोग ही देखते हैं। इसलिए उन सबके विषय में उन्हीं से पूछो।’’

‘‘ठीक है, तो तेरी ज़मानत के लिए भी ऊपर वाले लोग ही आएँगे। तू चल मेरे साथ।’’

''तुमने सुना नहीं।''

''क्या ?''

''मैंने कहा न कि धंधे की बात कर। जब तक ठेकेदार नहीं आता, तब तक मेरे साथ ही तय कर; पर मेरे सामर्थ्य के भीतर।''

''अच्छा। धंधे की ही बात सही। कितना है तेरे पास ?''

''पाँच सौ दे सकता हूँ।''

''तुझे पुलिस से भी बचाना होगा, इसलिए एक हज़ार से कम नहीं।''

''मेरे पास नहीं है।''

''तो तेरा रोलर थाने के बाहर खड़ा सड़ेगा और तू थाने के हवालात के अंदर।'' ड्राइवर ने जेब से पैसे निकाले और एक हज़ार रुपए इंजीनियर की ओर बढ़ा दिए।

''तू तो कह रहा था कि तेरे पास हैं ही नहीं।''

''बचत कर रहा था।''

''तो अब अपना बचाव कर। जितनी जल्दी हो सके, यहाँ से निकल जा।'' ड्राइवर ने जेब से कागज़ निकाल कर उस पर इंजीनियर की मोटरसाइकल का नंबर लिख लिया।

''यह क्या है ?'' इंजीनियर जाते-जाते रुक गया।

''फिर कोई अनुमति के कागज़ पूछने वाला मिल गया तो उसे बताना पड़ेगा न कि किसकी अनुमति से रोलर चला रहा हूँ।''

''सँभल कर। इतना होशियार भी मत बन। किसी ने मुझसे पूछा तो साफ़ अस्वीकार कर दूँगा। उल्टे तुझ पर आरोप लगाऊँगा कि तू असत्य बोल रहा है। मुझे उत्कोच लेने के अपराध से कलंकित कर रहा है।''

''देखा जाएगा।''

ड्राइवर अपनी सीट पर जा बैठा; और वे दोनों ही अपनी-अपनी दिशाओं में बढ़ गए।

≈

कन्याकुमारी के मौसम-विभाग में उथल-पुथल मची हुई थी। जाने अकस्मात् ही क्या हो गया था कि समुद्र की लहरों ने इतना उग्र रूप धारण कर लिया था। लहरों के थपेड़े तट को छूकर ही लौट नहीं रहे थे। वे जैसे भूमि को उखाड़ फेंकने पर तुले हुए थे। तट की जिन शिलाओं को सागर ने आज तक कभी धोया भी नहीं था, उन्हीं को वह आज पीस देने पर तुला हुआ था।

''यह क्या हो गया?'' आपदा-प्रबंधन विभाग के कर्मचारी एक-दूसरे का चेहरा देख रहे थे।

''हमें इसका तनिक भी पूर्वानुमान नहीं हुआ। यह कैसे हो गया?'' वैज्ञानिक महोदय चकित थे, ''हमने लोगों को इसकी कोई चेतावनी भी नहीं दी और मछुवारे अपनी नौकाएँ लेकर प्रातः ही सागर में निकल पड़े होंगे।''

''चेतावनी तो हम तब देते जब हमें इसका कोई आभास होता। यहाँ तो जैसे शांत सागर बिना उबासी लिए हुए, मचलकर उठ खड़ा हुआ है।'' उनके सहायक ने कहा, ''मैं तो रात भर निरीक्षण करता रहा हूँ, मुझे तो सैकड़ों किलोमीटर तक कहीं किसी हलचल का कोई आभास भी नहीं मिला, प्रमाण तो क्या मिलना था। न कहीं वायु का वेग बढ़ा। न कहीं कोई जलावर्त बना। न कोई उथल-पुथल हुई। यह सागर अकस्मात् ही इतना उग्र कैसे हो गया?''

''अब सायरन बजाओ। लोगों को चेतावनी दो। पुलिस को भी जगाओ। वे भी सोए होंगे। अग्नि-शमन विभाग को भी सूचित करो। हमारी नगर पालिका तो एकदम निकम्मी है।''

''उनको कोसने का क्या लाभ सर। जब हमें ही किसी प्रकार का कोई आभास नहीं मिला तो वे बेचारे क्या करते।'' सहायक बोला, ''सारा देश इसके लिए हमें ही दोषी ठहराएगा।'' और कन्याकुमारी के उस छोटे-से नगर में संकट की सूचना देने के लिए तेज़ भोंपू बजने लगे। चारों ओर भाग-दौड़ मच गई। सामान्य जन, तट से दूर भाग रहे थे और अपनी तथा अपनी संपत्ति की रक्षा करने का प्रयत्न कर रहे थे। प्रशासन के जितने भी विभाग और जितने सार्वजनिक जन-संगठन किसी भी प्रकार का कोई दायित्व ले सकते थे, या कोई सहायता कर सकते थे, वे अपने उपकरण लेकर तट की ओर भाग रहे थे। किन्तु लहरें अब तक इतनी प्रचंड हो गई थीं कि सागर-तट के निकट

पहुँचना तो दूर, उसको देखना भी संभव नहीं था। लहरों के पर्दे ने अपने पीछे के दृश्य को एकदम ढँक दिया था।...

~

''लगता है कि आज यह एक और श्रीपाद शिला का निर्माण करने पर तुला हुआ है।'' विक्रम ने अपनी माँ की ओर देखा, ''किन्तु यह हो क्या रहा है?''

''लगता है कि तुम्हारे पिता की मशीनें तट पर पहुँच गई हैं। सागर उनकी सहायता के लिए ही यह उत्पात कर रहा है।''

''तो क्या सागर अपनी योजना में सफल हो जाएगा माँ?''

''मेरा विश्वास तो कहता है कि ऐसा संभव नहीं है। प्रकृति न सागर को अपनी मनमानी करने देगी और न विनोद सीकर का यह व्यवसाय फल-फूल सकेगा।''

''किन्तु सागर को रोकेगा कौन? मैं नहीं समझता कि इस प्रचंड तूफ़ान को मनुष्य रोक सकेगा,'' विक्रम बोला। ''हम तो प्रतीक्षा ही करेंगे कि सागर को जो विनाश करना है, वह कर ले और उसके बाद हमारी सरकार जितनी कर सकेगी, लोगों की क्षतिपूर्ति करेगी।''

''हाँ। सामान्यत: तो यही होता है। किन्तु यहाँ तो समस्या भारत के एक बड़े भूभाग को डुबोने की है। यह लड़ाई सागर और धरती की है। जल और मिट्टी की। सागर सफल हो गया तो रामसेतु के रहते हुए भी वह केरल को भारत से छीन लेगा। परशुराम की आन भी आज शायद कुछ नहीं कर पाएगी।''

वे दोनों अपने स्थान पर खड़े सागर को देखते रहे; किन्तु सागर की लहरें और आगे नहीं बढ़ीं। वे अपने उसी स्थान पर खड़ी जैसे प्रचंड तांडव करती रहीं। सागर की यवनिका तनी रही और उसके पीछे सीकर एंड कंपनी की मशीनें काम करती रहीं।

''आप कुछ नहीं कर सकतीं माँ?''

''नहीं। यह युद्ध प्रकृति के पाँच तत्वों का है। इसमें मनुष्य क्या करेगा।'' वरुणपुत्री ने कहा। ''तुम अपना आँगन धोओ, तो कभी सोचोगे कि उसमें

कितनी चींटियाँ और दूसरे कीट-पतंगे नष्ट हो गए।''

''नहीं।''

''यहाँ सागर अपना आँगन धो रहा है और मनुष्य की स्थिति उन्हीं चींटियों की-सी है।'' और सहसा कुछ असाधारण हो गया। सागर की यवनिका हट गई। तांडव करती लहरें अकस्मात् ही शांत होकर जैसे अपने ठिकाने की ओर वापस लौट गईं।

''यह क्या हुआ।'' विक्रम ने माँ की ओर देखा। वरुणपुत्री के चेहरे पर भी आश्चर्य के भाव थे।...

समाचार चारों ओर फैल गया; और जैसे सारे नगर में भगदड़ मच गई। सारे विभाग अपनी तत्परता और कर्तव्यनिष्ठा दिखाने के लिए दौड़ पड़े। कहीं पुलिस की गाड़ियाँ थीं, कहीं अग्निशमन वालों की, दो-एक एंबुलेंस भी आ गई थीं। आपदा प्रबंधन वाले भी पीछे नहीं थे। पर वहाँ कुछ हुआ ही नहीं था...सागर जैसे बिना किसी चेतावनी के अँगड़ाई लेकर उठा था, वैसे ही वह शांति से लेट गया था...

विक्रम ने दो-एक लोगों से पूछा भी कि क्या हुआ?

''तुमने नहीं देखा कि क्या हुआ,'' उत्तर मिला। ''सागर आया और लौट गया।''

''क्यों?''

''उसकी इच्छा।'' विक्रम सोच रहा था कि जब कुछ हुआ ही नहीं तो इतनी चिल्लपौं क्यों मचा रखी है।...तभी उसने देखा कि एंबुलेंस में कुछ शवों को ले जाया जा रहा था। उसने माँ की ओर देखा, ''लगता है कि कुछ लोग डूब गए हैं।''

''शायद,'' वरुणपुत्री ने कहा। ''आओ कोतवाली चलते हैं। वहाँ से सारे समाचार मिल जाएँगे।''

''हो सकता है कि डूबने वाले प्रातः सागर में गए, मछुआरे हों।''

''संभव है।''

''तो पुलिस से हमें क्या जानना है?''

‘‘कुछ तो है, जिसे छुपाया जा रहा है।’’

वे कोतवाली में डी.एस.पी. के सामने बैठे थे।

‘‘मैडम, हमारे हिसाब से तो कुछ नहीं हुआ। हम एक बड़े विनाश से बच गए हैं। नहीं तो समुद्र का क्या पता है। ऐसे तूफ़ान आते हैं तो नगर के नगर उसमें डूब या बह जाते हैं और कन्याकुमारी तो छोटा-सा नगर है। सागर के किनारे खड़ा है और बहुत ऊँचाई पर भी नहीं है। उसकी रक्षा के लिए एक साधारण-सी दीवार तक बनाने की बात भी कभी किसी के मन में नहीं आई। और आज तो आपदा प्रबंधन और मौसम विभाग ने पहले से किसी प्रकार की कोई चेतावनी भी नहीं दी थी। इसीलिए कोई सावधानी भी नहीं बरती गई थी। न मछुआरों को सागर में जाने से रोका गया, न सागर तट के लोगों को वहाँ से हटा कर पीछे किसी सुरक्षित स्थान पर पहुँचाया गया।...यदि तूफ़ान आगे बढ़ आया होता तो इस समय तक सहस्रों लोग अपने संबंधियों के शवों पर रो रहे होते।’’

‘‘तो आपका कहना है कि किसी प्रकार की कोई क्षति नहीं हुई है।’’

‘‘नहीं।’’

‘‘मैंने तो कुछ शवों को एंबुलेंस में ले जाते देखा है।’’ वरुणपुत्री ने कहा।

‘‘वह महत्त्वपूर्ण नहीं है। हम पता लगा रहे हैं कि वे कौन लोग थे? जब तूफ़ान आया तो वे कहाँ थे और सागर तट पर क्या कर रहे थे।’’

‘‘यह तो आपको मैं बता देती हूँ।’’

‘‘आप जानती हैं?’’

‘‘जी। वे सीकर एंड कंपनी की मशीनों को वहाँ तक ले जाने और उनको चलाने वाले कर्मचारी थे,’’ वरुणपुत्री ने कहा।

‘‘आप कैसे जानती हैं?’’

‘‘उसे छोड़िए। आप मेरी जासूसी न कीजिए। मुझे यह बताइए कि आपको कैसे यह सूचना नहीं हुई कि इतनी भारी मशीनें नगर में प्रविष्ट होकर सागर-तट तक पहुँच गई हैं। वरन् शायद सागर के जल में प्रवेश कर गई हैं।’’

‘‘देखिए’’ डी.एस.पी. कुछ सकपकाए। ‘‘इतने तो विभाग हैं, इस सारे व्यापार को देखने के लिए। जिनको सूचना मिलनी चाहिए थी, उन्हें मिल गई

होगी। यदि आवश्यक समझा जाता तो सूचना हम तक भी पहुँचा दी जाती।''

''क्या यह सूचना पुलिस के लिए कोई महत्त्व नहीं रखती कि कोई कंपनी समुद्र के जल में घुस कर अवैध रूप से गहरी खुदाई कर रही है।''

''नहीं। पुलिस की ड्यूटी भूमि की सीमा तक ही है। सागर के आरंभ होते ही यह दायित्व तट-रक्षकों तथा नौसेना का हो जाता है।''

''अच्छा।'' वरुणपुत्री हँसीं, ''मैं समझती थी कि देश, देश के नागरिकों और देश की संपत्ति की रक्षा का दायित्व देश के प्रत्येक निवासी का है।''

''वह ठीक है। वह आदर्श है। आप ठीक कह रही हैं,'' डी.एस.पी. बोले। ''किन्तु प्रबंध की सुविधा के लिए कार्य-विभाजन होता है। सरकार ने भी मंत्रालय बनाए हैं, अलग कार्यों के लिए अलग मंत्री। फिर विभाग बनाए हैं। यहाँ भी वही है। आग बुझाने के लिए अग्निशमन विभाग है और अपराधियों को पकड़ने के लिए पुलिस विभाग। ऐसा न होता तो हम परस्पर ही लड़ते रहते।'' उन्होंने रुक कर वरुणपुत्री को देखा, ''आप तो पहले अपना परिचय दीजिए और फिर यह बताइए कि आप कैसे जानती हैं कि सागर में कौन लोग खुदाई कर रहे थे।...''

''देखिए...'' वरुणपुत्री ने कुछ कहना चाहा।

डी.एस.पी. ने अपनी हथेली के संकेत से उन्हें रोक दिया, ''आप किसी समाचार-पत्र की प्रतिनिधि हैं या केन्द्र सरकार की किसी गुप्तचर संस्था की अधिकारी, या विदेश से आई कोई जासूस।''

''नहीं वैसा कुछ नहीं है। मैं एक सामान्य जागरूक नागरिक हूँ।'' वरुणपुत्री उनके रोके नहीं रुकीं, ''मैं आपका ध्यान इस ओर दिलाना चाहती हूँ कि तट-रक्षक और नौसेना का काम है कि वे सागर से धरती की ओर आने वाले संकटों को देखें और उनसे देश की रक्षा करें। इसके विपरीत धरती से सागर की ओर जाने वाले अपराधियों को रोकना और उनसे देश की रक्षा करना पुलिस का काम है। है या नहीं?''

डी.एस.पी. वरुणपुत्री को देखते रह गए। इतना तो उन्होंने भी कभी नहीं सोचा था। फिर बोले, ''ठीक है। ठीक है। कहीं कोई चूक हुई है।''

''हाँ। चूक तो हुई है। पुलिस का सिपाही नुक्कड़ की दुकान पर मुफ्त

की चाय पीता रह गया और नगरपालिका का जूनियर इंजीनियर रोडरोलर के ड्राइवर से नोट लेकर लौट गया।...और आप मुझे क्षमा करेंगे किन्तु कहना पड़ रहा है कि उच्च अधिकारी अपने कार्यालय से बाहर निकल कर देखते ही नहीं कि उनके नगर में क्या हो रहा है।''

''आपकी सूचनाएँ ठीक हो सकती हैं किन्तु अब मुझे आपको बताना ही पड़ेगा कि पुलिस को अपनी जाँच में समुद्र तट पर या तट के पानी के भीतर कहीं कोई खुदाई की मशीन अथवा रोडरोलर नहीं मिला है। हमारे गोताखोर भी अपनी खोज में लगे हुए हैं। आप कह रही हैं कि जिनके शव हमें मिले हैं वे वहाँ खुदाई कर रहे थे। विचित्र बात है कि मशीनों का परिचालन करने वाले मनुष्यों के शव तो हमें मिल गए किन्तु मशीनों के शव नहीं मिले। कहाँ गईं मशीनें...वे रोडरोलर और खुदाई की भारी मशीनें...शर्म से डूब के मर गईं या समुद्र की लहरों में बह गईं? आप मुझे बताइए कि आप पुलिस पर निराधार आरोप क्यों लगा रही हैं? मुझे आपको पुलिस को बदनाम करने और निराधार अफ़वाहें फैलाने के आरोप में बंदी बनाना पड़ेगा।''

''इसको कहते हैं पुलिसिया हथकंडे,'' वरुणपुत्री उठ खड़ी हुईं।''आरोपों में घिर गए तो धमकाने लगे। मैं जा रही हूँ; किन्तु यदि बात ऊपर के अधिकारियों तक पहुँची तो उनको उत्तर आप ही देंगे।''

''यह सूचना ऊपर तक पहुँचाने के लिए आप स्वतंत्र रहेंगी, तब न,'' डी.एस.पी. ने मेज़ पर रखी घंटी बजा कर किसी को बुलाया।

''नहीं आपको कोई कष्ट करने की आवश्यकता नहीं,'' वरुणपुत्री ने कहा।''हम स्वयं ही जा रहे हैं।''

''हम जाने देंगे, तब न।''

''रोक सको तो रोक लो।''

डी.एस.पी. पत्थर बना अपनी कुर्सी पर जमा बैठा रह गया और वरुणपुत्री विक्रम का हाथ पकड़े बाहर निकल गईं।

∼

वे दोनों बाहर आ गए थे।

''यह क्या है माँ,'' विक्रम ने पूछा। ''आप उससे क्या जानना चाह रही थीं, जबकि उससे तो कहीं अधिक आप स्वयं उसे बता आईं।''

''मैं प्रकृति के क्रियाकलाप को समझने का प्रयत्न कर रही हूँ,'' वरुणपुत्री बोलीं। ''आओ, चल कर देखते हैं कि वे मशीनें कहाँ गईं और यदि वे पुलिस को नहीं मिलीं तो क्यों नहीं मिलीं।''

विक्रम साथ चल रहा था और माँ ने उसे कुछ नहीं बताया था; किन्तु वह समझ रहा था कि उसकी माँ जानती हैं कि यह सारा खेल क्यों है। वे जब उचित समझेंगी, उसे भी बता देंगी।

''कहाँ जाना है माँ?''

''सागर तट पर। किन्तु हमें किसी एकांत स्थान पर जाना होगा, जहाँ से हम सागर में प्रवेश भी कर पाएँ। किसी ने देख लिया तो यह संभव नहीं होगा। वे समझेंगे कि हम डूबने जा रहे हैं।''

18

विनोद सीकर अपने कार्यालय में सिर पकड़ कर बैठे थे। उन्हें सूचना मिल चुकी थी कि उनकी मशीनों के सागर तट पर पहुँचते ही सागर में उफान आ गया था। उनकी सारी मशीनें सागर में लुप्त हो गई थीं और उनके ड्राइवर पानी में डूब गए थे, जिनके शव कन्याकुमारी की पुलिस के अधिकार में थे और वे लोग खोज रहे थे कि वे शव किनके थे? वे कौन लोग थे? कहाँ से आए थे और किसके आदेश से आए थे? उनके स्वामी कौन थे? उनकी खुदाई का लक्ष्य क्या था? विनोद की समझ में नहीं आ रहा था कि यह सब क्यों और कैसे हुआ। उन्होंने तो सागर के आग्रह पर ही अपनी मशीनें भेजी थीं। फिर सागर में ज्वार क्यों आया? जब मुंबई में शस्त्रास्त्र लेकर जाने वाला उनका जलपोत डूबा था तो उसका कारण स्पष्ट था। सागर में भयंकर तूफान आया हुआ था और वे उसमें से पार जाने का प्रयत्न कर रहे थे। तब तक तो वे यह भी नहीं जानते थे कि सागर में किसी प्रकार की चेतना होती है, उसकी कोई इच्छा होती है और वह मनुष्य का रूप धारण कर प्रकट भी हो सकता है। अब वे यह सब जानते हैं तो उनकी इच्छा हो रही थी कि वे सागर से मिलकर पूछें कि उसने ऐसा क्यों किया। पिछली बार वे तमिलनाडु के एक राजनीतिक दल की सहायता करने का प्रयत्न कर रहे थे। इस बार स्वयं सागर के कहने पर उन्होंने यह अभियान चलाया था। दोनों बार सागर ने उन्हें डुबोया था। पर क्यों? दोनों में एक बात समान थी कि पिछली बार वे दुःशासन की सहायता कर रहे थे, जो श्रीलंका पर सशस्त्र आक्रमण कर रहा था और इस बार वे सागर की सहायता कर रहे थे, जो भारत भूमि में केरल पर आक्रमण करना चाहता था। वे दोनों बार आक्रांताओं की सहायता कर रहे थे। दोनों बार उन्होंने धन के लोभ में यह काम किया और दोनों बार सागर के द्वारा पीट कर पीछे हटा दिए गए।...वे सोच रहे थे कि दोनों में कोई और

बात भी समान थी क्या? अथवा यह मात्र संयोग ही था?

मशीनों की क्षति तो हुई ही, उन सारे कर्मचारियों के प्राणों का मूल्य तो चुकाया नहीं जा सकता; किन्तु सरकार जब उनका पता खोज निकालेगी तो उससे भी निबटना पड़ेगा और कर्मचारियों के परिवारों को उनकी क्षति की भरपाई के लिए कुछ धन भी देना होगा। कौन जाने वह कितना होगा।... सरकारी तंत्र से निबटने का उनके पास एक ही साधन था...धन। सरकारी विभागों को मुट्ठी खोल कर पैसा देना होगा। फिर भी वे छूट पाएँगे या नहीं, कहना कठिन था।...सहसा उनको सागर से प्राप्त किया हुआ वह मोती स्मरण हो आया। सागर तो पहले ही उनकी क्षतिपूर्ति कर चुका था। उस मोती के मूल्य से वे अपने कर्मचारियों के परिवारों और सरकार के विभागों, दोनों का ही मुँह बंद कर सकते थे।

...और फिर उनका ध्यान वरुणपुत्री की ओर चला गया। वह यहाँ से जाने से पहले उनको चेतावनी देने आई थी। उसने कहा था कि वे यह कार्य न करें। कहीं उसी ने तो उनको नहीं डुबोया? वह इस योजना को देशद्रोह कह रही थी।...पर यह उसका काम नहीं हो सकता। वह पुलिस को तो सूचित कर सकती थी, किन्तु समुद्र को इस प्रकार आंदोलित नहीं कर सकती थी। कौन है जो सागर के नीचे से भट्टी जला कर उसको इस प्रकार खौला दे, जैसे कोई बर्तन में रखे दूध को खौला देता है। कोई नहीं कर सकता। न किसी के पास इतना बड़ा भांड है और न इतनी बड़ी भट्टी। तो फिर क्या सागर ने ही अपनी योजना को इस प्रकार डुबोया है? पर वह ऐसा क्यों करेगा?

वे विह्वल होकर अपनी कुर्सी से उठ, कमरे में टहलने लगे : ''कहाँ हो वरुणपुत्री। तुम कहाँ हो?''

~

वरुणपुत्री और विक्रम सागर के भीतर चलते जा रहे थे। वे अपने अनुमान से उस स्थान पर पहुँच गए थे, जहाँ उन सारी मशीनों को होना चाहिए था। सागर के जल में ऊपरी तल पर कुछ हलचल भी थी। शायद आपदा प्रबंधन विभाग वाले या कोई और...संभव है, तट-रक्षक अथवा नौसेना के लोग पुलिस को

अपना सहयोग दे रहे हों।

''ऊपर कोई है,'' विक्रम बोला।

''चिंता मत करो। वे ऊपर जल में हैं, हम जल के नीचे की धरती पर हैं। यदि सागर उन्हें बहा कर न ले गया हो तो वे मशीनें भी यहीं कहीं होनी चाहिए।''

''पर वे यहाँ नहीं हैं,'' विक्रम ने कहा।

''तो कहाँ चली गईं?'' और फिर वे बोलीं, ''देखते हैं। जाएँगी कहाँ।''

वरुणपुत्री उसी स्थान पर इधर-उधर घूम रही थीं। वे टहल नहीं रही थीं, कुछ खोज रही थीं। उनके पैरों की धमक बता रही थी कि वे धरती के ठोस धरातल को परख रही थीं।...और सहसा उन्होंने विक्रम की ओर देखा। वह भी उन्हें ही देख रहा था। उन्होंने अपने हाथ के संकेत से उसे अपने पास बुलाया। विक्रम उनके पास आया तो बोलीं, ''पैर की धमक से देखो। मुझे लगता है कि यहाँ धरती माता ने उन मशीनों को बंदी कर रखा है।''

विक्रम ने अपने पैर को दो-तीन बार पटका, ''संभावना तो है।''

वरुणपुत्री उसी स्थान पर खड़ी रहीं, जैसे कुछ अनुभव करने का प्रयत्न कर रही हों।

''यहीं हैं। तो उन्हें सागर ने नहीं डुबोया; धरती ने जकड़ लिया है।''

''ऐसा कैसे हो गया?''

''देखो, धरती ने सागर को मनमानी नहीं करने दी। सागर केरल को हड़पना चाहता था और धरती केरल की रक्षा कर रही है,'' वरुणपुत्री ने कहा। ''जब इन लोगों ने रामसेतु को तोड़ने का प्रयत्न किया था, तब भी धरती ने ही इन्हें रोका था। धरती श्रीराम और परशुराम दोनों की आन की रक्षा कर रही है।''

''और अपनी भी।''

''अपनी रक्षा का अधिकार तो सबको ही है,'' वरुणपुत्री ने कहा।''आओ चलें। इतना तो निश्चित है कि इन मशीनों को न तो विनोद सीकर कभी खोज पाएँगे और न ही कोई सरकार अथवा सरकारी विभाग।''

''पर सागर तो पिता जी को यह रहस्य बता ही सकता है।''

''उसकी इच्छा हो तो बता ही सकता है।''

~

दयासागर ने प्रातः ही विनोद सीकर को फ़ोन किया, ''आज के समाचार-पत्र देखा क्या?''

''हाँ। देखा तो। कोई विशेष बात?''

''आपको उसमें कुछ भी विशेष दिखाई नहीं दिया।''

''आप बता दें।''

''श्रीलंका में हो रहे युद्ध का समाचार पढ़ें।''

''क्या है उसमें?''

''श्रीलंका की सेना बहुत हिंस्र हो गई है। दुःशासन बुरी तरह हार रहा है।''

''तो?''

''अरे असंख्य तमिल लोगों की हत्या हो रही है। वे सब मारे जा रहे हैं। जो लड़ रहे हैं, वे भी और जो नहीं लड़ रहे हैं, वे भी।''

''आपका सारा कारोबार चौपट हो रहा है,'' विनोद ने कहा।

''सारा नहीं तो कुछ-न-कुछ तो हो ही रहा है,'' दयासागर ने कहा। ''पर आप उसकी चिंता न करें। आप अपने कारोबार को बचाएँ।''

''क्या कहना चाहते हैं?''

''यदि आपने उनके शस्त्र पहुँचा दिए होते तो आज वे श्रीलंका की सेना के दाँत खट्टे कर रहे होते। आपने अपना काम किया नहीं और उसका मूल्य तमिल लोग अपने खून से चुका रहे हैं। अब यदि इस बात से दुखी होकर वैंकट या दुःशासन आप पर, आपके व्यापार पर, आपके साम्राज्य पर आक्रमण करते हैं और आपको क्षति पहुँचाते हैं तो फिर हमें दोष मत दीजिएगा।''

''मैंने ऐसा क्या कर दिया। मैं तो जी-जान से आपका ही काम कर रहा था।''

''आपने उनको शस्त्रविहीन कर दिया। आप कह देते कि आप यह

काम नहीं कर सकते तो वे कहीं और से व्यवस्था करते। वे आप पर निर्भर रहे और आपने शस्त्र पहुँचाए नहीं। ऐसे में यदि उनकी कोई गोली आप तक पहुँच जाती है तो आश्चर्य की क्या बात है।''

''आप विचित्र आदमी हैं,'' विनोद बोले। ''क्या आप जानते नहीं कि सागर में भयंकर तूफ़ान आया था और मेरा जलयान डूब गया था। आप ही ने मुझे बाध्य किया था कि मैं उस भयंकर तूफ़ान में अपना जलयान सागर में झोंक दूँ। उसी में वे सारे शस्त्र भी डूब गए। जलयान तो डूबा सो डूबा, स्वयं को हथियारों की तस्करी के आरोप से मुक्त कराने के लिए पाँच सौ करोड़ रुपए का उत्कोच देना पड़ा और अभी यह भी पता नहीं है कि मैं मुक्त हुआ भी हूँ या नहीं।''

''सब कुछ जानता हूँ। किन्तु हमारे शस्त्र तो नहीं पहुँचे। तमिल मुक्ति सैनिकों के पास शस्त्र नहीं थे और वे श्रीलंका की सशस्त्र सेना से आमने-सामने का युद्ध कर रहे थे। आप क्या समझते हैं कि उनके शवों के ढेर आप से स्पष्टीकरण नहीं माँगेंगे। इतने तमिलों को मरवा कर आप अपने परिवार के साथ संसार भर में अपने खरीदे गए द्वीपों पर रंगरलियाँ मनाते फिरेंगे।''

विनोद ने कोई उत्तर नहीं दिया। वे परेशान थे कि दयासागर उसकी बात ही नहीं समझ रहा था। तूफ़ान में जलयान डूब गया तो उसमें उनका क्या दोष है। रामसेतु नहीं टूटा और उनके बड़े जलपोत वहाँ से सागर पार नहीं कर पाए तो उसके लिए क्या विनोद दोषी हैं।

''कुछ बोल नहीं रहे विनोद बाबू,'' दयासागर ने कहा।

''क्या कहूँ। आप समझ ही नहीं रहे कि मेरा इसमें कोई दोष नहीं है। आप और शस्त्रों का प्रबंध कर देते तो मैं उन्हें दु:शासन तक पहुँचा देता। समुद्र में तूफ़ान न मेरे कहने से आते हैं और न मेरे कहने से रुकते हैं। उसके लिए मैं कैसे दोषी हो सकता हूँ।...आप और शस्त्रों का प्रबंध कर देते और मैं उनका परिवहन न करता तो आप मुझे दोषी मान सकते थे...''

विनोद की बात अधूरी ही छूट गई। दयासागर की ओर से लाइन पर कोलाहल बहुत बढ़ गया था। लगता था उसके कमरे में बहुत सारे लोग घुस आए थे।

दयासागर हैरान थे कि यह क्या हो गया।

बीसियों लोग लाठी-डंडे लेकर उनके कार्यालय में घुस आए थे। लगता था, बाहर खड़े गार्ड को वे मार ही आए थे।

''अरे-अरे।'' वे उठ खड़े हुए।

''अरे-अरे मत करो। टी.वी. पर समाचार देखो।'' वैंकट आगे बढ़ आया था, ''उन्होंने तमिल विद्रोहियों को समाप्त ही कर दिया है। दु:शासन का कोई पता नहीं है। उसका शव भी नहीं मिला है। अब वे तमिल बस्तियों में घुस कर तमिलों के परिवारों को गोलियों से भून रहे हैं।...और तुम यहाँ टेलिफ़ोन पर लगे हुए हो।''

''अरे मैं तो उनके लिए शस्त्रों का प्रबंध कर रहा था।''

''कर भी दो तो उन शस्त्रों को चलाएगा कौन? हमारे लड़ाके तो मृत्यु की गोद में चले गए।'' वैंकट ने आगे बढ़कर उनकी मेज़ पर गड़ाँसे का प्रहार किया। ''अब तुम रामसेतु को भी तुड़वा दो तो हमें क्या लाभ? जिनके लिए हम यह सब कर रहे थे, वे सब तो जूझ मरे। इतने तमिलों का खून तुम्हारी गर्दन पर है। उनका मूल्य कौन चुकाएगा?''

दयासागर को कोई उत्तर नहीं सूझ रहा था। वे फटी-फटी आँखों से देखते रहे, ''भारत सरकार ने...स्वयं भारत के प्रधानमंत्री ने कहा था कि वे रामसेतु को तुड़वा देंगे ताकि हमारे बड़े जलपोत भी अबाध रूप से उस मार्ग से प्रवेश कर सकें, आवागमन कर सकें। अपने उच्चतम न्यायालय में भी उन्होंने कह दिया था कि रामकथा के सारे पात्र काल्पनिक हैं; और गल्पों के काल्पनिक पात्र समुद्र में सेतु नहीं बनाते।...तो भी रामसेतु नहीं टूटा। तो मैं क्या करता? कुदाल और बेलचा ले जाकर स्वयं ही यह काम करता क्या?''

''वही कर देते तो कम-से-कम यह तो कहा ही जा सकता कि तुमने प्रयत्न किया,'' वैंकट ने कहा। ''अब बताओ, श्रीलंका के तमिलों को कौन बचाएगा? वहाँ तमिलों का देश कैसे बनेगा? हम उनके साथ मिल कर एक स्वतंत्र तमिलनाडु कैसे बनाएँगे? आने वाले चुनाव में जब जनता के बीच वोट माँगने जाओगे, तो सब लोग तुमसे ये प्रश्न करेंगे। क्या उत्तर दोगे उनको?''

''मैं भारत के प्रधानमंत्री से पूछूँगा कि उन्होंने रामसेतु क्यों नहीं तुड़वाया,'' दयासागर ने कहा। ''वे कुछ तो उत्तर देंगे; मैं वही उत्तर जनता के सामने रख दूँगा।''

''तमिलों के हितों की, उनके लाभ की रक्षा भारत के प्रधानमंत्री का काम नहीं है। यह दायित्व तुमने उठाया था। यह तुम्हें ही करना है।''

''मैं समझता हूँ,'' दयासागर ने कहा। ''एक बात सुन लो। मैं भारत के प्रधानमंत्री के दल के साथ संसद में सहयोग नहीं करूँगा। हमारा एक भी सांसद उनके पक्ष में वोट नहीं करेगा। तुम देखना हम इस सरकार को ही गिरा देंगे। हम भारत में नई, अपने पक्ष की सरकार बनाएँगे। और तब भारत की सेना, श्रीलंका पर आक्रमण करेगी। श्रीलंका की सेना भारत की सेना को पराजित नहीं कर सकती।''

''समय आने पर वह भी देखा जाएगा,'' वैंकट ने कहा।

~

हाई कमान ने प्रधानमंत्री को अपने घर पर बुलाया था।

''क्या निश्चित हुआ ? संसद में अविश्वास प्रस्ताव आने पर तमिल दल हमारे पक्ष में वोट डालेंगे,'' हाई कमान ने पूछा।

''उन्होंने कहा तो था; किन्तु उनकी शर्त थी कि हम रामसेतु को नष्ट कर 'सेतुसमुद्रम' परियोजना के अनुसार समुद्र में मार्ग बना दें। वह तो अब तक हो नहीं पाया है मैडम।''

''वह नहीं हुआ है तो वे हमारा साथ नहीं देंगे ?''

''कहा तो उन्होंने यही था।''

''प्रधानमंत्री जी आप अपनी बुद्धि से कब काम लेंगे।...''

''जी,'' प्रधानमंत्री सकपका गए।

''वे रामसेतु क्यों तुड़वाना चाहते हैं ?''

''वे चाहते हैं कि वैंकट की कंपनी वहाँ अपने बड़े जलपोत चला सके।''

''क्यों ?''

''श्रीलंका में हथियार पहुँचाने के लिए।''

''चलिए, हम रामसेतु तुड़वा देंगे, आज नहीं तो कल। किन्तु जब तक

वह नहीं होता, आप इतना तो कर ही सकते थे कि अपनी वायु सेना के विमानों से उनके हथियार उनके गंतव्य पर पहुँचा दें। वह क्यों नहीं किया आपने ? जो सांसद अच्छे-खासे हमारे साथ आ चुके थे, उन्हें अपनी मूर्खता से अपना विरोधी बना लिया आपने।''

''आपने पहले सुझाया होता तो यह हो गया होता। उन्हें चोरी-छिपे प्राइवेट लोगों के माध्यम से हथियार नहीं ले जाने पड़ते,'' प्रधानमंत्री ने कहा। ''किन्तु तब हमें स्पष्ट रूप से स्वीकार करना पड़ता कि हम श्रीलंका में तमिल विद्रोहियों की सहायता कर रहे हैं।...किन्तु जो घटित हो गया, उसको मैं अघटित तो नहीं कर सकता।''

''आप कुछ भी नहीं कर सकते। किसी काम के नहीं हैं आप। ऐसे कोई देश चलाता है। प्रधानमंत्री आप हैं और सब कुछ मैं ही बताऊँ; और समय से बताऊँ।''

''मुझे लगता है कि हमारे सैनिक अधिकारी इस योजना को सहज ही स्वीकार नहीं करेंगे। हमारे सामने अपना पिछला अनुभव भी है। हम पहले भी श्रीलंका की सहायता के लिए अपनी सेना भेज कर अपने असंख्य जवानों को मरवा चुके हैं। उसी संदर्भ में हमारे पूर्व प्रधानमंत्री अपने प्राणों का बलिदान भी दे चुके हैं।''

''जो कह रही हूँ, वह कीजिए। मुझे इतिहास मत पढ़ाइए।''

''जी मैं दयासागर से कहता हूँ कि जब तक रामसेतु नहीं टूटता, हमारे सैनिक विमान उनके शस्त्र उनके बताए हुए स्थान पर पहुँचा देंगे।'' प्रधानमंत्री ने सिर झुका कर, मंद स्वर में कहा, ''देखिए वे क्या उत्तर देते हैं।'' वे रुके, ''इतना तो स्पष्ट ही है कि यदि वे हमारा साथ नहीं देते और हमारी सरकार गिर जाती है, तो अगले चुनाव में उनकी पार्टी भी नहीं जीतेगी।''

''यह कैसे कह सकते हैं आप ?''

''मैं उन्हें बता देता हूँ कि हमारी पार्टी तमिलनाडु में उनसे अलग, स्वतंत्र रूप से चुनाव लड़ेगी। ऐसे में उनके लिए इतनी बाधाएँ खड़ी होंगी कि उनकी पार्टी कभी बहुमत प्राप्त करने का सोच भी नहीं पाएगी। श्रीलंका तो दूर वे तमिलनाडु में भी कुछ करने योग्य नहीं रह जाएँगे।''

''अपने घर में बैठे-बैठे सपने मत देखा कीजिए। बाहर निकलिए और यथार्थ का सामना कीजिए।'' हाई कमान की त्यौरियाँ चढ़ गईं, ''आप देश के प्रधानमंत्री हैं, पार्टी के अध्यक्ष नहीं। आप कौन होते हैं यह तय करने वाले कि हम चुनाव कैसे लड़ेंगे। पार्टी के विषय में सारे निर्णय मैं लेती हूँ। यदि आप ने ढंग से काम नहीं किया और हमें संसद में अविश्वास प्रस्ताव में हार मिली तो आपको भी अगले लोकसभा के चुनाव में झोंक दूँगी। राज्य सभा को भूल जाइए। चुनाव में जब पसीना बहेगा तो आपको भी कुछ अक्ल आ जाएगी।''

''जी मैडम,'' प्रधानमंत्री ने हकला कर कहा।

''जी मैडम।...'' हाई कमान ने उनकी नकल की, ''अब जाइए और जैसा कहा है, वैसा कीजिए।''

प्रधानमंत्री उठे और 'गुड ईवनिंग' कह कर बाहर निकले। जेब से रुमाल निकाल कर अपना पसीना पोंछा और अपनी गाड़ी की ओर चल पड़े, ''तौबा की है यह औरत भी।''

19

प्रधानमंत्री अपने कार्यालय में आए तो देखा, वहाँ दयासागर पहले से आए बैठे थे।

''आइए।'' प्रधानमंत्री ने उन्हें बुला लिया, ''कहिए, क्या समाचार है।''

दयासागर उन्हें देखते रहे। फिर बोले, ''आप को पता नहीं है...।''

प्रधानमंत्री ने उनकी बात काट दी, ''मुझे आपको सूचित करना था कि हमारी सरकार ने निश्चय किया है कि हम आपकी सहायता के लिए आपके शस्त्र अपनी वायु सेना के माध्यम से श्रीलंका में भिजवा देंगे। जहाँ आप कहेंगे वहाँ। रामसेतु को तोड़ना है, वह अवसर मिलते ही यथाशीघ्र हम तोड़ देंगे।...''

''बहुत देर कर दी आपने।''

''क्या मतलब?''

''शायद आप नहीं जानते कि दु:शासन की सारी सेना नष्ट हो चुकी है और स्वयं दु:शासन भी मारा जा चुका है,'' दयासागर ने कहा। ''अब हम किसको भेजेंगे हथियार और आप कहाँ पहुँचाएँगे उन्हें। अब तो जो कुछ भी वहाँ जाएगा, उसे श्रीलंका की सेना अपने अधिकार में ले लेगी। आपने हमारा साम्राज्य स्थापित होने से पहले ही ध्वस्त कर डाला।''

''हमने क्या किया है?'' प्रधानमंत्री कुछ विचलित हो गए।

''एक प्यासा आपसे पानी माँग रहा हो और आप इतनी देर कर दें कि वह प्यास से मर जाए तो उसका हत्यारा कौन है? आप तमिलों के हत्यारे हैं। अब आपके सहयोग का हम क्या करेंगे।''

''तो संसद में आप हमारा साथ नहीं देंगे?''

''जिस दिन संसद में हमारा बहुमत हो गया, उस दिन हम आप पर

तमिलों की हत्या का मुकदमा चलाएँगे,'' दयासागर बोले। ''हमारा पूरा प्रयत्न होगा कि जैसे आपने हमारे तमिल मरवाए हैं, उसी प्रकार हम आपको और आपके दल के लोगों को दंडित करें,'' दयासागर उठ खड़े हुए।

''यह आपका अंतिम निर्णय है?'' प्रधानमंत्री ने पूछा।

''इससे अधिक स्पष्ट शब्दों में क्या कहूँ।'' दयासागर बाहर की ओर चल पड़े।

~

''श्रीलंका के तमिलों के साथ बहुत बुरा हुआ,'' विक्रम ने कहा।

''बुरा तो हुआ। किन्तु यदि श्रीलंका की सेना इस संघर्ष को इतने कम समय में निबटा न लेती तो वे सारे तमिल, दु:शासन की सेना के रूप में युद्ध करते रहते और एक-एक कर वे इसी प्रकार मारे जाते। वे बेचारे तो दो पाटों के मध्य पिस रहे थे। किसी देश की सेना युद्ध करती है तो सैनिक जानते हैं कि उनका देश उनकी सुरक्षा चाहता है और शत्रु उन्हें मारना चाहते हैं...और जहाँ कहीं भी इस प्रकार के छापामार युद्ध होते हैं, वे नहीं जानते कि उनके अपने नेता अथवा स्वामी भी उनके शत्रु ही हैं। वे एक-एक कर अपने जुझारू सैनिकों को मृत्यु की भट्टी में झोंकते जाते हैं। यहाँ जो हथियार उठाता है, वह मारा जाता है। जो उस संघर्ष से दूर शांति से रहता है, वह जी सकता है; किन्तु दु:शासन हो या इसी प्रकार का संघर्ष चलाने वाले कोई भी नेता, कश्मीर हो या सीरिया, वह उनके हाथों में हथियार थमा ही देता है, ताकि वे मरें। वे सैनिक नहीं होते, वे उपकरण होते हैं। उनके नेता अथवा स्वामी उनका बलिदान ही चाहते हैं। वे उनकी सुरक्षा के लिए कुछ भी नहीं करते। उनके सामने देश की रक्षा जैसा कोई लक्ष्य नहीं होता; केवल अपना स्वार्थ होता है,'' वरुणपुत्री ने कहा। ''अच्छा है कि युद्ध समाप्त हो गया। बचे हुए लोग चैन से जी सकेंगे।''

''अब यह घटनाक्रम समाप्त हो गया,'' विक्रम ने पूछा।

''जहाँ तक श्रीलंका और दु:शासन का संबंध है, वहाँ जो कुछ होना था, हो चुका; किन्तु इसके सूत्र तो उस क्षेत्र के बाहर भी हैं। वहाँ का घटनाक्रम अभी समाप्त नहीं हुआ है। यह तो धरती और समुद्र का युद्ध है। सागर ने

केरल पर पुनः अधिकार जमाने के लिए, उसे पुनः अपने आँचल में समेट लेने के लिए यह अभियान आरंभ किया था। दूसरी ओर धरती अपना बचाव कर रही थी और बीच में आ गया रामसेतु। रामसेतु को तोड़ने का प्रयत्न करने वाले लोग, परशुराम और श्रीराम की आन को तोड़ना चाहते हैं। दंड तो उनको भी मिलेगा ही।''

''उनको कौन दंडित करेगा?''

''वह भविष्य के गर्भ में है,'' वरुणपुत्री मुस्करा रही थीं।

''पर आपको तो आभास होगा ही न माँ।''

''धैर्य रखो।''

''फिर भी।''

''समय आने पर बता दूँगी।''

~

दयासागर को हाई कमान ने अपने निवास पर आमंत्रित किया था।

दयासागर अपने पाँच सांसदों के साथ उपस्थित हुए थे। हाई कमान ने उन्हें अपने समिति कक्ष में बुला लिया; और बैरे को बुला कर चाय के लिए कह दिया।

''चाय बाद में, पहले बातचीत,'' दयासागर ने कहा।

''दोनों साथ-साथ।'' हाई कमान मुस्करा रही थीं।

''ठीक है,'' दयासागर मान गए। ''आपके प्रधानमंत्री कहाँ हैं?''

''वे नहीं आएँगे। मैंने उन्हें बुलाया ही नहीं है। उनका यहाँ कोई काम नहीं है। हम आपसे सीधे बात करना चाहते हैं।''

''अच्छी बात है। बताइए, किस लिए बुलाया है।''

''आप जानते हैं। कल से संसद का सत्र आरंभ हो रहा है।''

''जी।''

''उसमें विपक्ष हमारे विरुद्ध अविश्वास प्रस्ताव प्रस्तुत करेगा।''

‘‘जी।’’

‘‘हम जानते हैं कि हमारे पास सांसदों की संख्या कम है, यदि हम आप जैसे मित्रों की सहायता न लें तो निश्चित रूप से पराजित होंगे और हमारी सरकार गिर जाएगी।’’

‘‘तो।’’

‘‘आप हमें सहायता का वचन दें। निश्चित करें कि आपके सांसद हमारे पक्ष में मतदान करेंगे।’’

‘‘हमने तो पहले ही यह वचन आपको दे दिया था; किन्तु हमारी भी एक शर्त थी।’’

‘‘जानती हूँ।’’

‘‘किन्तु आपने वह शर्त पूरी नहीं की।’’

‘‘हमने अपनी ओर से पूरा प्रयत्न किया; किन्तु क्यों कर नहीं पाए, उसका कारण भी आपको मालूम ही होगा।’’

‘‘जानता हूँ।’’

‘‘चाय लें।’’ हाई कमान ने स्वयं बैरे से चाय का प्याला लेकर दयासागर को दिया, ‘‘चाय लीजिए।’’

‘‘जानता हूँ।’’ दयासागर ने प्याला पकड़ लिया, ‘‘और कहना चाहता हूँ कि हिन्दुओं के इस देश में आप रामसेतु को कभी तोड़ भी नहीं पाएँगी।’’

‘‘देखिए, मैं स्वयं हिन्दू नहीं हूँ। पर मैंने और मेरे बच्चों ने एक भ्रम बना रखा है कि हम हिन्दुओं जैसे ही हैं।’’ हाई कमान ने कहा, ‘‘दो-चार व्यक्तियों को मूर्ख बनाना एक बात है; हमने तो सारे देश को वर्षों से भ्रम में डाल रखा है और देश समझ नहीं पा रहा कि हमारा खेल क्या है। आप समझते हैं कि हिन्दुओं के इस देश में, यहाँ के सर्वोच्च न्यायालय में हिन्दू वकीलों के मुख से यह कहलवा देना कि राम एक महाकाव्य का काल्पनिक पात्र है, सरल था; किन्तु हमने किया न।’’

‘‘मैं स्वयं चकित हूँ कि आपने यह कैसे किया।’’

‘‘पैसे और पद के बल पर। ऊँचे-ऊँचे पद दो और रुपयों का ढेर लगा

दो,'' हाई कमान ने कहा। ''भारत के इतिहास में ऐसा कौन-सा विदेशी शासक था, जिसके सहयोगियों में भारतीय हिन्दू नहीं थे। तो मैं यह क्यों नहीं कर सकती; जबकि यहाँ का सामान्य जन न मुझे विदेशी मानता है और न विधर्मी।''

''हाँ। यह बात तो है।''

''इसलिए कह रही हूँ कि आप निराश न हों। हमने अपना प्रयत्न छोड़ा नहीं है। जिस देश में पैसे के बल पर ऐसे वकील मिल सकते हैं, जो हिन्दुओं के पुराण पढ़े बिना, सर्वोच्च न्यायालय में कह सकते हैं कि उन पुराणों में लिखा है कि राम ने लंका से लौटते समय रामसेतु तोड़ दिया था, वहाँ यह काम असंभव नहीं है। बस समय की बात है। हमें समय दीजिए।''

''तो क्या उन पुराणों में यह नहीं लिखा?'' दयासागर का मुँह आश्चर्य से खुल गया।

''एकदम नहीं। हमारे वकीलों ने तो वे पुराण देखे भी नहीं। बस पैसा देखा। वे मूर्ख समझते हैं कि वे मेरे लिए झूठ बोल देंगे तो मैं उन्हें मंत्री या गवर्नर बना दूँगी,'' हाई कमान ने कहा। ''मैं पुनः कह रही हूँ कि न तो मैं हिन्दू हूँ और न भारतीय। इसलिए रामसेतु तो क्या हिमालय को भी तोड़ने में मुझे दुख नहीं होगा। आप मुझे समय दें, मैं रामसेतु तुड़वा दूँगी।''

''ठीक है,'' दयासागर बोले। ''किन्तु अब उसका लाभ क्या है। दुःशासन और उसके सैनिक तो मारे जा चुके। वह सारा आंदोलन ही समाप्त हो गया है। अब रामसेतु टूट भी गया और सेतु-समुद्रम बन भी गया तो हमारे जलपोत किसके लिए युद्ध-सामग्री लेकर जाएँगे।''

''आप बड़े भोले हैं दयासागर जी,'' हाई कमान ने उन पर अपनी मधुर मुस्कान का जाल फेंका। ''आप समझते हैं कि दूसरा दुःशासन पैदा नहीं हो सकता या पैदा नहीं किया जा सकता? पाकिस्तान अन्य देशों से सहायता लेकर उनके पैसे से हमारे देश में आतंकवादी पैदा कर सकता है, आतंकवादी भेज सकता है, तो हम अपने पैसे से श्रीलंका में दुःशासन उत्पन्न नहीं कर सकते? हम श्रीलंका में पैसा और हथियार फेंकेंगे तो क्या वहाँ दूसरा दुःशासन पैदा नहीं कर सकेंगे। पैसे से सैकड़ों दुःशासन पैदा हो सकते हैं। हम आपकी क्षतिपूर्ति करेंगे। आप हिन्दुओं की जितनी अधिक क्षति करेंगे, हम आपका उतना ही अधिक साथ देंगे।''

''मैं तो आपको कुछ और ही समझ रहा था।''

''कोई बात नहीं। इस देश के लोग भी मुझे कुछ और ही समझते हैं। इस देश का किसी विदेशी आक्रांता ने उतना नुकसान नहीं किया, जितना मैं उनकी अपनी बनकर करने जा रही हूँ। लगता है कि मेरे भाग्य में ही इस देश का नाश करना लिखा है। आप निश्चिंत रहें। जो काम शताब्दियों में नहीं हुआ, वह मैं अब कर दूँगी।''

दयासागर चिंतन की मुद्रा में थे।

''अच्छी बात है,'' वे बोले।

''और एक बात,'' हाई कमान ने कहा।''आप लोग जिस विनोद सीकर के माध्यम से हथियार मँगवा रहे थे, वह बुरी तरह कानूनी शिकंजे में फँसा हुआ है। मैं उसके मुकदमों की, इंक्वायरी की, सारी फ़ाइलें बंद करवा दूँगी।''

''ओह।''

''उसे बता दीजिएगा कि वह आज से मुक्त है। वह किसी को भी पैसा न खिलाए। न मंत्री को, न सेना को, न तटरक्षकों को, और न ही पुलिस को। मैं जानती हूँ कि वह रुपयों की बोरियाँ बाँट चुका है किन्तु पैसा खाकर भी किसी ने उसकी सहायता नहीं की। कर भी नहीं सकते थे। मामला ही ऐसा था। किन्तु मैं उसे सारे जंजाल से मुक्त कर रही हूँ। आप चाहें तो उसे फिर से कोई काम सौंप सकते हैं। उसे कोई नहीं रोकेगा।''

~

दयासागर अपने कार्यालय में आए। वे अब तक मौन थे। एक शब्द भी नहीं बोल रहे थे।

''क्या बात है दयासागर जी,'' उनके एक सांसद ने पूछा।''आप कुछ बोल ही नहीं रहे हैं। हमें क्या करना है। हमारा मतदान किसके पक्ष में होगा। इन्होंने तो जो कहा था, वह नहीं किया। आगे की डेट दे दी है। हम इनके पक्ष में मतदान कर देंगे तो इनकी सरकार स्थायी हो जाएगी। इनको फिर से अधिकार मिल जाएगा। फिर जाने वे हमारे लिए कुछ करें न करें। मुझे तो ये हाई कमान विश्वसनीय नहीं लगतीं।''

‘‘कपाट बंद करो,’’ दयासागर ने कहा। ‘‘मेरे मन में कुछ और ही था। हमें पुन: चिंतन करना होगा।’’

‘‘क्या?’’

‘‘हम स्वयं को एक प्रदेश का दल मानते हैं। प्रदेश की सत्ता भी माँगते हैं और अपना लाभ भी देखते हैं,’’ दयासागर ने कहा। ‘‘किन्तु हम अपने देश का अहित तो नहीं चाहते। वे तो कह रही हैं कि वे इस देश को नष्ट कर देंगी। हमने यह तो कभी नहीं चाहा।’’

‘‘तो?’’

‘‘हमें इनके पक्ष में मतदान कर इनकी सरकार का समर्थन नहीं करना चाहिए। हमें अपना स्वार्थ चाहिए, किन्तु अपने देश का हित भी देखना है। हम उसको नष्ट करने के लिए किसी विदेशिनी के सहायक नहीं हो सकते।’’

‘‘आप ठीक कह रहे हैं।’’

‘‘तो इस सरकार को गिर जाने दो।’’

20

वरुणपुत्री और विक्रम घर लौटे थे। विनोद को पता चला तो वे भी नीचे चले आए।

''अरे तुम। तुम तो कह रही थीं कि तुम अपने मायके जा रही हो।''

''ठीक सुना था आपने। अब भी वही कह रही हूँ। नहीं जा रही हूँ, यह कब कहा।''

''विवाह के समय तुम्हें दिए गए अपने वचन से बाध्य हूँ, नहीं तो तुम्हें बाँध कर रख लेता।''

''उसकी आवश्यकता नहीं है,'' वरुणपुत्री ने कहा। ''आपको एक समाचार देने आई हूँ। वैसे मैं न भी दूँ, तो संध्या समय तक आपको समाचार मिल ही जाएगा कि आप पर सरकार के किसी भी विभाग द्वारा लगाए गए आरोप हाई कमान की इच्छा के अनुसार हटा लिए गए हैं। अब आपकी सारी फ़ाइलें बंद कर दी गई हैं। सेनाध्यक्ष की इच्छा भी नहीं चली; और आपको मुक्त कर दिया गया।''

विनोद का मुँह आश्चर्य से खुल गया। वे समझ नहीं पा रहे थे कि वे उसकी बात को सच मानें या न मानें।

''क्या सच?'' वे बोले, ''मुझे सरकार की ओर से पत्र मिल जाएगा कि मैं सारे आरोपों से मुक्त कर दिया गया हूँ?''

''जब हाई कमान की इच्छा से कोई काम होता है तो कोई पत्र या प्रस्ताव नहीं मिलता। बस फ़ाइल खोल दी जाती है या बंद कर दी जाती है,'' वरुणपुत्री बोलीं। ''वैसे मैं यह समाचार देने के लिए ही नहीं आई हूँ। यह

समाचार तो आपको संध्या समय या कल तक मिल ही जाता। मैं तो उसका अगला अध्याय बताने के लिए आई हूँ।''

''वह क्या है?''

''ऊपरी तौर पर देखें तो लगता है कि यह युद्ध सरकारों और आतंकियों का है किन्तु सत्य यह है कि यह युद्ध धरती और समुद्र का है और उसमें एक बड़ा और बलवान चरित्र रामसेतु भी है। किसी को दिखाई नहीं दे रहा किन्तु रामसेतु ही युद्ध कर रहा है; और उसका युद्ध अभी समाप्त नहीं हुआ है। यहाँ हाई कमान चाहे आपकी फ़ाइलें बंद कर दे; किन्तु रामसेतु उसे बंद नहीं करेगा। वह इस युद्ध को उसके चरम तक लेकर जाएगा।''

''यह क्या बकवास है,'' विनोद बोले। ''सेतु और दरिया कब से युद्ध करने लगे।''

''वह आप नहीं समझेंगे। मैं केवल एक चेतावनी देने आई हूँ।...जिस किसी ने भी रामसेतु को क्षति पहुँचाने का प्रयत्न किया है, अथवा विघटनकारी शक्तियों की सहायता की है, उन सबको अपनी करनी का फल मिलेगा।'' वरुणपुत्री ने कहा, ''दु:शासन मारा गया। उसके शासन और सेना का विनाश हो गया। भारत सरकार ने उसके विरुद्ध जो कुछ किया, उसके लिए कल उसको उसका फल मिल जाएगा। यह सरकार गिरेगी। इस युद्ध में लिप्त तमिलनाडु के दल चुनाव हारेंगे। और भारत में जो अगली सरकार आएगी, वह आपको पूछेगी कि आपने क्या किया था।''

''तुम कैसे जानती हो?''

''उसे जान कर क्या कीजिएगा। आपके मतलब की बात आपको बता दी। अपने बचाव के लिए कुछ कर सकें तो कर लीजिए।'' वे विक्रम की ओर मुड़ीं, ''चलो विक्रम।''

''माँ। मैं यहीं रुक जाऊँ?''

''कोई विशेष कारण?''

''मैं रामसेतु के युद्ध का अगला चरण देखना चाहता हूँ। मैं देखना चाहता हूँ कि धर्म की स्थापना कैसे होती है।''

‘‘तो फिर अपने पिता को दंडित होते भी देखोगे।’’

‘‘जो भी होगा, देखूँगा।’’

‘‘ठीक है। मैं जा रही हूँ।’’

विनोद बहुत कुछ कहना चाहते थे, किन्तु वे खड़े देखते ही रहे और वरुणपुत्री चली गईं।

❑❑❑

www.ingramcontent.com/pod-product-compliance
Lightning Source LLC
LaVergne TN
LVHW050410160726
843469LV00041B/1022